U0068401

溫任平 著

現代詩祕笈

趨近語言臨界

【自序】

溫任平

我在星洲日報寫了十年的專欄《靜中聽雷》，從一九九九年到二零零三年的專欄短文，已由吉隆坡大將書行出版成書。返顧二零零三到二零零八年的篇章，我發覺自己對文字、語言、詩的醞釀，未曾一日釋懷，因此也寫了數量可觀的有關短論，整理之後，得十八篇。

二零一四年開始，我在中國報寫《快步長廊》，不覺也寫了五年，中間在南洋商報寫些詩評短文，累計也有四十八篇。我把中國報與南洋商報的文章安排在第二輯內，因為它們誕生於同一個時段，都是在天狼星詩社重現於馬華文壇的二零一四。那一年，我剛好七十歲。

過去二十年來出席文學研討會的講稿與一些序文，已收進《馬華文學板塊觀察》（二零一四年），近年來卻因緣際會，寫了兩篇意想不到的序：一篇是羅華炎研究諾貝爾文學獎得主高行健的博士論文：〈創傷經驗：從流放到流亡〉，七十年代我寫過一首被譜成曲的詩〈流放是一種傷〉，「在自己的國土上流放」的文化身份困惑，困擾了我多年。暫且不對這種認同問題作價值判斷，我與瑞安的流放，虛擬的想像比較多，與高行健涉及生命安危的逃亡、流亡，實不可同日而語。把這篇博論的序，收進這部評論集，方便讀者參照著讀。

羅華炎後來又帶給我另一任務，一個mission impossible，就是為《紅樓夢》的馬來文譯本（前八十回）寫序。用漢語寫，然後由他再翻譯成馬來文。所謂序文其實是導讀。羅華炎同時也請了台大中文系客座教授《紅樓夢》白先勇，馬來西亞柔佛新山南方大學資深副校長王潤華寫序，三馬同槽無傷曹雪的紅樓天下，可是羅華炎後來卻訴苦，我們的三篇序文很難翻譯成馬來文，只能節錄、意譯。這當然有點出乎意料之外。小說紅樓夢沒難倒羅華炎，反而是後來的評說文字，「深湛」到連羅華炎也說翻成馬來文只能得其三到五成。這反映語言有其臨界，譯成外語桎梏更多。

對我而言，重溫紅樓的六週，使我學到許多東西：文字、措詞、俚語、辭藻以及揣摩欣賞語言律動之美。我把這篇序也收錄到書裡去，除了弊帚自珍，另一個奇想是：現代詩人如果企圖突破，恐怕得效法曹雪芹的語言融鑄，語義脫軌而衍生新義；繼之以虛實相間，時空交錯，暗示影射象徵，眾聲喧譁，文字爭先恐後要說話，等到人物出來說話時卻又欲語還休……集諸般悖論技藝，方能有大成。《紅樓夢》讓我們知道文字的美感並非來自一昧追求堆砌鋪張的「文字主義」（literalism）。

第三輯收錄演講稿與序文，其中一篇〈你要記得你曾經愛過〉，先在中國報專欄以上、下兩篇的方式刊登，哀悼英年早逝的戴大偉。後來戴的家人為他整理遺著並出版印行，這兩篇專欄文章合而為一，順理成章造就了一篇序。兩千多字的短文引錄頗多戴大偉的詩作，是希望有更多人讀到他的作品。

重閱三輯的七十六篇長短文章，發覺自己往往不止一次引用同樣的詩作，說明某個觀點。在不同的場合，有時挪取的概念亦不免重複（像我對語文的三大要求），這都是個人學管不足的證明。二零一二年以前，我在家裡或外面的咖啡座讀書，筆記簿隨之，好句、好詩、有思想性與啟發性的佳句，我會不憚其煩抄錄下來。現在看到美妙的句子，或下載或乾脆screen shot，過程太快也太方便，能銘刻在海馬迴的不多。我曾經好幾次引用已故戴大偉的詩行：

雨停了，飛機飛過我屋頂
喝下你餘下的flat white
明天起我會刻意老得雲淡風輕

說明把成語「雲淡風輕」當作是形容片語來用，不僅是一種詞性的轉換，也是把語言陌生化（布萊希特）的手段。趨近語言臨界，在熟悉的漢語裡創造陌生的表達方式，這才是詩「創造」或詩「創作」。

拙著《現代詩秘笈：趨近語言臨界》，並不按照一般順序，討論大家熟知的比喻：明喻、暗喻；張力，對比；意象：主意象、次意象、意象叢；矛盾語言，走樣句法；形象化、典型化；移情入景，情景交融；諷喻，嘲弄。對仗、排比，伏筆、呼應，伏筆、暗示……這些知識與技巧。這本書也提供寫詩需要的方方面面的知識：技術層面的，意義層面的，語言學方面的，與及人文背景方面的。

從班雅明、巴特、德里達，維根斯坦，布萊希特（Bertolt Brecht）到隨興禪機，自動語言，達達主義，佛偈公案都有涉及。有志於詩的讀者，若果能從這部書得到一些啟示，些許感悟，我一生從事詩教就不是自己在「爽」，而能多少發揮惠澤眾生的意義。與大家一樣，我們期許自己寫出更好的作品，讓白話新詩進入現代的盛唐。

2018年6月25日

目次
CONTENTS

【自序】 003

第一輯：靜中聽雷

1 混沌理論與文學理想 012
2 碎塊批評：微觀隱藏宏觀 016
3 佛偈、公案與德里達解構 020
4 非非主義的奔月藝術 024
5 「眾聲喧譁」與後語言學 028
6 在語言的剃刀邊緣——讀《有本詩集》張景雲序 032
7 同音異義，語言變體 037
8 文字諧音與文學感性 041
9 治語文如烹小鮮 046
10 以文述樂：趨近語言臨界 050
11 文化認同與生活詩性 055
12 從散文分行到詩 058
13 詩人海子：文化悲劇英雄 063
14 京派、海派與馬華文學區域 067
15 崔健的中國搖滾 071
16 假牙式極限寫作 076
17 詩是公開的隱藏 080
18 美與「機遇因素」 084

第二輯：快步長廊

19 深刻VS.膚淺 090

20 蘇打綠的歌詞　092
21 中文系・中華研究・再漢化　094
22 班雅明：機械式再生產　096
23 我認識的風客與巴特　098
24 在網絡上傳授詩藝　100
25 突破詩的慣性思維　102
26 文化工業批判與詩藝提升　104
27 短詩宜乎純粹　106
28 寫詩必須保溫　108
29 白垚：現代主義的弄潮兒　110
30 向達達主義借鏡　112
31 行為藝術：在大腿上寫詩　114
32 臉書：功能與操作試驗　116
33 肯吃虧的人　119
34 現代詩的傳播與接受　121
35 卜・狄倫與諾貝爾文學獎　123
36 穿過大半個中國去睡你　126
37 為楊牧叫撞天屈　129
38 語言文化的溝通　132
39 周偉祺：不曾發表過詩的詩人　135
40 詩的困擾：散文性與口語化　138
41 面對網絡詩：如何建構馬華詩史？　140
42 改變詩人與詩社的宿命　143
43 現代詩的危機：意象生鏽、語言老化　145
44 沒有風雨哪能成詩啊？　148
45 文學跨界：開發題材，刷新語言　151
46 巫啟賢的歌詞與現代詩　154
47 AI詩人：一樹多椏的漢語詩大整合　157
48 人工智慧與人類未來　160
49 漢學家顧彬的軼事與詩　163

50 韓寒看現代詩　166
51 屈原行為學：顧彬VS.雷似癡　169
52 端午閃詩與文學史　172
53 傍晚疾行的現代主義者　175
54 閃詩：第一個吃螃蟹的人　178
55 七夕閃詩：閃後必留痕　181
56 時間壓縮、危機感與創意短路　184
57 神仙詩的人間憂患　187
58 七夕閃詩與科學知識　190
59 流放意識與原鄉情結　193
60 一代詩魔：洛夫　196
61 詩的可譯性與不可翻譯性　199
62 中文詩以馬來文詩的面貌再現　202
63 我用狂奔、用無力、用惡夢去想你　205
64 十個理由你不該買詩集《傾斜》　208
65 詩集《教授等雨停》的情色空間與身體政治　211
66 互為表裡的《傾斜》與《教授等雨停》　214

第三輯：專題演講與序文

67 虛實相應，疑有疑無：鄭月蕾的詩藝初探　218
68 萬物由心造：恣縱想像　236
69 詩的表演性：空間設計與戲劇張力　249
70 幻想能量的集體井噴——序《天狼星科幻詩選》　256
71 你要記得你愛過——序戴大偉詩集《生命睡著的地方》　273
72 創傷經驗：從流放到流亡
——序羅華炎《高行健小說裡的流亡聲音》　279
73 潛默電影詩的符號偏嗜：解碼　287
74 王勇閃詩：從詩藝雜耍到詩藝昇華　300
75 紅樓導覽：奇花異卉撲面來　306
76 潛默：脫軌的飛渡　313

第一輯

靜中聽雷

1 混沌理論與文學理想

二十世紀最了不起的科學發現，分別是相對論、量子力學與混沌理論（Theory of Chaos）。我對後者特別留意，早在一九九五年便托在英國念書的邱美愛小姐替我找這方面的資料、書籍。就我看，不僅氣象的變化，政治的動態，甚至文學的衍異，都可以從混沌理論的角度切入觀察。

自然生態的不尋常現象：從蝗蟲的大量聚集，龍捲風、地震、海嘯，在未能預先測知的情況下突然發生，到氣體的不規則形態，甚至湖面的漩渦或漣漪，到天上飄下來的雪花，都與混沌理論有著直接或間接的關係。

混沌理論的研究，大概可以追溯到一九六三年美國氣象學家勞倫茲（Edward Lorenz）的重要發現：「蝴蝶效應」（Butterfly Effect），在北京上空出現的一隻蝴蝶由於雙翅振動，干擾了大氣層的內在平衡，這種不平衡逐漸擴大，隨著氣流的移動，竟然在一個月後形成紐約市的一場暴風雨。用混沌理論來說明，那是「輸入」（input）的極微小差異可以造成「輸出」（output）的巨大差異，這現象是「對初始條件的敏感依賴」（sensitive dependence on initial conditions）。中國古語如「差之毫釐，謬之千里」、「牽一髮而動全身」，可以說是「蝴蝶效應」這個科學術語的文學版，後者甚至訴諸動作，頗為形象化。

在文學作品裡，如果起始是「尋尋覓覓，冷冷清清，淒淒慘慘戚戚。」那麼整闋詞的調門終不免是閨怨的流露；反之，如果起首句是節奏快速、情緒奔放的「君不見黃河之水天上來……」則整首詩跌宕縱橫，一股不羈的豪氣逼人而來。「好的開始成功了一半」，詩、散文、小說莫不如是，起始句發揮的作用，許多時候超逾了引起動機，而更像整闋文字組成的樂章都得敏感依賴的定音鼓。

蝴蝶效應只是混沌理論最廣為人知的部分，科學家要考量的因素遠比蝴蝶效應深刻複雜。比如說天上雲絮的變化，白雲蒼狗，一般人都不太可能把它視為觀察與省思的對象。美國物理學家費根柏（Mitchell Feigenbaum）於七十年代初曾頻頻乘坐飛機，透過機上的視窗，研究與思考雲絮變化的成因。附筆一提的是，由於費根柏乘坐飛機過於頻密，一九七五年美國當局決定撤銷費根柏作為一名科學家的飛行特權。

必須指出的是，蝴蝶效應也不儘是破壞性的，它也可以創造。漫天飛雪的雪花，從洪濛的天穹飄墜到地面約一個小時的歷程中，決定它的六角形晶體主軸的枝椏開展形狀的是起始的氣溫、濕度與空氣裡的雜質。沒有一片雪花是完全相同的，因為它們墜落地面之前所經歷過的氣候條件不可能一模一樣。

談混沌理論亦不能不注意「流動」（Flow）這個詞。對一般人，「流動」只是一個平凡的動詞或名詞，對混沌學家而言卻是一門大學問。「流動」是形狀加變化，遷徙加形狀（Flow was shape plus change， motion plus form）這是柏拉圖的概念，現代物理學已不滿足於這樣的定義。為什麼把牛奶倒進紅茶裡，由於杯中紅茶熱度不同形成的漩渦與圖象會這麼不一樣？為什麼火燃燒時外形總是跳躍著，上端出現不規則的搖擺像一匹獸在張牙舞爪？炊煙上升要到達什麼高度（假設周圍環境靜定無風），它才脫軌散開？古典物理學一直不太重視時間與空間可能出現的某種形狀，對移動的內在醞釀著的另一股移動力量的牽引（我想起的是中文裡常用的「暗流洶湧」）也缺少關注。

不要以為上述問題都是些雞毛蒜皮的瑣事，世界某些重大而突然的變化，包括資金的流動，整個股市的浮沉或某只股項在沒有任何促成因素的情況下暴升或暴跌，甚至人類社會每隔一個時期即陷入的集體性瘋狂，像猶太人的被集體屠殺、文革十年浩劫，都可以在混沌理論裡尋得答案或啟示。蝴蝶效應開始的那一點輕微的翅膀扇動，費根柏稱之為「奇異引子」（strange attractor），從生物性的律動如心跳脈動、腦波的頻律，交通流程到某個飽和點變成的交通阻塞，到瀑布下墜到關鍵性的一刻碎裂成水花，都與「奇異引子」有關。

筆者關心的仍是文學。我從波赫斯（Borges）的《沙之書》看到了混沌，波赫斯買到一部可從任何一頁翻讀、沒有開頭也沒有結尾的書。現代主義最重要的其中一位詩人波特萊爾（Baudelaire）耽於酒色，混沌恍惚，終於寫出《惡之華》。李白與蘇軾一流的詩詞，大多都在醉酒後的混沌狀態，擺脫知性的約束，一揮而就的佳作，從「雲想衣裳花想容」到「明月幾時有？把酒問青天」莫不如是。那波可夫（Nabokov）在《符號與象徵》一書裡說：「成熟而具原創性的傑作，可能看起來像瘋言狂語」，他的判斷使我聯想到的第一個人便是魯迅。

魯迅的《野草》，許多篇章描繪的是精神錯亂的情節，故事的詭譎怪異非常理可以言喻，雖然魯迅以夢作為引子，以掩飾背後的動機，唯文章處處可見的是紊亂、倒置，光怪陸離。

以魯迅語文的精湛造詣，他在《影的告別》一文裡，竟然可以寫出這樣的句子：「我不過一個影，要別你而沉沒在黑暗裡了。然而黑暗又會吞併我，然而光明又會使我消失。然而我不願彷徨於明暗之間，我不如在黑暗裡沉沒。」

一連串的「然而」使句子重複拖沓，已故夏濟安教授很早即曾指出這樣的句子「打破了文言文和白話文的雅字訣」。余光中嘗謂「語言表達的含混往往反映了作者思想的含混」（大意如此），不過魯迅的語言出現chaos，是意義欲言而未能言（或未能儘言）的邊緣顫抖狀態，是美學的aporia狀態。「欲言而未能盡言」與道家的「言無言」的空白詩學是不同的。我們可以說「然而」一詞是這個句子的「奇異引子」，而混沌學對人類最大的貢獻是因為它讓我們瞭解「亂中有序」的道理。

蘇東坡對自己的寫作，有一段廣為後人引錄的自述：「吾文如萬斛泉湧，不擇地而出，在平地，滔滔汩汩，雖一日千里無難；及其與山石曲折，隨物賦形，而不可知也。」不擇地而出可以造成混沌之前的動蕩不安（turbulence）；隨物賦形，則可以跌宕激越，姿態橫生。既混沌，又有序，至賾而不紊，近乎林語堂所謂的studied disorder。混沌學與文學可以貫通、聯繫的當然不止上述數端，限於篇幅與個人學力，僅能點到為止。

2003年4月6日

2　碎塊批評：微觀隱藏宏觀

一位朋友讀了筆者的〈混沌理論與文學聯想〉，從網絡上找到一篇《Poetry Analysis：Chaos Approaches》與我探討。我注意到這篇長達九頁的論文原來是混沌理論哲學的引介（混沌居然晉身為哲學，一嘆），我同時也留意到是篇文章提出一種頗為另類的作品分析法：Fractal Self-Similarity of Art，筆者暫且把它譯作「藝術的碎塊式自我趨同」，譯稱如欠妥貼，尚請高明匡正。

經過了這些天來的尋索，我終於找到「碎塊結構」（Fractal Structure）是七十年代中期在美國IBM任職的美裔波蘭人曼特布洛（B.Mandelbrot）提出的。所謂碎塊結構，那是從主體的零散片段檢視出整體結構的基本形態的學說，用文化術語來說，即是微觀形態隱藏著宏觀形態。這種相似性，卑之無甚高論，只是一般人習焉不察，正如每天都有蘋果從樹上掉下來，只有掉在牛頓頭上那粒蘋果，才引發了萬有引力的聯想。以大自然的現象為例，枝椏與樹的整體的自我趨同，山巒起伏與母系山脈的自我趨同，渺小的原子與廣褒宇宙的自我趨同，都是我們容易忽略的「常識」。

一九八五年中國山東大學的張穎清教授提出生物的每一相對獨立的部分，本質上可以反映整體，「局部即全部」（a part is the whole），這就是有名的全息論，這理論也可用在植物、動物、醫學甚至藝術的領域。碎塊結構理論正是「局部即全部」，但它僅存在於非直線型的系統裡。由於詩或文學作品，其發展亦非直線型，吾人當可從詩中某些碎塊尋出整首詩的梗概。

古人常說，吉光片羽，拆碎七寶樓臺不成片斷云云，語帶遺憾。究其實，片斷亦可小中見大，仍能供吾人窺見某些銘記與「剪影」（silhouette）。當然上述討論，如無實據可徵，則純粹是理論遊戲。以下將以臺灣前衛詩人夏宇的作品為例，探討「碎塊批評」（Fractal Criticism）的可行性。限於篇幅，只能談她的其中一部詩集《腹語術》。《腹》收入五十八首詩，這兒只談筆者從這部詩選找到的一片碎塊：房間。這片碎塊，用新批評的術語，那是主意象又稱主模題（leitmotif），唯意象說或模題說都沒「碎塊掃描」（Fractal Scanning）得到的訊息豐沃。

《腹語術》的五十八首詩當中，提到房間的有八首，有時直接用房間，有時房間化身為博物館、美術館、歌劇院、電影院，有時夏宇不用窗，窗口這些代稱。為了方便討論，故不憚辭費，把當中一些提到房間、視窗的詩行引錄於後，讀者可以自行參照、體會。

第一首主打詩〈腹語術〉的首二行如後：「我走錯了房間／錯過了自己的婚禮」，在〈偵探小說疏忽的細節〉，碎塊略為變形成為這樣的詩句：「每當進入一個新的空間在最接近大門的／一張椅子坐下來首先壓縮了椅墊和／椅墊間的空氣再以微微不安的姿勢震動椅背。」然後是七行短詩〈詩田園〉的：「那些離開現代美術館被一幅／倒掛的畫所傷的人匆匆／回家以後坐在椅子上想／想很久／然後聆聽一段貝多芬／永不更改的田園／永不淩遲的田園」。

接下來的詩是〈某些雙人舞〉：「在黃昏的窗口／遊蕩的心彼此窺探恰恰／他在上面冷淡的擺動恰恰恰」，有窗口的地方就有房間。〈我和我的獨角獸〉比喻怪誕：「雪停了他就拉一把手風琴／琴聲像牛奶從窗口沿著階梯流下像鼻血」，這首詩在結尾處再提到鼻血、手風琴和窗口：「他並流著鼻血，又喝了牛奶／有人且拿走他的手風琴／最後，她，她總是非常華麗／杜撰無數的警句／虛構著琴聲、雪／和陽光／到達窗口／與風交錯」。另一首題為〈寓言〉的最末四行是這樣的：「電影散場的出口　兩個曾在不同房間／嫖過同一個妓女的男子各自／挽著他們的女人交換了／深沉的一瞥」。

夏宇自己似乎也意識到詩中房間意象的連續出現，她這麼寫：「房間如細胞分裂增殖／所有的門虛掩著　所有的外套解開了／第一個紐扣　所有的水龍頭漏著水」。（引自在〈另一個可能的過去〉）。《腹語術》的第四十八首詩題曰：「在命定的時刻出現隙縫」，詩中的房間是記憶與幻象的結合：「迴廊深處一個軟軟下陷中的房間／一個房間接著一個房間積滿童年時的／乳牙日曆和灰塵遺失的寵物大都尋獲／安靜趴著死去的祖先也都回來了／穿著入殮時寬大華麗的衣裳／一排一排坐著寵愛地注視著我」。

這個房間碎塊蘊含了錯失、不安、迷茫、受傷（心靈的和肉體的）、性的迷失與錯亂、死亡與時間的聯想……這些元素幾乎構成了夏宇詩的核心主題。當然我們也可用另一片碎塊來析論，比如說「城市」，《腹語術》這本詩集多處提到城市，這碎塊的組成反映了詩中人物作為漫遊者／旅者的身份與心態。

碎塊批評不僅可用作整部詩集的評析，也可以是針對單一詩篇的細部分析工具。批評家可以把作者常用的詞匯視為一碎塊進行研析，也可以把一部或多部詩集的視覺意象、聽覺意象、嗅覺意象、感覺意象、空間意象或時間意象，豪邁宏偉的意象叢（cluster of imagery）或哀怨淒婉的意象語，分成不同的碎塊，一一審視之（「審視」即是審美又是檢視）。要之，碎塊批評拓寬了新批評的意象喻示、字質研究的路子，也彌補了文化研究經常用上的「文本互涉」（inter-textuality）愈扯愈遠的流弊。當然，像所有的批評方法一樣，碎塊批評亦難免有它的弱點與缺陷。筆者相信轉益多師，他山之石適足以攻錯，大膽引介給國人，目的在此。

2003年6月1日

3　佛偈、公案與德里達解構

讀法華經、華嚴經、大智度諸論卷，經常被佛偈的智慧所迷。「我雖說涅槃／是亦非真滅／諸法從本來／常自寂滅相」（法華經，方便品）的超越兩邊；「法身非變化／亦非非變化／諸法無變化／示現有變化」（華嚴經卷十四）的佛在眼前；「無常見有常／是名為顛倒／空中無無常／何處見有常」（大智度論卷一‧緣起）修辭問句的不落兩端，文義的衍生狀態使我聯想到「四句辯證」（Catuskoti）的正、反、離、正反的結構，與葛裡瑪（A.J.Greimas）的「符號學方陣」（Semiotic Square）若合符節。

佛偈的內容可以互為因果，也可以是兩者皆因（co-casual），兩者皆果（co-effective）。語言的展現多為隨機式衍異，而在衍異的過程有「意想不到的發現」（serendipity）。衍異說是德里達（Jacques Derrida）語言哲學重要的一環，文句的蔓延可以「延遲」肯定或否定，甚至把此刻的不可能變成可能。佛家以蓮具現「因緣並生」（pratitya-samutpada），因為蓮的花與子同時並生，象徵「真如」（bhatatathata）。當前的花這「後果」，並非種子的「前因」所造成，花與子可以兩者皆因，亦可以兩者皆果，這就勘破因果的循環律進入悟境。

德里達與其他結構學者都認為語言敘述，其內蘊除了第一層意義，還有「尚未說出」的第二層意義；第二種意義往往結合了第一種意義，以隱秘的方式存在，在適當的時候躍現在眾人眼前。

這種互為包容的現象，類近連體共生。佛家的「二真如」（Two Truths）：「俗諦」（Samurti）即「聖諦」（Paramartha），俗諦是現象的體現，從「物」（things）到其他的「實體」（entities）均是。把自我看作是聖諦，自我就是「空」（devoidness），如果把自我視為俗諦，自我就是「色」，《心經》有云：「色不異空，空不異色；色即是空，空即是色」，聖諦與俗諦究其根本皆為一體。

也許有人覺得那很矛盾，不錯，以子之矛攻子之盾，近似禪宗公案。不過以「矛盾語法」（language of paradox）去理解佛偈或禪宗公案顯然在認識論上不足。鄭愁予有名的詩句：「達達的馬蹄是美麗的錯誤」用上了矛盾語，唯卻無關乎偈語或公案。矛盾語言屬於修辭學範疇，它們可以互為杆格（錯誤怎麼可能是美麗的呢？），但卻自有道理。矛盾語並非「脫軌」（off track），詩與偈最迷人（最耐人尋味）的地方往往是意義脫軌那一剎那的展現。

語義的脫軌是不是語言的「自由遊戲」（free play）？我看未必，語言的遊戲近乎西方前衛詩人如布魯東（Breston）倡導過的「自動寫作」（automatic writing），「脫軌」則仍具理性的基礎。佛家的「極樂」並非大家熟知的ecstasy，而是在理體中心（logocentrism）與衍異模式之間的「自由滑溜」（free slide），是心理的也是精神的一種特殊情態，正如無門大師對「首山竹篦」的禪唱：

> 無門曰：不得有語，不得無語，速道！速道！

無門要弟子快快說出什麼是竹篦，但又說不能用語言，不能不用語言，因為一般的語言都落入邏輯思維的框框，只有脫軌的「第三論」（the third lemma）才能道出竹篦的真相。

讓我們看看龍樹尊者為「業」（karma）是否有自性所作的辯論：「若言業決定／而自有性者／受於果報已／而應更復受」（《中論》觀業品第十七說二十五偈），自性在第三、四句被「消溶」（dissolved），與德里達的解構方式十分相近。龍樹論因果，《中論》一說十三偈觸及「純果」的意蘊：

果為從緣生　為從非緣生
是緣為有果　是緣為無果

上述偈語使人很自然地聯想到蓮的花與子並生，「因」與「果」就龍樹的體會是開放的，且乎互相含納，從「果為從緣生」衍變到「是緣為無果」，是「無限的後退」（infinite retreat），用德里達對語言的精闢觀察，那是「不斷在淘空自己同時又凝聚自己」，這句話也可以反過來說：「不斷在凝聚自己的同時淘空自己」。

另一則廣為後人議論的公案：「五祖曰：譬如水牯牛過窗櫺，頭角四蹄都過了，因什麼尾巴過不得？」牛的頭角與四蹄都穿過了窗櫺，沒有什麼理由（這是邏輯的純理性思維）細小的牛尾不能穿過去。牛尾在這兒是「欲」（desire）的符指（signifier），佛家探討「欲」比儒家深刻（「無欲則剛」比較表面），因為貪嗔癡三毒都離不開「欲」。欲念熾盛猶似身處火宅，滅欲可自身成佛，只停留在寂滅之悟境者為小乘，將欲念轉化為悲心者成就大乘。就德里達的角度來看，凡是可以顛覆、解構規範的東西或力量就是牛的尾巴。

無門大師對五祖是則公案的隨意吟唱是：「過去墮坑塹／回來卻破壞／這些尾巴子／真是甚奇怪」，牛尾對無門大師來說是「奇怪」（strange），德里達卻說the between（居中），在理體中心與衍異解構之間遊移，這麼說五祖公案那頭騎在窗沿上的牛，位置恰恰就在二真如之間。整體的牛無論在窗內還是窗外，將在不同的情況下落實而失去了心靈的自由。

以上所述，簡略地闡明瞭佛偈、禪宗公案與德里達解構學的一些關係。佛偈的詮釋，以聖嚴法師最為精到；偈語公案與解構學的比較探討，以馬樂伯（Robert Magliola）的發明與發現最令人心折。馬樂伯著《Derrida on the Mend》（《修正德里達》）是一部十分有份量、充滿啟發性的書，筆者這篇短文裡頭的不少意見即擷取自馬樂伯，如果讀者諸君把這篇比較中國佛學與德里達語言哲學的短文章當作是筆者的「讀書箚記」（不敢說是「書評」），亦未嘗不可。

2003年6月15日

4　非非主義的奔月藝術

非非主義是我們這些寫詩的人心頭的一個結，國內的文學評論界（馬華文壇從事文學批評的人加起來總有十來個吧）沒人碰它，因為它不容易談：非非挑戰了我們熟知的所有詩觀與詩學信仰，非非顛覆語言遠比超現實主義徹底。

我是讀著陳世驤、王夢鷗、葉慶炳諸家論述成長起來的人，懂得一點中國詩有所謂言志與抒情兩大傳統。「詩言志」與「以文載道」相較，就不難發現言志之內蘊有抒情的成分，所謂「志」者究其實不離發乎於中、形諸於外的不平則鳴。我寫詩三十餘年，擺蕩於言志與抒情之間，自得其樂，沒想到一天醒來，聽見有人宣佈：言志抒情應該全部消解，一直以來主宰語言霸權的形容詞、與助紂為虐的副詞應一併殲滅，閱罷非非主義理論，震駭莫名，潸潸然不禁汗流浹背。

現代詩如何求變革新，這是近年來我一直思考的課題，而我亦確乎從詩壇新銳的作品看到變革的努力。詩的多元表現：向小說借鏡，對戲劇致意，往歷史淘料，把記憶翻新，國內年輕詩人的改革是漸進的，相對溫和的，沒有人像非非詩人楊黎那樣宣稱：「如果你要寫好詩，首先不要寫痛苦」（言志和抒情的路被截斷了），更不會極端到「凡是敵人反對的我們就要擁護，凡是敵人擁護的我們就要反對。」後面那句話擷自《毛語錄》，詩的自由而竟以毛澤東的專制和不斷鬥爭口號作為主調，也真夠諷刺。

中國詩壇的非非主義大概始於八十年代中期。非非主義者指出「文化思維」累積慣性，缺少活力，大家所用的文化語言約定俗成，負載了年年月月不斷應用的陳舊語義，可以用諸於社會功能的操作，適宜規範而不宜創造，必焉詩人大膽啟用另一種「前文化語言」，獨立於慣常事理，超脫於邏輯運作，才能感通萬物，才能從沉思與觀察脫穎而出，有所發現兼而有所創見。非非主義的命名者是藍馬，他提出「現有奔月的藝術，才有奔月的技術」的主張。他寫世界，把「世界」一詞拆開為詩題〈世的界〉：「指船／指帆／指鴿／指鷗／指海……／水與水一位一體／走船／走水／走鴿子／……／指遠／指近／指周圍……」。打開任何一本《非非詩刊》，都可發現非非對語言制度進行巨大的破壞。不寫痛苦的楊黎，他的詩是「純聲音」的演練：

下面，請跟我念：安。安（多麼動聽）麻。麻（多麼動聽）力。力（多麼動聽）八。八（多麼動聽）米。米（多麼動聽）吽。吽（依然動聽）或者／這樣念：安麻（多麼動聽）力八。力八（多麼動聽）米吽。米吽（也多麼動聽）。

在「安麻力八米吽」的世界裡，語言還原，沒有形容詞造成的等級化，沒有動詞的引領，詩思自然溢出（這句評述倒像是葉維廉慣用的），不假他求。「安麻力八米吽」是大明六字真言的擬仿（memisis）嗎？這問題不必有答案，那鎮壓過孫悟空的六字真言與改裝了的六個音響只是聲音，可以有意義，也可以沒有意義，沒有悲觀，並不代表樂觀，它們是語言碎片，近乎羅蘭．巴特（Roland Barthes）的「零度書寫」（writing zero degree）。

非非的另一位重要詩人吉木狼格的〈消息〉平鋪直敘的像散文：「六月六日是一個普通的日子／早上下雪／中午有太陽／晚上有風／……」六月六日是國際詩人節。非非這個團體裡有鬼才詩人之稱的何小竹，他的名字使我聯想到溫瑞安武俠裡的人物，用散文造句法寫成一首〈組詩〉：

1.陽光普照大地。
2.高一、二班有個謝曉陽。
3.今天，物理老師在物理課上叫我們打開上冊第二十三頁第二章第一節：預習「陽離子」。
4.我舅舅在「紅陽」三號當水手。
5.星期三，我沒去夜自習，偷偷去向陽電影院看了電影《陽光下的罪惡》，這是不對的。
6.大掃除，我主動要求和班長去打掃又髒又臭的陽溝。
7.農忙假，我在家幫母親辦陽春。
8.陽雀吱吱叫。
9.陽痿⋯⋯

中文單音語素的「陽」反復使用，在不同的文框（context）裡顯現意義，偶爾帶點童趣。「前文化思維」的試驗，讓「陽」回到自身，每趟與「陽」拼湊出來的合成詞，都可能帶給讀者意外的驚喜，「陽痿」甚至超過驚奇，蘊蓄更多驚嚇的效果。

非非主義的理論信念與後現代美學有許多共通處，它們都反對用現成的概念去感知周遭的人事人物，主張語言應該與真正的經驗契合。前文化語言是真實的語言，拒絕意識形態的干預，抗拒西化思潮的影響，以最原始的姿態去和周遭世界接觸、衍變、生成、堅持不用舊有的表述模式從事詩歌創作。

非非詩人不喜形容詞，很少用量詞、副詞。雖然我們可以用T.S.Eliot的「向上的道路，就是向下的道路」的悖論詮釋楊黎的

《高處》：「A或是B，看貓、火山、一條路，還是夜晚、還是陌生人、彷彿B或是A。」但總覺得現代主義無法涵攝非非的實驗極致。當非非詩派拒斥言志、抒情、反映、模擬的時候，現代主義的「無我」（impersonality）是無法包容這種近乎四大皆空的先鋒精神的，它的出現在中國詩壇以致文學界引起地震式的驚訝、蔑視與憤怒，也就不難理解。Roland Barthes可能說中了：「詩的每一個字詞……是一個無法預知的客體，一個潘朵拉魔盒，從中可以飛出語言潛在的一切可能性……詩成了一些由孤單和令人難以忍受的客體組成的非連續體。」難怪德國學者顧彬會在《今天》一九九三年第二期發表〈預言學的終結〉指出非非沒落的必然命運，因為非非派是一種國際現象，「對普通中國讀者來說，它只能是陽春白雪。」非非果爾於一九九三年十月宣佈解體。

這個文學團體的解散，留給我們的不僅是一堆史料，更重要的是這個實例讓我們看到詩語言劇烈變革的可欲與可能，洞見與不見。非非釋放了語言的自我束縛，與使用語言者「社會化」後的知性干擾，讓詩人自慣性中歧出，擴大了漫遊的空間。要之，非非有道，而道之為物，惟恍惟惚，恍兮惚兮，其中有象，何小竹曾經如斯「象」喻過非非：「非非是幾個盲人摸的那個大象。我、藍馬、楊黎、吉木狼格等人就是摸象盲人。我們寫出的詩各自不同，但組合起來就是一頭『非非大象』。」吾人習詩倒不一定在摸象，反而更像藍馬說的奔月，逸興遄飛之際，道行高的詩人或可在虛實之間騰空而起。

2003年6月29日

5　「眾聲喧譁」與後語言學

巴赫汀（M.M.Bakhtin）的「眾聲喧譁」（heteroglossia）理論廣為文學批評界沿用，即使沒讀過巴赫汀論著的人，都知道一提到作品的內部結構存在著多語辯證的特性，就不能不談巴赫汀與他的「眾聲喧譁」。「眾聲喧譁」顧名思義，應該比「雙聲並存」（double-voiced）更為繁復，作品的多語性使它的「內裡對話」（internally dialogic）變得可能。

筆者認為我們的文評家可能更要注意巴赫汀提倡的「後語言學」（meta linguistics）。相對於語言學研究的是語義、構詞、句法等課題，後語言學把語言視為一種社會現象，它是人與人之間在某種情況下，因某種目的而產生。 語言既然有它的社會性，說話人（addresser）與受話人（addressee）之間便存在著語言的互動關系。而說話人由於考慮到受話人的情況或需求，自覺或不自覺地調整語調、語匯，使本來「中性的言說」（neutral utterance）迴盪著別人的聲音，這點在巴赫汀的《口述類型的問題》（The Problem of Speech Genres）有十分有力的申論。「別人」的言語在「我的」言語裡佔了這麼重要的成分，那是因為說話人發聲時有他的意欲與策略，他會考慮到受話人（聽眾）的期望與需求。甜言蜜語之所以會出現，那是因為有人想聽甜言蜜語。

巴赫汀認為任何言說都是基於對其他言說的回應，這包括支持、反對、質疑、補充別人的言說。一個議題就像個「戰鬥場」

（arena），自己的觀點不斷與別人的觀點辯詰爭議，由於語言是為了溝通，它在建構時，說話人一定會考慮到可能的反應。許多時候，由於言說預期某種回應，這種預期創造了「未被具體化的他者」（unconcreted other），為了避免自己的看法受到質詢或駁斥，說話人會用「在一定的程度上……」、「如果一切順利的話……」一類的「但書」（provisos），使自己的言說／論述有騰挪迴旋之餘地。

以克羅齊和霍斯勒學派（Vossler School）為代表的語言觀念是「語言源自人的內心」，明顯地忽略了言語的社會性。言語不可能純粹，它是人與人之間的橋樑，因此它也是說話人與聽眾共同擁有的東西。每個人的言語經驗都是吸收外在訊息後的再表述，其內容無可避免地涵納了「不同程度的他性」（varying degrees of otherness）。

小說與其他形式的論述（discourse），亦可作如是觀，用巴赫汀的話，那是「自我必然隱身於『他我』與『眾人』裡」，自我甚至要通過別人的思想、語言、反應，才能看清楚自己的面貌。小說人物的對話，是一種衍生性對話，彼此互相影響，在這過程中人物的思想、行動都在蛻變中，用眾聲喧譁來探討女性主義小說或其他以次文化為背景的作品，當可窺見主流言說與邊緣聲音互相頡頏、互相磨擦發出來的尖銳聲響。

巴赫汀把他的理論放置在歷史、文化的時空經緯上，並指出任何地區，都存有權威論述，代表主流思想與社會傳統，這思想傳統是「一些被普遍認可的真理」的叢結，宰制了一般人的觀念、言行。當人們心智漸趨成熟而能獨立思考時，前述「真理」受到質疑，新的觀念將出現與權威論述對抗。嶄新的觀點將以「離心力量」（centrifugal force），抵銷維護主流論述的「向心力量」（centripetal force）。維護主流的力量企圖使語言單一化，以便據有權力，眾聲喧譁的不同言說則衝擊這種論述支配權，就作品而言，文本中的多聲現象，正是「潛藏著的論爭」（hidden internal polemic）。

在《馬克思主義和語言哲學》一書裡，巴赫汀和另一位作者Volosinov把小說的論述形態分成三種，即間接論述、替換型直接論述（substituted direct discourse）與擬直接論述（quasi-direct discourse）。間接論述的作品，人物底言說缺乏互動性，像托爾斯泰、屠格涅夫、雷斯可夫（Leskov）都是單音式作家（writer-monologist）。替換型直接論述經常包容了兩種聲音，小說家是以第三人稱與作品中的人物對話。只有擬直接論述才是聲音的混合雜揉（hybrid），杜思退也夫斯基做到了這點。

巴赫汀在他的另一部經典《杜思退也夫斯基文學理論的問題》裡坦承作品的雙聲與多聲，正是他研究「後語言學」的關鍵。他以杜思退也夫斯基為例，說明杜氏繼承歐洲歷險小說的傳統，把流浪惡客（picaro）接觸到的各階層人士的思想，雜呈在讀者面前，讓他們各自的心聲溝通無礙。杜氏的多音小說（polyphonic novel）呈現了語言的差異性（language differentiation），不同文體、方言、俚語、各行各業的慣用語匯，使杜氏的作品特別豐沃耐讀。巴赫汀進一步申明語言的差異性、雜揉化不僅在於塑造某種語言風格，更重要的是這種語言風格和各類方言、術語的並置（justaposed）或者對立（counterposed）而產生的對話角度（dialogic angle），這便牽涉到語言藝術功能的轉換，與不同語言現象在正文的地位。

讀巴赫汀的眾聲喧譁論，使我深深地領會到即使某時某地的「國家語言」（national language），追根究底仍不可能是單元的，主流語言仍需其他次級語言組合而成。而所謂「社會共語」（social dialects）的組成因素則來自社會各階層、各行各業、不同年齡層的風尚言語。讀巴赫汀如能與德勒茲（G.Deleuze）反主流語碼的「遊牧論」（normadism）並置在一塊兒研究，當能瞭解邊緣語言如何反隸屬化，造成主體分裂與重構另一種語言的可能性，這現象關係到語言的地下發展，十分有趣，可能的話，日後再談。

2003年7月13日

6 在語言的剃刀邊緣
——讀《有本詩集》張景雲序

《有本詩集》出版了，這是一部二十二位年輕詩人的自選集，張景雲先生為這本詩集寫了篇題為〈語言的逃亡〉的序。

這篇序文，就筆者看，可能更像一篇讀詩隨筆，張氏信筆寫來多是他對當前馬華詩壇的看法，以及他對當代詩的一些感想。張並沒有挑出某人某詩特別議論一番，而是鳥瞰式地寫出他看到的現代／後現代詩景象。他指出馬華現代詩是個怪胎，「在縱的繼承或橫的移植之間的定位問題上都沒有一個妥當的解答」；他一方面說馬華現代詩是一種試驗性寫作（experimental writing），另一方面又說「試驗性寫作意識……相當貧乏……兩三代以來，能以試驗當之無愧的作者真是絕無僅有」。張序有不少悖論，值得吾人留意。

這些年來讀了太多詩的文本闡析（explication de texte），自己也寫了不少，這回有機會讀到從大處著眼，充滿「人本焦慮」（humanist anxieties）的這篇序，令我有空谷足音之感。當張景雲說「馬華現代詩寫作還是有很強烈的作者氣味，以及精英氣味（但不是精英意識）……」我嗅到了張的委婉批判。本來作品有作者的氣味不會構成什麼問題，用中國詩壇流行的說法，那是作者個人風格的傾向性，唯乎作者以為自己是精英，視自己為萬物之命名者，閉門造車，孤芳自賞，問題便出現了。

〈語言的逃亡〉第八段最後一句是這樣的：「在現代主義已死

亡初期，馬華現代詩浮懸在現代主義精靈上，在後現代主義狂飆的今天，馬華現代詩也浮懸在後現代論說的氣流上；從這個角度看，我們可以說馬華現代詩是在走自己的路。」這句表面看來籠統、抽象的陳述不無深意。就筆者的理解，包括文學在內的藝術，其現代性不斷孕育著自身的後現代性，李歐塔（J.F.Loytard）認為這種轉化的力量源自企圖超越的內在衝動，後現代其實是潛藏在現代性的insider。現代主義文學既嚴肅又悲觀，後現代主義則以漫不經心、自我調侃的調門沖淡前者的嚴酷與沉重。梅洛龐蒂（Merleau-Ponty）與維根斯坦（L.Wittgenstein）的語言遊戲論使後現代詩人覺得自己的各種語言試驗，後面有理論撐腰，因而更覺得造反有理，樂此不疲。關於語言問題，讓我們留待後面再說。

張景雲的句子用了兩次「浮懸」，就筆者的解讀，可能蘊含了作者對現代與後現代性的隱批判。「浮懸」意味虛空不實，無論是浮懸在某個已死亡的主義幽靈上的現代詩，抑且是浮懸在後現代論說氣流上的後現代詩，既是浮懸那便是半天吊。當代馬華詩人之所以不易汰虛課實，其中一個因素是這些年來現代詩人在縱的繼承或横的移植仍無法定位。張景雲進一步說「一個現代詩人必須具有平衡的存在意識和歷史意識……有歷史／社會意識，才會放下詩人身段去追求『非永恆』的入世知識，才會在詩作中種下可以傳播／溝通的苗種」，可以視為「繼承—移植」說的引申。歷史意識是縱的繼承與自覺，而存在意識（社會意識）則超逾了自西方借貸或轉化的知識，涵攝了對於「大政治」的關注與瞭解，而這大政治甚至影響到詩人仰賴為工具的語言素質與它的前途。

《語言的逃亡》的作者引錄了Arundhati Roy，John Berger與George Orwell總共超過三百字的英文原文，無非要說明語言的受到傷害摧殘是全球性的。政治演講與書寫，或委婉表述，或含糊其詞，或乾脆扭曲真義：整個村落可以被轟炸成廢墟，村民與禽獸被射殺，政客用「平息紛亂」（pacification）一詞交代了事，張景雲舉了好幾個例子，這兒僅拈出其一，讀者當可會心。行文一貫平和通達的張先生談到這課題語調變得嚴厲：「如果說人之異於禽獸者，主要在於語言，詩語言之戰就是人性的保衛戰了。」Poetry is a form of refrigeration that stops language going bad，詩冷藏語言，使其免於腐爛，詩的神聖作用在於斯，詩人的神聖職責亦在於斯！

今日的文字工作者對語言的戕害，固然到了令人髮指的地步，筆者想補充的是，廣告與文案作者濫用同音字，擾亂原來字詞／成語的意義，也可以造成語言的硬傷。記者、編輯與媒體工作者趨新求異，無意中助長了這種風氣甚至扮演了助紂為虐的角色。「性福」（幸福）、「享瘦」（享受）這些廣告新詞產生了，它們尚不致鄙俗，「婚姻乏術」（分身乏術）便相當牽強，「豐胸秘cup」、「有痔者事竟成」則近乎隳敗。歐絲柴克（A.S.Ostriker）著《竊奪語言》（stealing the language）就各種語言的竊奪行為論之甚洋，值得大家參照，這兒不贅。

語言從同音異義去尋找elective affinities、發明詞語，僥倖偶有所得，畢竟不是語言保鮮、更新之道，普魯斯特（Proust）所言文學在語言中孕育一種外語，不是另一種語言，也不是失而復得的方言，而是語言的某種衍異，而所謂衍異是句法風格的創造，走在語言的剃刀邊緣的現代詩人，能不審慎乎？

《語言的逃亡》這篇通論提到非詩意、反詩意寫作，觀點值得註意。張景雲認為「一個詩人有非／反詩意寫作的意圖，他胸中首先必須有一種sophistication的詩美學傾向，這個傾向強則sophistication的作品風貌越明顯；可惜的是sophistication在馬華詩界是個絕少人欣賞、更少人有此悟性的風格，能在此集中見到一些詩行透露這種『世故』的顏色，在我已經是可喜的事。」這論見十分大膽尖新，可惜作者點到為止，沒有進一步申論，不僅《有本詩集》的二十二位詩人不見得會認同，其他不同字輩的馬華詩人也不免感到狐疑。

就筆者的理解，張氏所言sophistication大抵就是「世故」的意思。如果解讀無訛，則張的另一焦慮是當代詩人經營的所謂富於詩意的題材，孜孜矻矻、刻意求工，反而斲喪了冷然的天機，虛矯造作（artificiality），適足於阻塞自然流露或「自發性」（spontaneity）。

《有本詩集》收錄的多是七字輩的詩人作品，要求或期待年輕人在作品上表現世故（應該是世故的睿智）豈非強人之所難？曰：否。世故不一定與年齡有關，艾略特甫一下筆寫詩，就表現得十分老成，其大弟子奧登（W.H.Auden）年輕時期的詩已甚世故滄桑；葉慈（W.B.Yeats）寫的月亮週期與文明興衰是很不詩意的神話，佛洛斯特（Robert Frost）的〈補墻〉、〈雪夜林畔小憩〉都是相當prosaic的「非詩」。反璞歸真、馭簡於繁，讓燦爛趨於平淡，就是世故，也即是sophistication的意思，非鋪陳花草樹木星星月亮雨水淚水這些詩意的vehicles不能成詩者，殆庸手無疑。

張景雲憑其「知識的深信」，吾稱之為intellectual conviction，與人本的關懷，要求詩人具備歷史與社會意識，留意懸而未決的「繼承—移植」的就位，強調語言不容污染擄掠，甚至暗示詩人宜乎從事非詩／反詩意創作，見解迥出流輩，足於引起有心人的深思。《有本詩集》不標榜後現代，張序也沒把現代與後現代涇渭二分，印證了麥海禹（MaHale）的看法：現代主義與後現代主義並不存在一不可逆轉、單向開放的門檻。張先生說：「今天唯有『詩的鴕鳥』才會說，大政治與我無關。」某則以為，詩，也即是廣義的文學，一方面固不妨主動參與社會議題，另一方面又要能在美學上超越現實，才不致重蹈老現實主義的機械反映論的窠臼。我也許過慮了。

2003年9月7日

7　同音異義，語言變體

語言一直在變，變得速度勢頭愈來愈快，政治的、科技的、經濟的還有其他各行各業的新詞匯一直在豐富著我們的語言。新世代流行語、娛樂廣告文案不斷擠進語言的肌理去。維根斯坦（L.Wittgenstein）在他的經典作《哲學研析》（Philosophical Investigations）裡把語言比喻作一座發展中的城市，那些規則的街道和千篇一律的房子是理性語言、科學語言。城市裡還有衖道短巷廣場和新的舊的建築，形成不同的特色與風格，新舊樓屋都不太一樣，有些還多了一些加蓋物，提供不同的景觀。句子與句子通過迷宮似的相互參照而連接在一起。

情形確乎如此，語言的發展與城市的發展都在擴張，開發邊緣郊區，不斷容納新的甚至異質的因素，涵蓋面不斷拓寬，版圖一直在改變。

明乎此，我們即不必為語言的蛻變感到過多的憂慮。從「梵啞鈴」（violin）變成今日的「手提琴」，從「煙士披里純」（inspiration）改成今日大家慣用的「靈感」，早先音譯的詞很快就被廢棄（obsolescent）。有些詞語，比方說從humour譯過來的「幽默」，已成了漢語的一部份。Modern先後被譯作「摩登」「現代」，後者的使用顯然較普遍，唯「摩登女郎」、「某某小姐打扮入時，摩登得很」仍有人在用，也沒人因為你用了而把你看成是民國文人。當然，要談modernism或post-modernism還得用現代主義、後現代主義而不宜用「摩登主義」與「後摩登主義」，原因何在？用一句簡單的話來交代，新詞匯的沿用與捨棄，必須通過社會化，也是約定俗成的篩選。

黃子平副教授二零零一蒞馬，在《星洲日報》禮堂演講時曾提及香港當前流行的「三及第語言」，所謂「三及第」，那是書面語加粵語方言再羼進英語，名副其實的「三合一」。兩岸三地的語言形態對大馬影響頗大，僅就民間的滲透力而論，香港語言恐怕比中臺兩地的華語擴散面都大。近年港制電影與連續劇，片名如《愛情amoeba》、《絕世好Bra》、《Yes一族》、《百份之百啱feel》……是中英語的「雜種」（hybrid），國內趨附者畢竟不多。至於像《一碌蔗》、《我老婆唔夠秤》等影片名近乎下流鄙俗，仿效者更少。由於大馬華社的方言社群結構有異於香港，這兒的中文書寫語境對粵語的滲透仍具一定的抗力，負面作用仍不顯著。

吾人宜乎提高警惕的是，「同音異義字」（homonym）替中文慣用語、成語改裝易容的效應。這股風氣從廣告界、娛樂圈刮起，逐漸侵入新聞媒體甚至知識、文學等領域。「眉好人生」（美好人生）是修眉、紋眉廣告，「有藻一日」（有朝一日）賣的是綠藻、藍藻，「隨肌應變」（隨機應變）是美容院的皮膚護理，「有痔者事竟成」（有志者事竟成）售賣痔瘡藥物。廣告文案用的是輕鬆、俏皮策略，務求朗朗上口，易讀易懂易記，能刺激產品銷路，那是廣告人的職責，對個別廣告工作者而言那是創意的發揮。從工作倫理的角度來看，這當然沒有什麼錯，從語言的角度來衡量，以諧音字取代慣用語，由於並無規範可循，各人就其所需掠奪原來字詞的「任意性」（arbitrariness）肯定會造成語言混淆，甚至贗幣驅逐良幣的現象。

影片名稱像《先生貴性？》（先生貴姓？），觸及性別課題，可以說得過去，《屍前想後》（思前想後）便惡俗不堪。近年來同類的改裝成語像「合久必婚」（合久必分）、「智在必得」（志在必得）、「婚姻乏術」（分身乏術）、「錢途無亮」（前途無量）、「細說心語」（世說新語）……語碼轉換得令人眼花繚亂。英語也有以同音變義的文字遊戲，文化評論家杜夫曼（Ariel Dorfman）指出這種現像是「文化的幼稚化」（the infantilizing of culture）：「……乃是一種剪裁，它創造出一種大多數人都不必費神即可瞭解的東西……追求簡單心靈的公式……最終是在複雜世界裡製造一群善惡分明的簡單心靈，一群永遠的孩童。」上述這種語言言變易，同音異義，同種二形（dimorphic），對語言基礎尚淺的中小學生會產生怎樣的誤導作用，實不可輕忽視之。

筆者並非語言冬烘，更非語言的原教旨主義者。我瞭解一種語言要成為世界語言，要付出代價，那是「語言的變體」（language variety），像英語在新加坡便發展出Singlish（有心人不妨收看Kopitiam），馬來西亞也有自己的一套Manglish，具有大馬色彩的Malaysian English講岔了會變成Mangled English。中文的未來發展必然會衍變出一些「增生物」（Corollaries），甚至惱人的骨刺，要經過約定俗成的社會化才能成為民族語言的血肉。上屆世界足球杯大賽，德國韓國一役，德勝韓敗，國內報章用的標題是「德意洋洋、韓淚出局」頗見新意，西片《Panic Room》翻譯成「房不勝防」（防不勝防）可謂妙筆天成，要比「暗室戰悚」、「暗室驚悸」有更多想像的餘地。

至於知識界、文學創作亦不甘後人，在同音異義這方面的推陳出新下工夫，其利弊及長遠影響可能要另文析論才能勾勒出輪廓來。作家本來就與文字為伍，「吟成一個字，撚斷數根須」無非說明詩人推敲字詞甘之若飴的經驗。《華說天下》（話說天下）的專欄名稱看似不妥，如果知道寫的人是戴小華就會釋然莞爾；正如戴安全的欄名《上了讀癮》（上了毒癮）頗為駭人，其實是在玩弄語言的機智，博讀者一粲。

2003年9月21日

8　文字諧音與文學感性

年前與傅興漢被困某大廈電梯，開始大家都有些焦急。按了紅掣，警鈴響了，拯救的人卻遲遲未至，為了使氣氛輕鬆些，我對興漢說：「看來我們只好在這兒坐以待斃了。」興漢眼珠一轉，笑著回答：「老師說的坐以待斃很有意思，但是與其坐以待斃，何妨做以待斃，起碼證明我們曾經努力奮鬥過。」話說完了，他真的從褲袋裡掏出鑰匙還找了較粗的一支作勢要撬電梯鐵門。我知道興漢對文字的諧音變體最為留意，便說：「撬門我不會，坐以待幣我倒能。」興漢仍一秉他的實幹主義作風：「坐以待幣勝算不高，還是做以待幣，機會多些。」話才說完，大家都忍俊不住笑出聲來。

一句簡單的成語用諧音法可以派生出四個變體，玩的當然是文字遊戲。中文乃單音語文（monosyllabic language），多的是同音異義字，就說「音」字吧，便有英、嬰、鷹、鸚、英、殷、櫻……多個聲韻相同的單字，這提供了語言衍異的「捷徑」，但捷徑究非正途，偶一為之，得其諧趣，讓平板膚淺的廣告文案活潑鬼馬，使日常談話生動佻皮。

不過語言要衍變、發展、自我豐富，不能光靠慣用語的「類同變異」（mutation），還須另覓其他可循途徑。就我看，媒體工作者與作家在這方面的貢獻良多，彼此取徑雖不盡相同，力圖提高語言的表述效應的意願則一。

媒體工作者是記者、編輯，他們筆下的新聞報導，限於篇幅，必須言簡意駭，為了吸引讀者，更須生動活潑。新的社會現象往往需要新的詞匯、獨特的表達方式才能描劃交代清楚。過去不曾用過的詞，像「盲點」、「誤區」、「內爆」、「消音」、「軟著陸」、「硬著陸」、「隨機性」、「能見度」……見報率日愈頻仍，寖寖然已成為漢語的一部分。「反思」一詞大概是「反省思考」的簡化，這個詞在八十年代，尤其是六四運動後成為流行的文化詞匯。「娛訊」是「娛樂資訊」的簡稱。無獨有偶，英文媒體也把information和entertainment截頭去尾另組infortainment這個新詞。

從片語的文字組構來看，利用詞性變化、人格化、形象化、諧趣化，並結合當前大眾文化的共有知識演變出來的各種陳述形態，可謂洋洋大觀，或許我們可從一些新聞標題窺見端倪。像〈容易受傷的美國政壇〉不僅人格化、形象化，而且還用上了王靖雯（王菲）成名曲〈容易受傷的女人〉的典故。二零零一年中國申辦奧運成功，這消息對中國經濟是個積極因素，但這並不能保證臺海七年內不爆發武裝沖突，新聞報導用的標題是：〈經濟「偉哥」非軍事保險套〉，題目詼諧有趣，增強了文章的磁吸力。

二零零二年小泉的改革計劃未見成效，時事報導用的題目是〈改革樓梯響／復蘇未見來〉，顯然是「但聞樓梯響／未見人下來」的變奏。二零零二年七月中國名演員劉曉慶涉嫌逃稅，被拘拿囚禁於秦城監獄，邱立本先生用的標題是〈秦城影后與稅稅平安〉。「稅稅平安」是「歲歲平安」的諧音變體。諧音衍異用得恰當，與事件情境相呼應，每有奇趣。邱先生的社論末節下筆愈見神采：

秦城的生活是一種等待，也是一種歷煉。……她還未走出清宮和稅務的迷宮。一代天驕，欲與稅吏試比高。她驀然回首，聽到小李子就在燈火闌珊處，高喊一聲：『稅稅平安』。

「一代天驕，欲與稅吏試比高」戲擬毛澤東詞，「暮然回首……在燈火闌珊處」把〈青玉案〉拆開，中間插播一段過門，清宮與太監，在毛澤東幢幢身影籠罩下愈見歷史的詭秘。「聽到小李子……高喊一聲」甚且蕩漾著《走向共和》的回響。

台灣《中國時報》對二零零一年的台灣政局有篇評論，文章中規中矩，嚴謹有度，寫到後面，作者的知性關防漸鬆，得心應手，想像愈見靈活，竟然把現實與連續劇、時尚偶像，也就是大眾文化環環相扣在一起：

> 連迷稀疏，宋迷已老；當宋楚瑜站臺叨念著《大宅門》連續劇的劇情和台詞時，馬英九卻成為年輕人心目中的「哈利波特」的最佳代表。

寫時事、政治評論寫到這階次，僅憑一支報導翔實的記錄之筆是不夠應付的，文學感性在這兒發揮了它的渲染、提色的作用。甚麼是文學感性？且讀下面董橋〈星期天不按鈕〉的一段文字：

> 朱麗葉住在二十五層高樓上，這世界不再有羅密歐了；耶穌把頭發剪得很短，穿著全套法國名家設計的西裝跑去給一家電腦代理商主持開張剪綵儀式；狄更斯聖誕故事裡的守財奴突然翻出床底下的錢箱，把一捆捆好大面額的鈔票全捐給國防部去發展軍費……

董橋寫的是「人類文化中的閑情逸興都給按鈕機器按死了」的都市情境，想像恣肆詭奇近乎荒誕不經，而荒誕不經不正是後現代情境的寫照嗎？

文學的感性對文學來說是常態，作家／詩人無文學感性，與木匠技工無異；對記者或時事評論家而言，文學感性是個優勢，唯時事報導重實況記述，栩栩如生固可，天馬行空就不免流於浮誇。

新聞報導從標題到行文借助文學想像力，藉此跳出呆板平面甚至無趣的實錄，讓讀者眼睛吃冰淇淋，腦細胞洗個熱桑拿。莫言的《豐乳肥臀》並非黃色小說，卻以駭俗的書名，飽滿的意象挑逗眾人的閱讀慾望。時事報導寫日本金融大臣竹中平藏提出二零零四年國內主要銀行必須把不良債權總額減半，用的標題是「日金融大臣／摸老虎屁股」，金融界而成了老虎屁股，用的不僅是「尾大不掉」的間接典故，也是莫言的肥臀意象，那是文學的天使輕觸（angelic touch）。竹中宣佈決策後，二零零二年九到十月，期間東京股市連續數周劇跌至十九年來的最低水準，老虎屁股真是摸不得的。

時事報導加上一些文學想像，既可提高新聞素質，又能開啟讀者的感性脈動。刊載於《泰晤士報》、《紐約時報》等權威媒體的評論文章每每能言志兼及抒情，批評時政又能重視藝文的敷陳，為識者贊譽，足證中文媒體報導加強其文學品質「吾道不孤」。應該附筆一提的是，除了特別標明出處的例外，前面的新聞標題均引自《亞洲週刊》。

至於諧音字可能造成的語言衍變，其實可以盤旋、創造的空間很大，已經在開拓中了但可以拓展得更寬廣。高大鵬教授的「死亡無須設計，只要放棄」，因行內韻而發出箴言式的音色美聽；張曉卿先生的二零零三年新年感言《從寧靜革命到心理轉型》，標題裡頭的「靜」、「命」、「型」諧音共鳴，凸出了文句內涵迂緩曲折的指意；已故林語堂的《胡適與辜鴻銘》一文首句，即謂「前天由歐洲回來，事也煩，人也懶，天氣也暖，不想寫文章。」煩、懶、暖、章一連串的尾韻把作者的慵倦閑散都寫活了。信手拈來這些例子，是讓不知我者，瞭解我在批評同音異義的濫用時，其實並不那麼反對諧音——包括諧音衍異——的種種語言優勢。

2003年10月5日

9　治語文如烹小鮮

寫了幾篇關於語文的文章，朋友打電話問我，要把語文搞好有無速成之道。我說：多講多讀多寫多用心揣摩。朋友又問有無秘方可傳，我說沒有，但是文白交融、適當地帶進一些生動的口語，膽子夠大的不妨變換詞性，在句構方面向英文借鏡，活用形象思維，在比喻方面推陳出新，勇於調整甚至改變自己的語言習慣，雖非秘方，卻是提升語文的善策。

說當然容易，實行起來戛戛乎其難。大多數人的語文程度都停留在二十三、二十四歲大學畢業那個階段，再要進步往往寸步難移。有些作家還在用當年高中時代的中文寫作，不落伍幾希！二十五歲後的知識與經驗累積了不少，唯語文停滯於「慣性領域」（habitual domain）裡，「老狗耍不出新招」。偏偏新的知識資訊許多時候並非陳舊的語言所能承載；新的思想需要另一種表述方式才能說得清楚，才能道出它的精微處。

要討論中文的文白融渾、口語運用、西化句型，所需篇幅必然甚為可觀，所幸張愛玲的短篇小說《傾城之戀》有段不算太長的片斷，可供我們同時探討上述這些語言現象：

> ……流蘇吃驚地朝他望望，驀地裡悟到他這人多麼惡毒。他有意的當著人做出親狎的神氣，使他沒法可證明他們沒有發生關系。她勢成騎虎，回不得家鄉，見不得爺娘，除了做他

> 的情婦之外沒有第二條路。然而她如果遷就了他，不但前功盡棄，以後更是萬劫不復了。她偏不！就算她枉擔了虛名，他不過口頭上佔了她一個便宜。歸根究底，他還是沒得到她。既然他沒有得到她，或許他有一天還會回到她這裡來，帶了較優的議和條件。

「勢成騎虎」、「前功盡棄」、「萬劫不復」、「歸根究底」是文言成語慣用語，「驀地裡悟到」、「枉擔了虛名」是地道的古典章回小說的片語，至於「回不得家鄉，見不得爺娘」近乎俚歌俗謠，十分口語化。最後一句「……或許他有一天還會回到她這裡來，帶了較優的議和條件」，是典型的英文倒裝句「……perhaps he may come back to her one day，with better terms of peace.」一般的中文說法是「……或許他有一天會帶了較優的議和條件，回到她這裡來。」張愛玲這段文字文白交融，同時羼進了俚語方言和西化句子，是多元的綜合體。張是文體家，英文造詣高，其中文書寫即便在四十年代已頗能「西而化之」。白璧微瑕的是「他不過口頭上佔了她一個便宜」的數量詞「一個」不妥，改為「一點」或「一些」略佳，刪去則更幹淨俐落。今日流行的文句像「他有一個想法……」、「張先生有一個建議……」其實都可用「他認為……」「張先生建議……」取代之。數量詞的誤用、濫用在張愛玲那個年代可以被諒解，經過六十多載的語文反復試驗與履踐的今天，再犯這類毛病應該痛打三十大板。

大體上說，寫白話像白話不難，但寫白話要寫得跳脫生猛，充份發揮口語的鮮話性、在場性、諧趣甚至野趣者則甚難。中國批評家陳村寫了篇《開導王朔》或可拿來印證：

> 王朔是你自己說的，〈千萬別把我當人〉，你說〈壹點正經沒有〉、你〈玩的就是心跳〉，普天下就是你最瀟灑最牛逼最橡皮人了。今天，終於有人不把你當人了，你終於心跳了，如何就長了脾氣，就要惡形惡狀地做出一副「我是妳爸爸」的嘴臉？王朔也是嫌低愛高的，原來他的哲學並不徹底。這就俗了……人家不評你，你就弄出一迭流氓的帽子，人首一頂。即使你不吃皇糧，思想卻入了皇糧。按你的辦法，你要是不入，我們就發展你入。你要是入了，我們就清除你。

通篇是地方色彩甚為濃郁的口語，生動有力，吳靄儀嘗謂「文字要活，要說得出話來。」陳村做到了。唯俚語方言密度那麼大的文章畢竟是異數。寫王朔可以用上痞子文體，寫唐君毅、張五常、余秋雨，也用這樣的市井調調則不免造次。今日我們慣常用的仍是文白的適度組合。

姚一葦先生在自序交代他撰述《藝術的奧秘》的過程有一段話：「我為糊口，一向在銀行任職，事務冗瑣，工作繁劇；此外，復在數所學校授課，欲辭而未得。本書之成也，僅係利用休閒之時間，一點一滴累積以成；即所以仿效愚公辦法，今日一鋤，明日一鍬，山雖高而鋤鍬欲不輟……似此等著作生涯，最是辛苦；為查一書，每至頭昏心跳，血液上騰，幾欲昏厥。至於運筆構思，更不待言矣。」這是梁啟超式的文白交融，文多於白，認真來說，是簡易化了的文言。詩人余光中的《詩魂在南方》首段：

> 屈原一死，詩人有節。詩人無節，愧對靈均。滔滔孟夏，汨徂南土，今日在臺灣、香港一帶的中國詩人，即使處境不盡

相同，至少在情緒上與當日遠方的屈原是相通的。

前面兩句半用的是四句一組的文言，簡約典雅，「今日在臺灣……」以迄句末用的是乾淨的白話，其間「即使處境不盡相同」略見文言的轉折。余先生這段文字，整體來看要比姚先生的「白」許多。還有另一種文白交融是文言的詞匯、情韻巧妙地滲和到白話篇章裡頭去，像陶傑寫在民國十七年自法國返回上海美專與劉海粟共事的大畫家潘玉良：

> 潘玉良臨終時，一定捧著丈夫送別時相贈的懷錶，那只錶指的還是蔡鍔的年代，草長如忘，苔深似鎖，但在那色彩迷離的夢魂裡，法國觀眾看不到另一層心靈的意境，其實是煙雨樓臺的江南。

對當前的文字工作者來說，姚一葦體可供尺牘往返之用，創作則不宜。評論也用這等古意盎然的文字，除非我們有陳世驤、樂蘅軍、楊牧、葉嘉瑩的文言底子，否則極易黔驢技窮、弄巧反拙。余光中、陶傑都可學習或參照，治語文亦如烹小鮮，甚麼時候多添些蠔油，甚麼地方多灑些蔥花，繫乎寫作人的乾坤一念。寫文章確乎無法教，亞里斯多德說得對：「雖在父兄不能以傳子弟」，筆者這篇短文旨在提個醒兒，目的無非自勵勵人：尊敬咱們的民族語言，不要亂用濫用，用句清代帝王系列連續劇裡常用白：「要對得起列祖列宗」。

2003年10月19日

10　以文述樂：趨近語言臨界

一九七四年我應詩人瘂弦之邀，在臺灣《幼獅文藝》開了一個《談文說藝》欄，介紹西洋古典音樂，兼談音樂與文學的關系。那時我已意識到用語言詮解音樂極其費力，音樂是時間藝術，音響的輕重處理固然重要，但音響的長短配置安排更是任何曲調藉以賦形的關鍵。

語文的形容詞如「舒緩」、「輕快」、「迅急」、「剛猛」……其實都搔不到音樂的癢處。《談文說藝》專欄，我只寫了半年便難以為繼，因為我實在不能容忍自己寫出像：「勃拉姆斯的鋼琴曲音色華美，由柏恩斯坦彈奏，可謂相得益彰」或「Mahler的《海》，氣勢磅礴，撼人心魄，由千人管弦樂隊演奏，雷霆萬鈞，令聽眾喘不過氣來。」這類皮相的描述。我也曾用詩的方式寫Debussy的《月光曲》，但以詩寫樂評，以艱深詮釋空靈，知音恐怕就更少了。

一九八一年我與陳徽崇兄籌劃現代詩曲《驚喜的星光》唱片與卡帶的出版，由百囀合唱團擔綱演唱。以「百囀」為合唱團命名是我的主意，那時我想到的是黃庭堅《清平樂》的「百囀無人能解，因風吹過薔薇」，現代詩為人詬病不能解或費解，藝術歌曲的陽春白雪，恐怕能解能欣賞的亦不多。但詩變成曲不是變戲法，而是一種轉譯，作品的題旨、境界、氣氛能否以音樂方式呈現，頗似枝頭上的黃鸝，嚶嚀百囀，都在可解與不可解的臨界。

一九九八年迄今，我也寫了一些文章介紹陳容和卓如燕，用心的讀者相信會注意到我是用古典詩詞的遺詞用字來反映我的聽曲感覺。詩詞有一種迷離、恍惚、難以捉摸的美，藉之以形容描繪本來就悠遊、迷離的音樂，負負而得正，讀者讀我的文章空納空成，反而有神遇的可能。當然這只是我主觀的願望，沒辦法中的辦法。誠如皮爾克（Ronald Peacork）所言：「音樂語言是一種神秘語言，它擁有自己獨特的語匯與句法。」要轉譯成文字，談何容易。

李歐梵是古典樂迷，我想他也感覺到用語言描繪音樂的困難，早年他寫《聽芝加哥交響樂團》，談到蕭提（Georg Solti）指揮演奏華格納的《飛行的荷蘭人》，用的是「場景襯托法」：「………全場掌聲雷動，歷時廿多分鐘而不稍減。Solti出來謝幕大概有十幾次之多，最後他實在沒法把掌聲停止，只好將首席小提琴手一拉就走，這樣觀眾才逐漸散去。」邇來李先生在《亞洲週刊》寫了好幾篇樂評，力求擺脫過去的陳述模式，他借小說家村上春樹《海邊的卡夫卡》裡頭一個名叫大島的人對十五歲的男主角講述他聽舒伯特D大調奏鳴曲的感受與人生體會，大島說舒伯特的這作品有一種「天堂式的冗長」，本身並不完美：

> 如果開車聽一首完美的舒伯特樂曲，說不定會想閉上眼睛就那樣死掉也不一定。可是我側耳傾聽D大調奏鳴曲時，可以聽出那種人為的極限，因而知道某種完美，是由不完美的無限累積才能具體實現的，這對我是一種鼓勵。我說的妳明白嗎？

把音樂帶入哲學反思的層次，可能比現場聽眾反應的側面烘托有效且耐人細嚼，因為陳述深入「內在」，碰觸到的是讀者敏感的神經。古人描繪聽曲經驗，或訴之於擬聲詞（Onomatopoesia），像劉鶚〈明湖居聽書〉對黑妞超音藝表現的描述：

> 那彈弦子的便取了弦子，錚錚鏦鏦彈起。
>
> 這姑娘便立起身來，左手取了梨花筒，夾在指頭縫間，便叮叮噹噹的敲，與那弦子聲音相應。……忽羯鼓一聲，歌喉遠發，字字清脆，聲聲宛轉，如新鶯出谷，乳燕歸巢。

「錚錚鏦鏦」、「叮叮噹噹」都是擬聲疊詞，「新鶯出谷，乳燕歸巢」是形象隱喻。劉鶚既能寫聲音的高潮疊起「唱了十數句，漸漸的越唱越高，忽然拔了一個尖兒，像一線鋼絲拋入天際。」也能寫低音的醞釀盤旋，《明湖居聽書》有一段經典式的、示範性的描繪：

> 從此以後，愈唱愈低，愈低愈細，那聲音漸漸的聽不見了。滿園子的人都屏氣凝神，不敢少動。約有兩、三分鐘之久，彷彿有一點聲音從地底下發出。這一出之後，忽又揚起，像放那東洋煙火，一個彈子上天，隨化作千百道五色火花，縱橫散亂。這一聲飛起，即有無限聲音俱來並發。那彈弦子的全用輪指，忽大忽小，同他那聲音相和相合，有如花塢春曉，好鳥亂鳴。耳朵忙不過來，不曉得聽那一聲的才是。正在撩亂之際，忽聽霍然一聲，人弦俱寂。這時臺下叫好之聲，轟然雷動。

這段文字寫音響的蓄勢待發，充滿懸慮的張力；以東洋煙花接二連三的彈高燃亮，造成天空五色紛陳的燦爛，是以實寫虛，以視覺意象呈現聽覺感受。

我想《老殘遊記》的作者不僅是個民俗學者、文體家，而且此人於音樂、繪畫的修養亦甚精湛，否則不可能以空間景象的迅速變易準確地「再現」（re-present）歌聲變化的形態。從煙花筍接到「花塢春曉，好鳥亂鳴」，不僅如胡適所言「作者都不肯用套語爛詞，總想鎔鑄新詞」，而是語言的「脫軌」（off-track），跳接需要動力，雅克慎（Roman Jakobson）嘗謂語言有一種能量，能將隱喻接通換喻。嵌鑲在文章裡的其他外緣片語，像「滿園子的人都屏聲凝神，不敢少動」、「這時臺下叫好之聲，轟然雷動」是場景襯托法，文字效果與李歐梵寫Sir Georg Solti謝幕那一段相近。

除了劉鶚，寫聽曲經驗最出色的大概要算白居易了。他的《琵琶行》：「大弦嘈嘈如急雨，小弦切切如私語；嘈嘈切切錯雜彈，大珠小珠落玉盤。間關鶯語花底滑，幽咽泉流水下灘。水泉冷澀弦凝絕，凝絕不通聲漸歇。」可謂千古絕唱。「大珠小珠落玉盤」已成了「凍結意象」（frozen metaphor），可以放在文化研究的範疇深究研析。唯七言詩句囿於體例，畢竟不及白描那般自在從容、活潑生動。以我的理性偏嗜，總覺得劉鶚、白居易的藝術轉譯，如能增強其哲學內涵，境界更高，可供讀者聯想的空間會更大。近讀張穎（鋼琴家、琵琶演奏家）寫她聽愛爾蘭小提琴手Fionnuala Sherry和挪威作曲家兼鍵盤手Rolf lovland合奏的《秘密花園》（Secret Garden），其中一段行文令人大開眼界：

> 我驚訝怎麼會有這種浪漫到盡頭、悲傷也到盡頭的音樂，令人找不到退路，完全沒有中庸的餘地。好像我喜歡的一種，最亮時大放光明，能在幾尺外看得見五線譜上最細微的一個符號；但當妳調到最暗時，充其量只是一燭光，鎢絲在透明

玻璃燈管中微顫，像略微燒紅的炭，更像夜晚海中央的一點漁火。

用火光意象來再現音樂是相當困難的嘗試：開始是大亮的燈光，後來是幽暗的燭光，然後是微紅的炭，最後Zoom-out到遙遠海上的一星漁火，其間轉折，使我愈發相信語言的連續鋪陳可以構成「空間實感」（spatial reality），我特別喜歡悲傷到了盡頭找不到退路，「完全沒有中庸的餘地」的軟哲學抒寫，正如村上春樹對舒伯特作品的領會，它讓我醒悟哲學不一定是觀念和思想，也可以是日常生活中的柔性但卻深刻的感覺。

手頭上有篇樂評，談的是中國當代首屈一指的民謠歌手：「宋祖英的演唱活潑、大方、奔放、有一種激情，也有一種深層的感染力，她演唱的眾多歌曲很快家喻戶曉、耳熟能詳……《月亮花兒開》的婉約，以及《中國永遠收獲著希望》的磅礡，都留下宋祖英清潤委婉，深富彈性的音色。」文字的客觀描述頗為到家，但就是欠缺一點兒聽曲者主觀的、感性的詮釋。或許讀者可以從劉鶚、白居易、李歐梵、張穎的樂評片斷，窺見彼此的異同與特色，對語言的可塑性與「能及度」作出反思。

2003年11月2日

11　文化認同與生活詩性

我的朋友曾景培當過股票經紀，刻下是屋業發展商，太太是某大公司的行銷經理。夫妻兩人都是大學生，生活水準都稱得上優裕。他們的物質生活並不奢侈，也無意講究排場鋪張。景培與我一邊攀談一邊掃了掃他額上那綹頭髮說：「我不用發蠟，也不喜任何hair cream，每天洗頭，乾淨就好……」景培伉儷每天忙碌，唯每週總不會錯過他們的二胡課程。我沒問景培何以在諸般樂器中獨獨垂青於二胡。這兩位專業人士對二胡濃厚的興趣，使我聯想到三個問題。

一是筆者在上一篇文章提到的文化認同的自我深化，當事人在本身已經有若干認識的文史哲或藝術領域精益求精；二是文化認同的流動性與增殖（不是增值）的可能性，如果曾景培除了學二胡也學琵琶，他的文化認同的維度無形中便大了，文化素養在增殖。如果曾氏夫婦也跟著我搞文學，寫現代詩，他的文化認同便從華樂領域「流動」到文學藝術去。一個心智不斷成長的人，就文化層次來看，應該不斷自我深化與自我增殖。

借用米哥・塔許（Micheal Dash）的說法，文化的自我深化，猶似地中海，是以同心圓的方式向內聚合，文化的自我增殖或流動蔓延則像加勒比海的相對開放，並向外延伸探索。文化薰陶和學習本來就是一個動態的過程，內部的符號及象徵系統可以衍變添補，一方面維持平衡，一方面進化。即使內部的符號系統出現矛盾，也能通過衝突、調整而臻至整合。

蘇東坡的前後《赤壁賦》，曹雪芹的《紅樓夢》，作品的儒釋道思想在作品融為一體，拆開來看，儒家的匡時淑世，釋家的緣起緣滅，道家的虛空待物，觀念歧別很大。中國的文化人或今日的知識份子，思想意識不僅有儒釋道的成分，甚且兼具九流十家（法家、墨家、陰陽家……）的若干思想點滴，但這些相衝相剋的思想元素，並沒有使當事人性格分裂，從宏觀的角度來看，中國文化的結構也沒有因此分崩離析。

我的第三個聯想是生活詩性的追求。曾景培夫婦的擺脫市廛煩俗，每週騰出些時間學習二胡是為自己的生活另闢空間，做自己喜歡做的事，不是為了賺錢也與物質生產無關。「詩性」不等於「寫詩或嘗試寫詩或瞭解詩」，詩性是某種浪漫的傾向，充滿情緒張力，自給自足，能發揮個人創造性與想像力的品質。如果學習二胡（或學習鋼琴）是為了把握一門技藝籍此為生，職業導向一切無非為稻粱謀。那便無「詩性」之可言。詩許多時候是難以言喻的（indiscernable），生活詩性亦是如此，所謂「子非魚，焉知魚之樂」，便是這意思。

文學革命的先鋒，像魯迅，一生都主張拋掉線裝書，頗為諷刺的是，他的生活詩性是從不斷偷偷細讀線裝書那兒獲得的。毛澤東的生活詩性不是來自他鼓吹的工農兵文學，他每有餘暇編寫些詩詞（他在詞方面的造詣很高），睡前喜讀《資治通鑒》。從無產階級文學的角度看，詩詞歌賦都是貴胄豪門與士大夫的唱酬遊戲，司馬光的思想早已是「曆史渣滓」。毛澤東一生戎馬倥傯，歷史鬥爭無數，其生活詩性卻源自全國十億人民都應唾棄的腐朽事物，寧非怪事？可見詩性隨喜，乃感情之自然流露，並非什麼意識形態禁錮得住的。

在百忙中，每週找些時間郊遊野餐，赤足在自家院落種菜，或暫時丟下瑣屑的公務，與家人朋友看部電影聽場concert逛逛書展，這些都是逸出生活框限的詩性延伸，雖然個別情況與層次不一。人不能只有現實經驗，而沒有神秘經驗，而沒有幻想和夢，宗教或其他方式的修為從打坐到瑜伽，也是詩性的溢出與實踐。俄國名作家契訶夫（chekov）常在深夜裡，熄去電燈，獨坐黑暗的斗室瞧向窗外，看閃爍著白光的雪，心裡充滿了對天地的敬畏與對人類處境的哀憐，那也是一種純然詩性的流露。

當然生活詩性不一定唯感（sensuous），它也可以是理性的（rational），生活詩性可以耽美，也可以不那麼耽美近乎嫵媚。當劉心武說：「我愛每一片綠葉」即是耽美；當劉再復為前者的書寫序說：「問候每一棵小花與小草」那是唯感。

英國大哲學家羅素自言一生為三種激情所苦：「三種單純然而卻極其強烈的激情支配著我的一生，那就是對於愛情的渴望，對於知識的尋求，以及對於人類苦難痛徹肺腑的憐憫。」激情是生活詩性的澎湃傾斜，但羅素的激情從知識的追尋到人類的關切，充滿濃厚的人文主義色彩，或可證明生活詩性並非只是吟風弄月的唯感浪漫，他也可以有堅實的理性基礎。

2004年04月18日

12 從散文分行到詩

馬華新詩一路走來篳路藍縷，五、六十年代終於有白垚《蕉風》一群年輕人的開拓，掀起新詩革新的潮流。二戰前雖然有溫梓川的象徵詩，與傅尚皋、威北華等人的詩試驗，畢竟是孤軍或各個別作戰，未能蔚為氣候。白垚手上掌控《蕉風》與另一份廣為中學生（當中不少是文藝青年）歡迎的《學生週報》，新詩的改革通過雙方的辯論規模漸具。

不過，如果我們以為六十年代以降，馬華新詩蛻變到現代詩過程一帆風順，那肯定是錯誤的印象。一九六五年新馬分家，國內兩家大報，《南洋商報》與《星洲日報》的文藝副刊主編大抵都不清楚什麼是現代主義，至於超現實主義、達達主義，對這些編輯而言更是不可思議。這些編輯懂得的是，文學是載道訓誨的工具，是另一種形式的政治宣傳，他們對西洋文學思潮多採取排斥甚至否定的態度。七十年代情況尤其惡劣，偶然有一兩首現代詩在報刊上出現，那是點綴式安排，用意不外乎向外宣示「園地公開，不分派系」如此而已。

明乎此，當我們今日讀《馬華文學大系・詩歌一（一九六五——一九八零）》、《詩歌二（一九八一——一九九六）》發覺裡頭有為數可觀的散文分行、標語口號，這或者可以讓我們窺見六十年代以迄七十年代現代詩處境的艱難。

《詩歌一》的一百九十四位詩作者當中，其中一百四十人只選入一首詩，「抽樣」（sampling）嚴重不足，讀者甚難捕捉個別作者的風格、意趣、特色。唯一失換來一得，從橫切面研讀一九六五年以迄一九八零年的馬華新詩，收錄較多的作者，或更能反映長達十六載的馬華白話詩的狀況。尤其是散文風行、標語口號「氾濫」到怎樣的地步。

六十年代蔡存榮〈媽媽，請別哭泣〉：「親愛的媽媽，／當孩兒悄悄收拾行囊，／不告而別的時候，／請不要哭泣，／也不要悲傷！……」，到了七十年代魯鈍的《生命總要燃燒》，散文分行進一步變成了拙劣的口號：「生命總要燃燒／燃燒成能源／燃燒成動力／去發動人類文明的巨輪／在千萬年歷程上／乘風破浪前進／前進／從一個時代／邁向另一個新的時代／前進／永遠前進。」

八十年代的靜華寫〈登高記趣〉，詩作竟像一片勵志短文：「登山／原本就是一項艱苦的／滿是阻力的途徑／因此要具備／健康的體魄／外加忍耐。」到了一九九零年鍾秋生在其詩作〈糟蹋〉寫下一長串的標語：「但，近十多年來／據說／為了尋根／為了民族大義／為了民族的尊嚴／為了一起發揚／中華文化／她們，她們宣稱／要寫華語／要念中文／要寫漢字／還要去拜師，學／中國畫」。詩貴含蓄，所謂言有盡而意無窮，我們的「詩人」卻把話都說盡了，了無餘意。

我粗略的統計，發現《詩歌一》至少有二十位作者寫的正是這類「非詩」；《詩歌二》的情況好多了（時代不同了），但也有八位作者的詩「散文性」濃得化不開，前引鍾秋生是一例，金苗、芸亦塵的作品都十分散文化（prosaic），後者在濫用情緒性發洩的口號標語方面，與鍾秋生不遑多讓。

一些作者企圖用押韻的方式把散文「變成」詩，馬漁是一例，他的〈永遠銘記家鄉的苦難〉篇幅頗長，只能引錄兩節：「大海龜儘管遊得多遠／總不會忘記東海岸是它的家／就算我走遍海角天涯／也永遠惦記著家門前的曬魚台／爺爺琴手替船主把它紮下／爸爸天天經過它的面前出海／媽媽每天在上面曬魚／我就在上面的魚堆裡長大！」這些詩行用家、涯、下、大為韻腳，唯押了韻的散文仍是散文，充其量是帶點詩意的散文，詩語言的內在節奏，遠比外罩的音響格式重要，這是詩的常識。

另一種詩意散文則從花草、樹木、流星、太陽這些大自然景物上著色，襯以韻腳，像夢平的〈山道上〉的四句組段：「扔一身塵寰喧囂的塵土／除去臉上那層虛偽的世故／我聆聽沉默的山林深情的心跳／我遊目於崗嶺、溪流、野花、雲樹」，寫景的段落以上、故、樹押韻，表面看來有點像詩，細品就發現裡頭沒有情景交融，作者甚至沒能力借物起興，更談不上物我同一的感應與神遇。通篇都是景物的白描，加上人云亦云的固定反應（「除去臉上那層虛偽的世故」幾乎是面對景色的刻板反應了）。類似這種調調的作品充斥於《詩歌一》，且蔓延到《詩歌二》去，以夢平為例，因為他是個饒有興味的個案。

大系各部書末均附作者生平簡介，這簡介由馬崙（夢平）撰寫提供，簡介的內容包括作者誕生年份、原名與其他筆名、祖籍、學歷、職業、著作、發表作品之刊物及過去、目前從事之文學活動，這是簡介的規格，唯在「夢平」項下，卻出現一段有趣的「題外話」：「馬華資深作家，生於一九四零年，……夢平只愛讀詩卻不問詩事，自覺本土的詩人突飛猛進，教讀者窮追不上。偶爾談及，夢平會引用清代詩人袁枚的詩論代為回答：『賦詩似為政，焉得人人悅？』、『但須有我在，不可事剽竊』、『賦詩如開花，開多花比少。』『鶯老莫調舌，人老莫作詩；往往精神衰，重複多繁詞。』——由此，可見他老早失去『年少寫狂詩』的非分妄求矣。」

一百二十字的自我道白，一方面表示不問詩事，另一方面卻借袁枚之口指指點點。至於說本土詩人「突飛猛進，教讀者窮追不上」云云，是褒是貶，讀者自能會意。就事論事，執筆人馬崙（夢平）是自己破壞了〈作者生平簡介〉的體例，上述文字已遠遠逾越了生平簡介的範疇，議論縱橫，以清人訓誡今人了。

夢平的「心聲」，也可能是馬華詩壇好些人的心聲，許多人就是分不清楚什麼是美文，什麼是詩，更多人以為押了韻，用上對仗排偶的就是詩，這種觀念是逃不出唐詩律絕的框，與夢平年齡相若同在教育界服務的艾文（鄭乃吉）卻能突破「散文分行—詩意美文」的桎梏，以較知性的態度，較迂迴的方式，於一九七一年寫〈巴基斯坦〉：「戰爭坐在邊境／憤怒的望著母親汪汪水腫的腳」、「一個軍人／找不到飛鳥／他怎麼開心打仗」、「他要射殺／他心中的碉堡／以及／橫貫於崩潰的那巨大的／一座陰魂」。

戰爭的擬人化或以物擬物的技巧仍不足以使詩擺脫散文的羈絆。詩之所以為詩，端在於言外之旨，弦外之音。詩中的飛鳥，固然可以視為是敵機的暗喻，但飛鳥同時象徵自由，軍人要把它打下來，這就多了一層歧義。「開心打仗」是反諷語，飛鳥在第三節通過「換喻」（metonymy）先變成碉堡，再變成陰魂，整首詩並無詩意盎然的辭采，卻是首好詩，作者詩思跳接，考驗了讀者的想像力，使詩有了反復咀嚼的餘地。

〈巴基斯坦〉一詩收入《詩歌一》第五頁，這是一首反戰詩，通篇卻沒用上譴責性的語句。詩貴在含蓄深蘊，不落言筌，用楊照的話：「詩用不訴說來訴說」。《大系・詩歌一》《詩歌二》有數量可觀的作品病在粗糙淺露，而這無關乎寫實主義與現代主義。艾文的〈巴基斯坦〉批判戰爭，可謂十分寫實；其技法既能旁敲側擊，又能顧左右而言他，則又十分現代。讀者或許可以從筆者上述的討論，略略窺見馬華新詩走了多少冤枉路，才「現代化」（modernised），才真正具備美學的意義。

2004年9月26日

13 詩人海子：文化悲劇英雄

該得到的尚未得到
該喪失的早已喪失

——海子

一九八九年是中國歷史進程出現轉折的一年。那年發生六四學運，知識精英不是流亡海外，便是身系囹圄；有些選擇噤聲或被體制收編，站在十五年後的歷史岔口返顧，一九八九年的凶兆在是年三月二十六日出現了，年僅二十五歲的詩人海子在山海關臥軌自殺。

海子的「殉詩」行為使他成為中國文革後第一個文化悲劇英雄。海子在北大念的是法律，但他的興趣更傾向於文學藝術，充滿浪漫的激情。他每晚七時便開始寫作，詩、詩論、文學箚記什麼都寫，一直工作到翌日凌晨七時。早上睡覺，中午醒來找點東西裹腹，下午讀書思考，晚上七時又伏案疾書。他寫情書也可長逾二萬字，文筆之暢酣嫻熟，即使在中國這個濟濟多士的土地上亦屬罕見。

詩人筆不輟耕，二十歲便寫了《亞洲銅》，在他短暫的創作生涯裡，他寫了五百首詩，其中長篇鉅構《太陽・七部書》企圖最大，氣勢最是恢宏，裡頭包括詩劇、合唱劇、祭祀劇各種不同的表達方式。寫著這篇短文，我心裡忍不住做了這麼個比較：七十歲的李敖寫了一千五百萬字，二十五歲的海子寫了兩百萬字。撇開二十歲以前的青澀歲月不算，李敖擁有五十歲的寫作時間，海子只有五年，是前者的十分之一。李敖是個如假包換的文化英雄，他倜儻風流，狂妄不羈，一生經歷不少驚濤駭浪，今日卻能穩坐鳳凰衛視主持《李敖有話說》。後者卻是個文化悲劇英雄，為情所苦，貧困難以度日，卻要寫出他心目中驚天動地的現代史詩，臥軌時他已沒進食兩天，法醫的解剖報告是：詩人的胃裡只有兩枚嚼過的爛桔子，公安人員的報告是他的袋子裡只有兩毛錢人民幣。

海子的遽死，許多人都隱約感到不祥，大家都覺得好像有更多的不幸會跟著發生。詩人生前只有兩名好友，駱一禾與西川，海子死前曾交代駱一禾處理他的手稿。後者不負所托在海子死後一個月出版詩集《土地》並寫了篇〈我考慮真正的史詩〉序，裡頭引錄了海子的一句詩：「我看見了天堂的黑暗，那是一萬年抱在一起」。同年五月十三日駱一禾寫了另一篇〈海子生天涯〉，點出〈太陽：弒〉一詩的舞臺一片血紅，駱的解讀是：「從色調上說，血紅比黑更黑暗，因為它處於壓力和爆炸力的臨界點。」令人感到震驚甚至無法置信的是，隔天（五月十四日）駱一禾於京城廣場突然暈厥倒地，猝然死去，距其摯友的死只有四十八天。

駱一禾於海子的氣質太相近了，他們都喜歡麥地，當海子構築他的《太陽：七部書》之際，駱一禾也完成了他的史詩〈世界的血〉和〈大海〉。朱大可先生以「海子——駱一禾神話」為切入點，探討兩人詩歌裡的默契與秘密訊息，發現海洛二人的神性痛苦都離不開後土。

母親很重
負在我身上

——海子

這是大地的力量
大雨從秋天下來
沖刷著莊稼和鋼

——駱一禾

就筆者的閱讀，我甚至要進一步指出兩人的作品有驚人的相似性。且看海子的「在月亮下端著大碗／碗內的月亮／和麥子／一樣沒有聲響」，再看駱一禾的「而兩個手捧大碗的男人談雨水，也談收成／此外就沒話說了」，由於風格迥異，題材的相似，甚至意象（大碗）的相同，都不構成抄襲的嫌疑。但像我這種秉性悲觀的解詩人，心裡難免萌生這麼個意念，海子死了，駱一禾也活不下去了。

如果說魯迅的《野草》用破碎近乎於夢囈的鬼魅話語預示一個動蕩變亂時代的到來，細心的讀者亦不難從海子詩中的兇猛元素，覺察到社會普遍的不安甚至嗅到血腥的氣息。他的詩密佈著下列狂暴詞彙：雷霆、屍體、骸骨、刀斧、火焰、燃燒、灼傷、鞭子、抽打、劈開、撕碎、砍殺、劊子手、恥辱、仇恨、狩獵、斷頭、人皮，其間以血與黑暗的意像出現得最頻仍。像「我無法換掉我的血」、「黑夜從你內部上升」都是不穩定的情緒加上幻象的語言。他寫〈祖國〉一詩落筆似為神州大地讖語：

萬人都要從我的刀口走過
去建築祖國的語言

海子身殉兩個多月，駱一禾猝斃不足三十天，六四學運終於釀致舉世震動的血腥鎮壓。這之後中國文學界有兩三年處於驚嚇過度的休克狀態。一九九一年戈麥繼詩人蝌蚪切脈身死而自沉於萬泉河。一九九三年中國政局逐漸緩和，唯中國詩壇的激情浪漫不再，勃興於八十年代初的朦朧詩在海子與駱一禾死後寫下了句號，詩與詩人都被邊緣化，「文人下海」從小浪花掀成了大浪濤，勢頭之大已然沛之莫之能禦，連張賢亮也拋出了這樣的重話：「文人不下海，終身遺憾」。

一九九三年以迄二零零四年中國市場化、商業化、庸俗化的大潮幾乎淹沒了（至少是滲透了）文化藝術各個領域。中國近十年來的變化，我想經常遠赴大陸開拓商機觀光旅遊的朋友感受應該比筆者深刻，在此就不必贅述了。

2004年12月5日

14　京派、海派與馬華文學區域

京派與海派在中國文化的舞臺上演出「雙城記」，其本身即饒有興味，可以成為博士論文的研究課題。用「近山則誠，近水則靈」描繪北方文學的古樸剛健，以及秦嶺以南文風的秀美飄逸，大抵捕捉到地理因素形成的文學基本格調。至於北京、上海，相距不遠，但人文環境卻大大不同，雙城各有其歷史習尚與文化情調，這就構成京派、海派、同莖不同花的藝術特色。

北京是明清帝都，文人雅士多以秉承傳統為己任。北京建築講究對稱之美，設計務求典雅，連四合院也恁般整齊有致，一種無形的規範使京派文人傾向渾融厚重，肅穆莊嚴而非先鋒浪漫。

自清末廢置科舉以降，人數可觀的文人騷客自常州、揚州、蘇州遷徙至黃埔灘頭，當中好些作家寫他們的鴛鴦蝴蝶派小說。北京的學者教授有固定的職業，收入雖不多，但生活尚稱優裕，文學可以是慢工出細活的志業。比較之下，上海作家得寫稿維生，不僅要寫得快，而且要考慮到讀者的胃口。因此海派文學一開始就與二十世紀初年的上海商業浪潮互相激蕩。如果大家據此就判斷海派文學缺乏深度，那也不盡然，寫作牽涉到「人才」這個不可測的因素，張資平筆下的三角戀愛固然庸俗，但陳腐的題材落在高手如張愛玲、無名氏、徐訏手上，洋場男女的都市傳奇一樣可以映現那個地域的面貌。施蟄存、劉吶鷗、穆時英、戴望舒、葉靈鳳、杜衡……等人倡導的現代派，輸入外國的新思潮，並在他們的作品裡試驗他們的新技巧，塑造文學的新形式。

京派作家陣容鼎盛，五四時期的重要文學團體，包括文學研究會、語絲社、現代評論社的不少成員都是京派的巨擘，名單包括周作人、沈從文、俞平伯、廢名、凌淑華與稍後崛起的何其芳、李廣田、卞之琳、林徽因、蕭乾，搞理論的有學植深厚的梁宗岱、朱光潛、劉西渭、鄭振鐸。戲劇家曹禺、詩人聞一多、小說家巴金都是京派大將。一九四九年隨國府遷臺的陳西瀅、葉公超都是京派重鎮。

數週前王魯湘在《縱横中國》座談會論及京派與海派，曾提及京劇的正統性與海派的隨意性，這是一個很好的切入瞭解京派、海派的角度。京劇為宮廷貴冑表演自有嚴謹的行規訓練，這包括戲目的釐訂，臉譜圖案、行頭道具都有它們各自的象徵意義。傳統京劇有四功五法（唱念做打謂之四功；手眼身法步謂之五法），京派京劇則有許多出位、創新與趣味性演繹，逾出四功五法的囿限，甚至馬戲班的雜耍也可融入海派京劇，自成一格。

京劇而有京派、海派之分，究其實是兩個大城文化的適性發展，踵事增華。背景乃主體文化之所在，深邃復廣博；上海是十里洋場，前衛且善變。曹聚仁曾那麼地形容這兩種文化類型；「京派不妨說是古典的，海派不妨說是浪漫的；京派如大家閨秀，海派則如摩登女郎。」魯迅的比喻則較為尖刻：

> 文人在京者近官，沿海者近商，近官者在使官得名，近商者在使商得利……「京派」是官的幫閒，「海派」是商的幫忙而已。

無論是「幫閒」抑或「幫忙」，在魯迅筆下大概都是些附庸角色，以「幫閒」襯出「幫忙」語調譏刺。究其實，京派、海派作家當中隨俗浮沉固然不免，唯風骨嶙峋，以文學藝術為職志者亦所在多有。三十年代京海之爭圍繞著的是文學的嚴肅性這問題。一九三三年十月沈從文在《大公報》發表〈文學者的態度〉，批評一些上海文人把寫作當玩票的態度。同年十二月現代派的理論家杜衡回應了一篇文章〈文人在上海〉，京海之爭遂告揭幕。杜衡以肯定的口吻指出「上海氣」反映的都市文化、機械文明遲早會延及中國內地。繼之而起還有為數頗眾的京海兩地以外的作家／學者參與討論，就中國文化與地域形態，本土文化與外國文化的關係，甚至不同社區的習俗、社會體制、民間趣味進行了相當廣泛的探討。

從作品的內容來看，京派作家從周作人到沈從文都喜以地道的「鄉下人」自居，周作人與朱光潛鑽研民間傳奇與古代神話，追求「靜穆之美」（serenity）。周作人下筆沖淡閒散，延續了明末公安派的「獨抒性靈」的源流。沈從文的湘西文學描繪的是鄉土中國，以邊城的民俗風情體認個體生活與自然萬物的唇齒相依，蕭乾的作品則洋溢著田園式的牧歌意趣。在另一方面，海派作家是「敏感的都市人」，用施蟄存的話：「所謂現代生活，這是包含著各式各樣獨特的形態：匯集著大船舶的港灣，轟響著噪音的工廠，深入地下的礦穴，奏著Jazz的舞場，摩天樓的百貨店，飛機的空中戰，廣大的賽馬場……。」

京派、海派文學，可謂互補互斥：京派重經典，學院氣息濃郁；海派重變化，活潑躁動，有一定的市場性，兩者相激相蕩，其張力不斷為中國文學注入新的激素。當京派小說家在窮鄉僻壤尋找自然與人性，展示阮湘詩情，海派作家則在都市的聲色犬馬，發掘性心理的幽微隱秘。

王魯湘說了句頗有意思的話：「十里不同風，百里不同俗」，使我禁不住從京派、海派之歧分，各擅勝場，想到吾人念茲在茲的馬華文壇。東馬與西馬隔著海洋社會背景、習俗風尚很不一樣，但兩個地域的文學風格差異大嗎？回頭看西馬十一州，南北馬原籍福建的作家較多，中馬一帶（雪隆、霹靂）粵語用得較廣泛，我們能否從不同地區的作品（尤其是散文、小說）找到方言、俚語的顯著影響？

竊以為區域文學特色的養成與形塑，要有可觀的文學人口（閱讀與創作），文學人口來自良好的華文教育資源，這牽涉到文化積累的問題。僅憑十里或百里的地理區隔，並不足以構成時代性（epochal）的新感覺與新的表達方式。

2005年1月2日

15　崔健的中國搖滾

中國的搖滾樂要比世界其他國家和地區遲起步許多。從一九四九到一九七六年，神州十億人口，從政府官員、黨的高幹到販夫走卒穿的全是深灰、深青、深藍，生活在玄色黝暗的愁雲慘霧裡。歌曲也一樣，非常樣板，不是歌頌國家，便是讚美黨或黨最高領導。一九七九年中國啟動了「現代化」，文學與其他藝術跌跌撞撞拐進了一九八零年代，才漸漸從「傷痕」的舐血，走進「尋根」階段的搜索與反思。

一九八六年五月九日，崔健以一首《一無所有》在北京一個紀念國際和平年的演唱會一鳴驚人。崔那時才二十五歲，穿一襲仿大清帝國的長褂，褲管一邊高一邊低，他拿著一把木吉他在臺上吼：

> 我曾經問個不休／你何時跟我走／可你卻總是笑我／一無所有／我要給你我的追求／還有我的自由／可你卻總是笑我／一無所有／告訴你我等了很久／告訴你我最後的要求／我要抓起你的雙手／你這就跟我走／這時你的手在顫抖／這時你的淚在流／莫非你是在告訴我／你愛我一無所有。

崔健的秦腔式嘶喊震懾全場，聽眾頓時鎮住了，嚇壞了，他們從來沒有聽過那麼赤裸的告白。有幾分鐘大家鴉雀無聲，然後是歡呼聲、喝彩聲、拍掌聲、擂擊椅子的聲響一下子bing爆開來，一整個世代壓抑著的感情在此刻找到了出口，《一無所有》歌詞的迷惘、感傷、自責、追問正是年輕一代的心聲。這一夜，中國的「搖滾之父」崔健誕生了！中國新的文化英雄在地平線上升起！

這之後崔健攜其餘威，赴上海演唱。一九八七年北京歌舞團通知他「必須限期離職」，同年他卻在北京亞運會上演唱，並在包括北京大學在內的多間北京高校舉行小型演唱會，備受年輕人，尤其是知識青年擁戴。一九八八年一月崔健在北京中山音樂堂舉行首次個人演唱會，聽眾反應異常熱烈，這時崔健已成了中國樂壇的異數，廣受各階層矚目。同年九月，《一無所有》的演出實況在一九八八年漢城奧運會前夕特別節目中播放，崔健的崛起與其歌藝受到海外關注。一九八九年二月崔健出版首張個人專輯《新長征路上的搖滾》，三月在北京展覽劇場舉行《新長征》演唱會，再度震動京師。演唱會結束，崔健即遠赴倫敦參加亞洲流行音樂大決賽，四月率ADO樂隊前去法國參加國際搖滾音樂節，短短三年，崔健從寂寂無名的北京交響樂隊小號演奏員，躍身世界樂壇成為中國最具叛逆性與顛覆性的先鋒歌手。

一九八九年發生六四事件，中國政局浮動，民間充滿了怨憤與不平，崔健的演唱，其動員力與爆炸力乃為當局所忌。崔當然明瞭自己的處境。一九九零年一月他以「為北京工人體育館亞運集資」為名，舉行《重頭再來》演唱會。同年三月，他以同樣的名義申請前去鄭州、武漢、西安、成都等地巡迴演出，得到北京市委宣傳部的批准，唯不旋踵，崔健的巡迴演唱竟遭腰斬。

中國政府對崔健的態度一張一弛，舉棋不定。當局一方面想留住崔健這個另類歌手作為中國文化開放、政策開明的象徵，另一方面又擔心崔健這匹野馬所掀動的群眾情緒，為不穩的政局火上加油，增添變數。

最令政治領導憂心忡忡的可能是崔健那首著名的《一塊紅布》：

> ……你問我還要什麼／我說要上你的路／看不見你也看不見路／我的手也被你攥住／你問我在想什麼／我說要讓你做主／我感覺你不是鐵／卻像鐵一樣強烈／我感覺你身上有血／我感覺我要喝點水／可你的嘴將我的嘴堵住……

崔健穿著綠軍裝，大軍靴，帽子嵌上五角星，用一塊紅布蒙住臉在臺上嘶吼，這形象無情地揭開了當年被意識形態所蒙蔽的盲從／盲動的集體記憶。這記憶像塊火燒的烙印，無比痛苦與真實，台下的聽眾／觀眾都是這記憶的參與者，不是共謀共犯便是受害者。崔健不是橫空而出的天才，他的嗓子並不那麼好，他的歌詞也嫌粗糙。他的成功不是技術的勝利，而是驚人的現場感染效應，他的歌讓人聽到了生命的悸動。

一九九零年四月崔健在鄭州被禁演，我想和當時發生的一件事有關。那晚崔健唱著《新長征路上的搖滾》，一名在現場維持治安的武警突然衝到臺上把自己的軍帽脫下戴在崔健頭上，在中國，這是件不可思議的事，沒有人追查該名武警後來面對怎樣的處分，但崔健的煽動性愈來愈使當局感到壓力與威脅。當晚赴會的一名鄭州地方官員面對情緒沸騰、手舞足蹈的群眾，忍不住問：「鄭州人今天怎麼啦？」因為他所熟悉的溫文淡定的中原子弟在聽崔健唱歌時都走了樣。

崔健之被禁，乃政治氣候的自然反應。被禁演的崔健其文化英雄形象愈是凸顯，地下演唱使人們更是好奇，刺激了眾人偷窺欲，並且多了一條管道向權威挑戰。儘管官方輿論在九十年代初對崔健窮追猛打，什麼「牛鬼蛇神」、「資產階級的沒落藝術」的罵詞都用上了，但崔健仍然屹立不倒，成了「禁而不止」的文化形象。

一九九一年二月，崔健在大陸港臺同時發行第二張專輯《解決》。赴廣州、瀋陽、香港、汕頭、廈門、珠海繼續演唱，他又製作了MTV《快讓我在雪地撒點野》，獲美國MTV「最受歡迎亞洲歌手獎」。一九九二年崔健赴蘭州、太原、南京、合肥、昆明、濟南、杭州、貴陽等大城巡迴，掀起全國性的搖滾風潮，同年八月他首趟赴日本演出，東瀛歌迷為之傾倒。一九九三年赴鞍山、天津、石家莊、青島舉行個唱。

一九九三年商業化大潮開始於神州漶漫，遍及藝術各領域，流行音樂首當其衝，迅速向媚俗傾斜。崔健在《解決》（一九九一）這首曲子裡已隱約地透露他的隱憂：「昨天我還用冷眼看這世界／可是今天瞪著眼卻看不清你」。文革的紅色記憶可供消費，意識形態可供消遣，一九九四年崔健創作《紅旗下的蛋》，流露了他對金錢掛帥的社會趨勢的深刻焦慮：

> 紅旗繼續飄揚／沒有固定方向／革命還在繼續／老頭兒更有力量／錢在空中飄蕩／我們沒有理想／可看不見更遠的地方／雖然機會到了／可膽量還是太小／我們的個性都是圓的／像紅旗下的蛋……

一九九三年「唐朝」樂隊出現，技巧不俗，但它缺乏崔健那種歷史的自覺與沉重感，用雪季的評語，「唐朝」只是通過搖滾「讓大家高高興興來聚一下」。一九九四年，「魔岩三傑」張楚、竇唯、何勇聯袂冒起，他們用「新音樂」這個詞代替了崔健的「搖滾」。一九九三至一九九四年，短短兩年，新音樂表現的已不是原生的激情、渴望與夢想，而是帶著新文藝腔的城市調調：輕鬆、甜膩、溫柔、機智……這些元素都有，沒有的是崔健搖滾的清醒、憤怒、反抗與痛感。

2005年4月10日

16　假牙式極限寫作

我很早就注意到「極限寫作」，和幾乎所有作家都潛意識地在追求極限寫作的事實。卡夫卡的《變形記》是一種極限寫作，曹雪芹的《紅樓夢》把儒釋道的生命哲理放到大觀園裡去演繹觀照，何嘗不是另一種極限寫作？

極限寫作雖然有近乎無限的可能性，但它不取中庸之道，一旦中庸就流為平庸隨俗。

張潔的長篇三卷《無字》，裡頭的吳姓女主角是個有企圖心的藝術家。她籌思要寫部一流的小說，「她為這部小說差不多準備了一輩子，可是就在她要動手寫的時候，她瘋了。」張潔這部長篇高屋建瓴，歷史地理經緯弘闊，氣勢仿似史詩，唯小說情節決絕，裡頭有令人戰慄的事件，令人發瘋的激情，歷史、政治與社會現實可以讓一個個有血有肉的人身心獸化，比卡夫卡筆下的主角肉身獸化還要來得無情和徹底。這是極限寫作的一端。

另一端的極限寫作實驗是羅青、夏宇、鴻鴻、羅任玲諸人，各種「中心」的顛覆與消解，表現於戲謔、擬仿與各種文字遊戲。最近假牙丟了部《我的青春小鳥》出來，它踰越了夏宇劃下的臨界（這樣說無意貶夏褒假），他的詩比上述數子都來得兒戲，是極限寫作的另一種表現。

《我的青春小鳥》收錄了不少謎語，胡說八道、無釐頭、言不及義、東拉西扯，兼而有之。一些詩作甚且有意淫、鹹濕之嫌。

「她從小就是一個寡婦／長大後才學會爬樹」，這是假牙的〈無題〉二行，夠無釐頭了吧。〈班納杜〉也只有兩行：「後來他發覺她媽媽原來是他兒子／她女兒原來是他父親」簡直胡說八道、顛三倒四。〈負心的人〉只有一行：「他欺騙了自己的感情」，一般人總是把負心的人視為「他欺騙了別人的感情」吧。〈學生〉兩行：「孩子／學生孩子」與只有一行的〈卵教〉：「雞拜」都像燈謎，當然後者還多了點鹹濕趣味。有一首成語新解是，〈出人頭地〉：「升為主任的第二天／他就去醫院割包皮」。

假牙的詩，乍讀像童詩，集子的第一首詩〈童話〉：「媽媽開花了」，童言無忌；〈感觸〉四行：「從前有一個國王／忘記了回家的路／他偶一抬頭／看見滿天星星」天真爛漫，近乎散文分行；〈在巴剎看見一個彈吉他的人〉：「他賣唱維生／再把他的小狗撫養長大／成為一個有用的人」口吻像個愚騃、不懂事的稚童，這些「天真無牙」的作品都近乎童詩，而且可能是假牙小學時代的幼作，雖然作者信誓旦旦地說他沒有把當年的少作收到詩集裡頭去。另外一首只有兩行的詩作「請不要／在我肩上哭泣」，乍看以為是另一首平凡的童詩，細審詩題〈新衣〉才驚覺假牙的言不及義有時是微言大義。循著這條思路讀下去，只有一行的〈老〉：「請你叫醒我」，〈情人〉：「情是真的／人是假的」，〈境界〉：「她看破紅塵／下海伴舞」，〈小學團體旅行〉：「報告老師／有人在風景中小便」，胡扯或東拉西扯裡內蘊復義或歧義，頗耐咀嚼。假牙的不少作品都得與詩題互相參照，才能凸顯個中機智。〈世界末日那天〉只有一行四個字：「學校放假」，與〈新衣〉、〈老〉、〈情人〉、〈境界〉、〈小學團體旅行〉一樣，都得詩與詩題對照，才能讀出趣味來。

作者的文字機智以其中一首〈無題〉：「咱們分手吧／左手歸

你／右手歸我」最能見出鋒芒，但假牙顯然無意像余光中那樣汲汲於追求「文字煉金術」（verbal alchemy），他只想從平凡的，甚至簡單的形象與非形象思維中去處理各種課題：〈房間〉的「請別濫用你的想像力」，〈藍藍的天〉的「沿著軌道找你／總是無法找齊」，還有〈認真〉：「一朵花在城市／晚餐要吃些甚麼？」，都令我既震駭又驚喜。詩原來可以這樣寫的。這些年來讀了太多太多「疑似大敘述」（pseudo grand narrative）的鳥詩，腸胃嚴重不適，假牙的青春小鳥詩恰恰可以有效祛除這種濕滯的「文學厭食症」。

符號學家羅蘭・巴特（Roland Barthes）曾提倡「零度書寫」（Writing degree zero），「零度」並非禪宗的不立文字，亦非道家「以無為用，以虛為實」的美學體現。「零度書寫」，要之，是捨棄虛擬、祈使、抒情的調調，而採取直率的陳述語氣（indicative mood），羅蘭・巴特相信這樣才可以還現實以真實。這種書寫策略其實是極限寫作，枝椏去盡留下主幹。假牙的詩直截了當，不祈使、不抒情、不虛擬。「諧仿」parody則屢見不鮮，除了上述所舉的例子，像其中一首〈無題〉：「墮胎後／她身輕如燕」是用上了成語／比喻的陳述。題目抒情甚至可能濫情的〈真的非常難過〉，也可用一句「修辭問句」（rhetoric question）剔掉可能的抒情、感傷元素：「忘記你／為甚麼這麼容易？」。〈春天〉四行：「春天／是忍住小便的新娘／春天／／是忍不住小便的新娘」，到〈暗戀〉五行：「她來探訪時他不在家／她於是在廚房的桌面／下了一粒蛋／／他毫不知情／煮了當早餐」用的都是不涉感情的陳述。至於假牙的一行詩〈不肖子〉：「他把父親閹掉」、〈偵探小說〉：「他死後，留下一具屍體」是假牙式「極簡主義」（minimalism），用的也是陳述句。

《我的青春小島》收錄的六行以上的作品，反過來挑戰作者的極限寫作、零度書寫和極簡主義，我想這是連假牙本人亦始料未及的。信手拈來一首九行的〈無題〉：「他是一個善良的人／他有一個善良的妻子／一個善良的兒子／一個善良的女兒／一隻善良的狗／一隻善良的貓／一缸善良的魚／及一排善良的盆栽／／他們都覺得很餓」內容空泛，既無創意又乏意義，是累贅而非簡潔。

〈戲迷情人〉八行：「你在做夢的時候／我在睡覺／／你在夢中開懷大笑的時候／我在睡覺／／你在夢中哭泣的時候／我在睡覺／／你醒來了／我在做夢」，太拖泥帶水了，這首詩如果由我來寫，我會刪掉中間兩節或乾脆留下最後兩行。六行以上的詩，除了〈鄉愁〉、〈演員訓練班〉等兩三首作品外，恕我率直，其他的大多是些廢話。

假牙，又名莎貓，現居倫敦。一九九一年以〈臺北雙眼皮〉，榮獲第一屆花蹤文學獎散文組首獎。假牙的詩搞笑效果從練習簿的封面設計，到封底那首校歌《忠孝仁愛禮義廉》（無「恥」）都在製造笑彈，假牙的詩真的可以笑脫讀者的假牙。祝快樂先生特別欣賞他的〈分享〉三行：「梵谷把耳朵割下送給／貝多芬於是聽到了／向日葵盛開的聲音」，當假牙不那麼湊合和戲謔的時候，他其實可以寫出像〈分享〉那樣耐讀的詩。至於那樣做有沒有違背極限寫作的原則，那還重要嗎？

2005年10月9日

17 詩是公開的隱藏

一九八九年楊牧出版《一首詩的完成》，根據作者的後記，書中十八封書簡撰寫費時逾四年，書簡與一位年輕詩人談詩的內容、形式、方法、韻律及其他外緣關係，無非取其敘述語調之便利，這是一本有志於詩藝的朋友不能不讀的好書。

二零零二年楊照寫成並印行《為了詩》，寫詩的誕生，誕生的動力、原由、意義，還有詩的種種可能。楊照的書最好能與《一首詩的完成》一併閱讀、參照，對詩仍有疑惑的朋友至此應可豁然領悟。

楊牧今年六十六歲，楊照四十三歲。從年齡來看，他們相隔了一代，但兩者的見解並無代溝的問題。兩者論詩均擅於把握敘事的戲劇性，從小處談起，從不相關處蔓衍出去，繞了一圈回到主題讓讀者豁然驚奇。如果說二楊有別，可能楊牧的抒情氣質濃郁些，楊照的小說傾向較為明顯。

楊牧的第一封書簡與年輕詩人談的是「抱負」，起首一段約略可以窺見作者想像力的豐富：

> 南下的大客車在高速公路上疾駛，窗外豪雨狂飛，打在玻璃上，瞬息積成水流，從左上角瀉向右下，在規則的扭動中創造偶現的形象，變幻的遊龍……

楊牧擅於假借外在景物，藉抒寫景物本身的形狀色調帶入主題，他寫給年輕詩人另一封討論「現代文學」的書簡是這樣開始的：

> 年初和你談的是古典文學。轉眼春暖花開，黃楊木已經恢復了蓊鬱的形態，而山杜鵑簇錦燦爛，在陽光下炫耀明亮的生命。我也時有開門遊蕩的想望，將翱將翔，到山坡下尋訪風裡醒轉的花草……

如果讀者以為楊牧的能耐僅止於大自然的描繪、湖光山色的迷執，那就錯了。《一首詩的完成》內裡的十八封書簡內容是結結實實的詩藝探討與實踐方式，旁徵博引多的是古今中外的文學典故，不要忘了楊牧是比較文學教授，學植深厚，非同小可。在中國文學部份，我特別鍾愛他與年輕人提到的莊子惠施觀濠上之魚，自得其樂，不必急於結網；五柳先生「好讀書，不求甚解」以及「每有會意，便欣然忘食」；還有蘇東坡少壯即仕途塞滯，一貶黃州，又貶惠州，再貶瓊州，宦途顛徙，他卻有能力完成東坡集四十卷，後集二十卷，奏議十五卷，內製十卷，外制三卷，三百四十首詞，徬彿一生甚麼都不做，盡是寫詩填詞作文章。如斯驚人的文學累積端在東坡個性沖淡，用楊牧的話：「得意的亭台樓閣固然是詩，失意的窮山惡水也是詩。」

沿著這條線索，即不難理解楊牧談「生存環境」提到「莫札特在維也納成名以後，精神一直澎沛昂揚，充滿創作的力量，可是在現實那一面，他不但窮困潦倒，而且大半時間浸浮在葡萄酒裡，……直到那一天死在自己的《鎮魂曲》裡才止。」的生命超越。他提及John Keats於一八一六年十月通過翻譯讀懂了荷馬史詩那一刻的狂喜，從此斷定此生不虛，汲汲創作，五年內寫下了傑作無數，而於二十六歲之英年猝逝：肉體亡故，精神不死，生命無憾。

楊照討論詩有他自己的一套思維邏輯，他可以先來一段阿城、七等生或契訶夫的小說，甚至告訴讀者冰島傳說的一個故事。楊照的《為了詩》至少有四篇文章以畫家為引起動機，原來患了老人癡呆症的德祐寧（William de Kooning）與患了狂亂症的莫內，仍能保持他們作畫的風格，並據此論及好詩人與偉大詩人風格的強度與深度。

楊照也把他的電影知識作為其詩論的緣起，柯柏拉《教父》的暴力詩學（poetics of violence）可以引申談詩的驚怖經驗；一部關於汽車碰撞試驗的紀錄片（「美國主要三大車廠，平均每天大約要撞爛兩部車。……」），可以用來談詩的張力壓縮。楊照能從一個表面看來毫無關連的話題，愈扯愈遠，看似要離題，卻能在關鍵時刻回到討論的主軸，毫不含糊。

楊照有時一本正經談《聖經・創世紀》，引錄社會學家韋伯（Max Weber）對現代社會、工業文明的批判，前者引出了上帝創造的亞當，與每個人的「亞當衝動」；後者帶出了「除魅」（disenchantment）與「再浪漫化」這些十分有趣的議題。詩為萬物命名，楊照追憶十多年前他在美國留學的尷尬事。當時他的英語把握能力有限，幾乎念不出Muffin這個字，於是：「muffin變成了我在異地面對異物，一種特殊的、內在的命名的過程與命名的樂趣。……。這不再是早餐，而成了環繞著那個敦敦厚厚、老老實實的食物的一組詩與詩學。陌生與飢餓的詩與詩學。」

二楊都認為「詩是秘密」，這是兩人不約而同的共識。楊牧覺得詩「恍若前生的記憶，或是來世的預測」，楊照則相信「詩有一種隱藏的整合性」。令人震撼的是楊照摘錄女詩人獲瑾遜（Emily Dickinson）的一段話：「如果讀一本書而我感覺到全身上下冰冷，沒有任何火光可以讓我溫暖，我知道那是詩；如果我明明白白感受到好像頭頂被掀開了，我知道那是詩。這是我僅知的辨認詩的方式。還有別的辦法嗎？」

讀《一首詩的完成》與《為了詩》，不僅可以強化對詩的認識，也可活化自己的感性去接受詩。與其奔波於詩的講座與詩作者的個人秀之間，何如細讀二楊的書，體味更踏實深刻？

2006年6月18日

18　美與「機遇因素」

我對「美」的認識可謂皮毛，只讀過朱光潛、錢鍾書、宗白華、方東美……等幾位前輩學人的著作，方東美多為泛論，玄邈悠遠，不著邊際；錢鍾書恃才炫學，古奧隱晦，難以揣測，我能體會的實在有限。讀過王國維的《人間詞話》，也翻閱過克羅齊論美學的中譯本，如此而已。

美學著述離不開形式、結構、意象、節奏、色彩一類的討論，問題是符合了這些條件或因素的作品卻不一定成功，遑論偉大。希臘戲劇的古典三一律或前臺大外文系主任顏元叔力倡的有機論，所謂「有頭、有尾、有中腰」，也只是符合作品最起碼的佈局要求，與作品的成敗、好壞固無必然之關係。

我的體會是：美是很難的。古代希臘哲學家很早就留意到美這個課題。柏拉圖認為「美是一個主觀理念」，主觀可以涵攝理性與感性，他這句話的另一層含義是美並非客觀派生之物。他的弟子亞里斯多德卻認為美有一定的客觀性，是外部對象或事物的和諧並置。康德與黑格爾討論美，把美放到純粹理念去觀照，對搞藝術的人而言，未免有點煮鶴焚琴。

我們大概都能體認，美確乎是非常飄忽的東西，就像美人化妝，多一分太濃，少一分又太淡。大畫家齊白石嘗謂：美在似與不似之間，畫家落筆，對客體的模擬游弋於像與不像之間。太像則過於落實，有媚俗之嫌；完全不像，憑空虛構，又有欺世之嫌。分寸如何拿捏，發生於一念閃現，電光火石之際。

柏拉圖的主觀理念說，我不敢從哲學上提出異議，畢竟自己是哲學的門外漢。不過我想從理性方式去觀照、理解、分析事物不外乎三條途徑，即純粹邏輯法、演繹法與歸納法，用這三種方式去欣賞孔雀的開屏、張大千的潑墨或黃金炳的書法，恐怕都要落空。即使在科學的範疇，用純邏輯的方式，如數學、幾何學去把握世界萬物萬象，也難免遺漏缺陷，用來賞析藝術恐怕真的是緣木求魚。以上所述當然也可以是筆者對於柏拉圖的誤解。

作品能美，往往以境界感人，此點王國維最有見地，他的理論後人評述甚多，這兒也就不贅。宗白華特別指出美有三境，即情、氣、格。第一境「情」乃是「直觀感相底渲染」，現實主義、印象主義作品庶幾近之。第二境是「氣」乃「逸出的生命」，是「浪漫主義傾向於生命音樂性底奔放表現，也可以是古典主義傾向於生命雕像式底清明啟示」。第三境「格」映現人格的高尚，是靈性的啟示，宗白華的結論是「象徵主義、表現主義、後期印象派，它們的旨趣在於第三境層。」能以三種藝術風姿，三種境界，以情勝，以氣勝，以格勝的作品，美自然涵泳於其間。難得的是，宗白華能以歌德為例，指出這位德國大文豪的藝術三境：《少年維特的煩惱》以情勝，《伊菲格尼》以氣勝，《浮士德》結構大，以格勝，讓我們在西方文學作品找到參照系。

語言詞彙的嫻熟精煉屬於修辭美，讀者不難把握。至於文字組合的效應，或豪邁，或輕巧，或絢麗，或雅淡，或穩健，或飄逸，風格不同，可謂各擅勝場。而用怎樣的語言文字配合內容形式攀抵上述三境，則初無規矩可循。美是很難的，不僅難下定義，難有標準，也難找到捷徑。杜甫嘗嘆：「吟成一個字，撚斷數根鬚」，反覆斟酌，「僧推月下門」、「僧敲月下門」一字之別，境界大異，也留下有志於詩的後學無窮辨詰遐想的話題。

境界高下可以分，境界營造卻無「必然性」。每位作家或藝術家都想造境，但大多數人都像狗在追自己的尾巴，團團轉，看得到卻捉不到。刻意追求反而把自己弄得昏頭暈腦。許多時候偶然性，所謂的「機遇因素」（chance elements）在作品裡是自然的流露逸出。黑格爾認為審美創造的必然性與偶然性都不可或缺，必然性是通過偶然性體現出來的，而不是作品中的具體存在；必然性與偶然性與其說是對世界的認識方式不同，毋寧說是對世界的藝術掌握方式有異。

黑格爾的哲學表述，一般讀者可能不易理解。蘇軾言「文章本天成，妙手偶得之」，謝榛語：「盡日覓不見，有時還自來」似乎更能點出偶然性的靈感特質。靈感，對了，所謂inspiration，西方人經常把天才與靈感扯在一道，而最終歸結於「不可知論」。中國美學相信偶然性的出現，靈感乍亮乃是審美主客體的巧遇觸發。作家或藝術家積累豐富，感受既深、修養有素，對藝術的各種技巧、手法又能充分把握，面對大自然或人事人物的特殊變化，勾動情懷，有所感興，強烈的內心衝突，使他掙脫形式或文字的陳規法度，不假思索井噴出非同凡響的章句。這種情況非文學獨然，貝多芬為月光底下的盲女一邊彈琴一邊譜寫成不朽的《月光奏鳴曲》，也是妙手偶得之的成果。

標新立異，出奇制勝不一定能美，但這種嘗試值得嘉許。「池塘生春草，園柳變鳴禽」不在於求工出奇，而在於無所意而猝然與景相遇，無需繩削，妙在不言。「採菊東籬下，悠然見南山」並無標新立異處，而境與意會，渾然一體，如果把「悠然見南山」改寫成「悠然望南山」即因刻意而把審美的主客體一分為二。劉勰《文心雕龍》論〈神思〉裡頭有許多這些詩例，出神入化的作品，反而是天機盎然的隨興之作。以淵明較諸於鮑謝，前者直抒性情，鮑謝二人刻意藻飾，反而缺乏陶潛的真趣。董逌論畫：「常以筆墨為遊戲，不立寸度，放情盪意，遇物則畫，初不計其妍媸得失。」反而能使山水顯現真形。

我們都知道杜甫詩藝極工（「撚斷數根鬚」是夫子自道寫詩之苦），他偶然放縱亦可寫出「細雨荷鋤立，江猿入畫屏」詩中有畫，畫中有詩，情景適會，與造物同其妙的佳作。杜詩的偶然性靈感，後人無從追索其孕育以致於誕生的歷程，我們僅能猜測詩人放鬆自己，於詩思遽生之際斷然成篇。今之詩人之所以下筆維艱，多因過於刻意，不管這種刻意是因循傳統技法還是故意標新出奇，都會戕傷神思，破壞偶然性，使「機遇因素」之機率趨於零。

2007年6月3日

第二輯

快步長廊

19　深刻VS.膚淺

古代讀書人追求深刻，故有皓首窮經之說。現代的年輕人瀏覽電腦的長信短訊，速度驚人，已遠遠超過古人的一目十行。早年王靖獻教授（詩人楊牧）在台灣東海大學追隨徐復觀修中國哲學思想史，期間上過徐先生教的「韓柳文」。新儒家四君子之一的徐先生講課，元氣淋漓，一個學期僅講了〈平淮西碑〉與〈柳州羅池廟碑〉。據楊牧的追述：

> ……反反覆覆解說文章的結構技巧和用字。材料雖少，涵蓋卻多樣而廣博。這個學期的潛沉體會終於使我稍識韓愈文章的精神和肌理。

這門課讓日後唸外文系的楊牧瞭解古文的精闢練達。他的文白交融，以現代的文字捕捉古文的言簡意賅，古文的抑揚頓挫，可沉潛雅正亦可鷹揚爽颯。我於二十歲發奮讀書，給我啟迪最大的人是余光中、楊牧，樂蘅軍、葉嘉瑩、周夢蝶，他們讓我懂得中文之美，中文之可塑性，還有文白交融、適度西化可以創造另一種既新穎、又典雅的白話，與五四與三十年代很不同的新文體。

今日四十歲以下少壯派不追求這些（當然也有例外），他們大致上都懂得三種語文，但只懂快速瀏覽，大致上猜測或把握到文本的意思，模模糊糊對文本內容有點概念。這些年輕人對一般問題能言善道，唯對專門學識只能繞著外圍講些無關痛癢的閒話。他們於三種語文的駕馭能力都弱，字句簡陋，文字粗糙，只能勉強表情達意。收訊的人得從發訊人的性情、慣性去推測發訊人的意思。他們在網上或手機上寫些嘻嘻嘻、哈哈哈的片語斷句，配以擠眉弄眼的符號圖片。這是沒有深度或膚淺的一族。

八字輩與九字輩接受與傳達的知識與訊息是「碎片式的」（fragmentary）。在電腦的互聯網上，知識訊息千彙萬狀，繽紛如萬花筒，他們的注意力分散到方方面面，這使他們無法像我們三、四字輩偏嗜於深刻思考。我們談朱熹王陽明，他們注意今天球賽的勝負。我們論五四運動，這是一百年前的事；他們留意四分鐘後、前面五十米有無車速時限監視器，兩代的時空關注很不相同。兩者都各具優勢，也各有缺失。

深刻的極端是鑽牛角尖，固執己見，成了冬烘先生。這句判斷並非對考古學家、地質學家、人類學家的不敬，有些學問不鑽研是找不出真相的，也不可能有新發現。膚淺的代價是樣樣通，樣樣鬆，眼光短淺，他們有強烈的「臨即感」（sense of immediacy），但沒有或缺乏歷史感。

2012年5月11日

20　蘇打綠的歌詞

大馬股市進入盤整期，交易量低，股價起落不大，沉悶的情況令人「垂釣睡眠」。

這兩周來歐美股市兔起鶻落，一下子希臘有難，挫跌百多兩百點，一下子西班牙可能獲得經援，又飆升兩百點。大馬股市，如如不動，歐美市場不佳，指數下滑少許，歐美大跌，小股跌一兩個價位，以示全球化的影響，馬來西亞也有份參與，並非閉門作業。

談到閉門作業，自己人買賣給自己人，收市穩住某個價格，躲開銀行margin的每日利息蠶食，也是無可厚非的事。以目前每日只有五、六億的交易量，一般股民會不顧而去，我建議不妨靜觀其變，等候機會。今年四月加上閏四月再加上歐洲足球杯是壞透的兩個月份。農曆五月（六月十九日開始），市場有望從「朦朧」，走進「反思」、「尋根」階段。大家反而應該留意幾只好股的動向，目前它們的價格因大勢所趨，股價在RM2.30徘徊，當中的一些新上市的優質股，將來很可能是舉足輕重的指數股。

偶然在電視節目的間隙裡，聆聽到台灣的蘇打綠的歌，歌名已忘，歌詞近乎現代詩：「沒有不會謝的花／沒有不會退的浪／沒有不會暗的光」這幾句詩對股市期待太殷切的股友，是提醒也是警告。「沒有不會淡的疤／沒有不會好的傷／沒有不會停下來的絕望」，這幾句詩，用來送給在股市蒙受損失的股民，或可療傷。

至於流連在股市，又喜聽信謠言貼士的股友，在股市水靜河飛的現階段，最忌玩當日對敲或三日對敲，很多股友就是在來回的敲擊中，被敲打得遍體鱗傷。

蘇打綠帶點哲理的歌詞有一句：「生命從來不喧譁」。不要喧譁，靜靜買入好股，靜候足球賽落幕，靜待股市交投量從五億增至八億再增至八億。如果有人說：「大馬股市已經玩完。」我想他（們）是錯了。股市一直與股民的思維玩逆反遊戲。市靜價低，大戶入場，投資機構入場，股友卻在失望或絕望中沽貨。市熱價升，投資機構出貨，大戶清倉，股友卻去追貨。

有些股票經紀會提醒股友「追高殺跌」，意思是追逐已經飆升了的股項無妨，但記得在股價跌破支撐點時要「殺跌」，以減少或鎖定損失。一般股友能捱得住多少次這種「追高殺跌」？有良心、思慮較周詳的股票經紀會直言相勸：某只股黑幕重重，裡頭有太多玄機，最好別碰為妙。股票經紀經常做的是，推波逐瀾，繪聲繪色，幫忙散播謠言。股友輸贏與他無關，傭金照賺。如果股友以為認識十年、二十年已經是老朋友的股票經紀的故事可信，蘇打綠如是唱：「你在憂鬱嗎？／時間從來不回答。」面對無釐頭的情境，只有無釐頭的答案。

2012年6月13日

21　中文系・中華研究・再漢化

我唸過倫敦大學的漢學系，它與今日我們熟知的中文系很不一樣，說得直接一些，前者像是專為外國人而設的中英翻譯系。先秦諸子的學說，漢賦唐詩宋詞元曲，都要懂一些，要能中譯英、英譯中，不是很精微細緻的雙邊迻譯。像余國藩英譯〈西遊記〉，已故宋淇生前在〈明報月刊〉細論〈紅樓夢〉那種英譯，是國手級水準，倫大漢學系學士學位要求的只是正確的翻譯（無甚疵誤），並非精譯。

中文系在大陸與台灣的大專學府，過去都稱為國文系，國文系學的不僅是中國語言文學，還涵蓋經、史、子、集。無邊無際的國學啊，仰之彌高。〈四庫全書〉裡的材料，理論上正是國學，尤其是國學科班生應該下苦功的範疇。奈何學海無邊，皓首窮經，何時才能上岸？隨著大陸政權的易手，國文系改為中文系可說順應時勢，而中文系可教可學的不一定是詩詞歌賦，也可以是現當代作家。

無論學生唸的是國文系、中文系、還是漢學系，都是研究中國文學兼及中國文化，側重點不同而已。這是完成中學、大學先修班晉入中文的專業研究，三年或四年的「再漢化」（resinolization）可以使一個人脫胎換骨。

在中學階段，學生得應付八、九個科目，最好的學生也逃不掉「樣樣通，樣樣鬆」的框框，地理歷史科學美術都懂得些皮毛，懂得的只是常識。中文系三年或四年的浸潤，師友的切磋與環境的薰陶，使中文系生得以多瞭解文學與其寫作背景，作家與其風格性情，中文的美感特質，強化對中華文學抑且對中華文化的熱愛。

用最粗淺的方式來表達「再漢化」的意思：今日多認識一個中文詞匯，那是語言把握能力的深化；今日你對儒學有興趣，便是多認識另一塊中華文化的面向，那是漢化的廣泛化。身為華人，如能經過三、四年中文系的培育，對中華文學（文化）的體會領悟，一定比未讀中文系深刻與廣泛，人格自然更趨完整（相對於二毛子的人格殘缺，外黃內白的「香蕉人」的人格扭曲），更明瞭華人文化總體的實質與意義。

追溯起來，馬大中文系是國內歷史最悠久的中文系，六十年代中新儒家四君子之一的錢穆與目錄學權威蘇瑩輝前來助陣，馬大中文系乃享盛名。鄭良樹於七十年代把有象牙塔之名的中文系與華社成功筍接。近年來馬大中文系教席不少是作家兼學者，潘碧華是散文家，張惠思是後現代詩人，文學研究與文學創作並行不悖，且互相砥礪。

後起之秀的拉曼大學，中文系學生三百餘人，碩博生二十多名，而中文系只屬拉曼大學中華研究院的一環，中華研究院之涵蓄面比中文系更大乃理所當然。院長何啟良於詩與散文都有造詣，他對筆者言，所謂「中華研究」即「文史哲研究」。文學、歷史、哲學三頭馬車式的學術開拓，固大業也，孔子當年率弟子三百，循王道而行，名留青史；希望拉曼大學中文系三百生眾，學有專精，為再漢化立新楷模。再漢化不是狹隘的民粹主義，而是能豐富國家人文資源的民族文化的自覺與提升。

2012年7月26日

22　班雅明：機械式再生產

我在想當年的班雅明（Walter Benjamin）的學術生涯是怎樣過的。你說他是哲學家嗎？他不是康德、黑格爾；即使處於逆境，班雅明都很難令人聯想到叔本華、以佛學為底蘊的悲觀哲學。他寫的書是《未來哲學綱領》。他又不是一個語言學家，比起索緒爾對語言學的專精，比起維根斯坦的語言邏輯與語言哲學，他寫的《論語言本體與人類語言》，遊移多變，與前面的幾位大師很難扯得上關係。

如果有人在班雅明那兒感受到文學性與語言的詩性，我想那是因為他的文字魅力。他寫過《波特萊爾的研究》，觀點新銳。讀他的論著：《德國悲劇的起源》、《論哥德的心靈》，會發現班雅明是一個文化根底精湛的文學批評家，而非嚴格意義的文學家，他寫雜文雜論，但文學創作實在太少。我個人從他的《論技術再生產時代的藝術》獲益最多：

> 歷史進入商品生產，就會變成機械式的生產，原則上不再產生新的東西，它不斷的重複自己，甚至重複著同樣的惡。

早在上世紀二十年代，他即一針見血指出資本主義的禍害。以文學為例，作者在出版了一部暢銷書後，出版商與作者會共謀，再複製同樣綽頭（賣點）、稍稍變異改裝的書（下集、續集）以應市。沒有新意，沒有創意，只有自我模仿與抄襲。班雅明老實不客氣地指出，那是mechanical reproduction。

我現在完全不玩Candy Crush一類的電子遊戲。所有這些遊戲都有一套共通的程式：持續的、緩慢的加強遊戲過關或取分數的難度，效果是吊癮，然後讓玩家經過若干次失敗後終於成功。所有與遊戲有關的Apps都用這種基本程式，遊戲的內容形式花樣卻可以千變萬化。

偶然與微軟的某區域經理閒聊到網上遊戲，這位以前的學生直言：「這是玩物喪志」。他的話使我很震動，也讓我徹底領悟，有那麼一段日子—三個月吧—我竟然也是庸眾一個，浪費寶貴的時間在無聊的、換湯不換藥的遊戲裡。

班雅明是個馬克思主義者，但他認為馬克思主義的基本信念：「人類的歷史一定是進步的」，這種思想非常危險，同時亦不符歷史的事實與發展。史達林的清黨與毛澤東的文革，造成數千萬人的死亡，證明人類歷史可以開倒車。大家也目睹或體驗到「博彩資本主義」（Casino Capitalism）擕來的災難：次貸危機、雷曼兄弟垮臺……從古迄今，每一位經濟學家都知道印鈔票救經濟，是飲鴆止渴，是經濟學的大退步。

班雅明的神學人道主義，提出「拯救」，在上個世紀二十年代—那個「咆哮的年代」—他成了左右不逢源的思想家，連在美國社會研究所的著名學者：霍克海默與阿多諾，都不太接受他的觀點。他提神學的罪與罰，上帝的救贖，在相當程度上，使馬克思鐵板一塊的歷史決定論，多了宗教的、道德的公正性。

2014年4月10日

23　我認識的風客與巴特

天狼星詩社社員夏侯楚客，在法國多年，他以風客之名寫詩，以夏侯之名攝影。他居住於詩的意象與屈原的神話裡，出門永遠不忘攜帶開麥拉，他拍攝樹木花草街道建築，每間建築都可能是他靈魂的寓所。

風客目前在法南，工作之餘喜坐廊吧喝咖啡，與其他戴著太陽眼鏡的男仕，大家齊齊欣賞路過的婀娜少女。我非常喜歡法國的浪漫，甚至這麼想，只有法國這樣的地方，才會允許人們天馬行空的去思考與想像，才可能在藝術的領域出現「荒謬劇場」（absurd theatre），觀眾接受《等待果陀》與《禿頭女高音》。

近十年來對我影響甚大的羅蘭・巴特（Roland Barthes），這位符號學大師在《零度寫作》裡說：「文學像磷火，它在即將熄滅那一瞬，發出最強的光芒。」巴特很早就洞悉作品誕生那一刻，作者死去，文學是「身後事」。他的文字灼金鑠石，感性十足，思想精緻，觀察敏銳。他的一些觀點近乎悖論：「波德萊爾不得不保護戲劇性免受劇院的破壞。」「伏爾泰的旅行是思考人在不旅行的狀態下會怎樣」。他告訴風客與我：「詩人是語碼的發射器」（the emitter of codes）。風客的看法是：「應無所住而生詩心」（四月七日臉書留言）。

這就牽涉到「後現代」的思考，創作愉悅與自在（juissance），顧左右而言他，而我你他俱在。巴特令人震驚的打破「能指」

（signifiers）與「所指」（signified）的二元對立關係，邁入「後結構」，讓古人抒情式的復活，就像一九八零年在巴黎街頭遇上車禍而猝然離世的巴特繼續與我們談心；邈遠年代的三閭大夫，仍不忘每年端午message給炎黃子孫那樣。

風客拒與時間拔河（四月十四日臉書留言）。面對時間，我們要超越時間的心理禁錮，這是我對時間的理解。詩是文學的夕陽工業，我們要把它築成可以安身立命的城邦，這是我與李宗舜的堅持。巴特、宗舜、風客與溫任平……都是城市裡孤獨的漫遊者（promeneur solitaire），上下求索，朝花夕拾，近乎奢侈的消費我們的想像能量，偶爾也來點幻想的譫妄。大膽新穎有之，還不致於像一些下里巴人那樣爆出：「華人婦女被強姦時比其他種族較能享受快感。」那種粗暴的武斷。

巴特重視文本性與「互文性」（inter-textuality），他的短文特精工細琢，作者死亡惟作品恆在啊。沒有結尾的的文本（unfinished text），正如一齣沒有結局的電影。偶感、眉批、體會、頓悟、記憶、夢境……這些都是生命的銘記。他強調文本的開放性、互動性，「開放」與「互動」，恰恰同時是後現代主義與網絡技術的高頻詞。早在半個世紀前，巴特已預感到這樣的平臺會出現。可惜巴特沒能活到連《諾亞方舟》也被禁演的今天，如果他仍在，他對今日文化的封閉主義，一定深感不解與詫異。

2014年4月16日

24　在網絡上傳授詩藝

在網絡教詩，眨眼三月。有一次某網友把台灣詩人陳克華的詩貼在網上，我沒留意作者，直言詩寫得累贅。網友即刻告知我，詩的原作者是頗有名氣的某人，我讀了這樣的善意提醒，楞住了。有名氣的詩人評不得？他們的作品真的字字珠璣，沒有瑕疵，一個字也動不得？

隨手翻閱創世紀、藍星到笠，這些老牌詩刊仍不免珠玉紛陳而內藏沙礫。不少詩刊向名人約稿，或面對名人交過來的作品，把關的執行編輯，明知拿到的是一堆囈語，仍像奉旨般刊載無誤。詩藝重要，上頭總編輯與社長的人際關係似乎更重要。詩刊負責人有太多世俗的、人事考慮，無形中助長魚目混珠的風氣。

詩是用語文寫的，我對語文的要求秉持呂淑湘的三項考慮：一是語法（對不對），二是修辭（好不好），三是邏輯（通不通，合理不合理）。「千樹萬樹的霜花多好看／千樹萬樹的霜花有誰看」（葉維廉）句末改動三字，那種被忽略的蒼涼傷痛，全在內裡，這是修辭的工夫。「也不知是兩個風箏放著兩個孩子還是兩個孩子放著兩個風箏」（管管），通不通？孩子與風箏構成風景，兩者構成大自然的一瞥，合理嗎？合理。

我是循著這三個原則讀詩、改詩、修飾詩。詩不能無政府主義，否則偽詩泛濫，贗幣到頭來會驅走良幣。詩人可以逸興遄飛，於文字兔起鶻落之際沒有多少人能像余光中、楊牧……等文體家，能夠從心所欲不踰矩。我要捉的正是許多詩裡躲著的蝨子。

不如回到源頭處，談「詩人」的身份如何被確認。大學中文系畢業生是否就拿到「詩人的執照」（poetic license）？中文系重辭章、考據、義理之學，並非訓練學生寫現代詩的場域。詩作者只能憑藉自己對語言試驗的好奇，投稿報章文藝副刊或文學刊物。日積月累，從肇始階段的被退稿，到偶爾有稿發表，到頻頻有作品見報，那是個相當艱辛、漫長的過程。作者很多時候會揣摩編者的文學胃口，撂下自己對生命意義的真正感受，而寫一些討好編者的詩。完顏籍編文藝副刊時期的詩人，在李向接編之後絕跡；輪到陳雪風編文藝，「我吟我吼」的詩突然多了起來。

參與報章的文學獎競寫的詩作者，也同樣在揣測評審委員的文學胃口（文化鄉愁、琴棋書畫的眷戀……），以謀脫穎而出。一旦奪得掄元，「詩人」的身份乃受到肯定與確認，作品有出路，但這並不意味詩人所有的作品都沒有問題。

就我這些日子的觀察，當前的詩作者對詩的音樂性不甚了了。於感情的跌宕起伏，懂得以詩的語言律動，凸顯之，襯托之，收音義互宅之效者寥若晨星。有些詩應該安排跨句的地方，詩人一路劃過去，中間全無頓挫之餘地。詩貴含蓄，這是古訓，要做到這點，得好好把握rich indirectness。漢語的各種標點符號，於作者語言節奏的調頻大有裨助，可惜沒有多少人充分利用這資源。「的了呢嗎」許多時候是散文化（prosaic）的陷阱。我準備以一年的時間，通過網絡的交流，改變當前現代詩作者的慣性與惰性。

2014年5月2日

25　突破詩的慣性思維

寫詩不能突破，很多時候是被自己語言的慣性，詩思的慣性所累。你用一種你用慣了的語言寫詩，滑溜得很，順口又順手。說得好聽一些，你已擁有自己的風格，說得難聽一些，你是走進了你自設的框框。

要成為多變的繆斯，只有不斷更換常用的詞彙，不斷試驗新的形式。我這樣寫，好像在警惕別人，其實我是在警惕自已。李賀當年騎騾而走，看人看風景，偶有所得或偶有所悟，就寫個紙兒丟進詩囊去。回去反芻、消化，然後才創作成詩，他的詩金相玉振，集視覺、聽覺、感覺於一爐，余光中認為其「現代感」不遜今日的現代詩。周誠真有專書論李賀，評論之精湛深刻，前所未見。

今人也可效法李賀的覓詩，或用筆記冊，或用智慧型手機，寫下零碎、片斷的人物事，與對你造成內在觸動的詞彙：關鍵詞。

我自一九九三年自教育界提早退休後即帶著個小皮篋出門，出席宴請聚會，多數時候在尋找有關城市的題材，收集社會趨勢發展的蛛絲馬跡，我可沒把小皮篋當詩囊。一直到二零一四年我才有這樣的徹悟，要重新回來寫詩，不彈「流放是一種傷」的老調，不扮演「眾生的神」，甚至不必矯情地「戴著帽子思想」，我要在日常生活裡感受生命的訊息。詩是不定型容器，甚麼思維用甚麼策略表達，甚麼感受用怎樣的載體，伸縮性很大，騰挪的空間很大，我企圖為每一首詩尋找、形塑自己的身姿。

楊牧說當作家、詩人找到一個新題材，那便是突破。風客的〈塞納河說〉其實是在寫他對自己的期許，關鍵詞是「塞納」：

身為首善之區的一抹清流
我自然有我的寬容與厚度
不論你塞下甚麼
我都會接納，毫不猶疑
與其說是我的天性
不如說我多年的積澱
所以我其實是有備而來
不是虛有其表

塞納河的「塞」與「納」，被拆開然後改裝成「塞下」與「容納」。寫自我期許不是甚麼新題材，風客把塞納河拆開，寫自我期許是一種新的嘗試。詩人瘂弦在60年代也寫過塞納河，他要喻示的是現代生活的某種逆反性，瘂弦沒想到塞納可以拆開使用的問題。愚見以為「所以」一詞可以刪去，「不是虛有其表」或可斟酌改為「並非虛有其表」。刪除「所以」，詩可免「散文化」（prosaic），整體來看凝煉些。至於用略帶古文意味的「並非」（大白話是：並不是）代替「不是」，是修辭學的要求精細。

2014年5月7日
《南洋文藝》

26　文化工業批判與詩藝提升

交化工業（culture industry）這麼個稱謂，首先由法蘭克福批判理論學派的霍克海默與阿多諾在《啟蒙的辯證》（Dialectic of Enlightenment）提出，他們兩人看出文化規模化、標準化、「商品化」（commodified），對文化的衝擊，對文化創意的侵蝕。

文化生產由於其市場導向，傾向福特主義（Fordism）的壓低成本，大量生產，文化素質變成次要考慮，文化產品千篇一律，怎能不走向平庸甚至惡俗？

班雅明的「機械式生產」（mechanical reproduction）一說，可謂一語中的，讓我們瞭解文化工業的操作性。關德興拍〈黃飛鴻〉，一炮而紅，他與石堅分別演黑白人物，同樣的程式，換湯不換藥，居然拍了一百多部的黃飛鴻影片。

後來李連傑在徐克導演的安排下飾演黃飛鴻，多了一個十三姨，添加了一點柔情蜜意，改變了關德興、石堅的剛性組合程式。李連傑與關芝琳的剛柔組合，拍了多部〈新黃飛鴻〉，頗為市場受落，這種好景維持了大約十年，終於被市場淘汰，最後一部李關組合的黃飛鴻，混搭西方牛仔戲的片段，讓我們目睹它花開荼薇。

文化工業的項目林林總總，電影只是其中一環。流行小說家瓊瑤以《窗外》（一九六三）成名，接下來絡繹不斷的文化複製有《幸運草》、《煙雨濛濛》……到了一九八六年才出現疲態。大家都知道，金庸在明報寫武俠小說，乃為勢所迫，當時的《明報》銷路太差。它可能是全世界唯一的一份，漏掉甘迺迪總統被刺大新聞的報章，其資源之匱乏，可想而知。讀者買《明報》，是為了追看金庸的武俠連載。等到《明報》的銷路上了軌道，金庸騎虎難下，無法不續寫武俠。

今人研讀金庸的武俠小說，居然用「金學」稱之（相對於研究《紅樓夢》的「紅學」），實在是過譽之詞。金庸的武俠系列，其間雷同的細節，數不勝數；情節犯駁之處，亦不勝枚舉。看「爽」的讀者，當然不會去理會這些。如果我們把這些文化工業產品，置之於廟堂供為「金學」，那對藝術家文化，知識份子文化、嚴肅文化構築的精英文化（如紅樓夢研究），顯然是不當的，甚至是不公平的。

國內的文學表現，小說散文的好壞，很難躲得過報章文藝副刊編輯的法眼，只有詩這種文類最有機會魚目混珠。二零零三年張景雲兄在《有本詩集》的序言裡（頁4），提醒詩人宜乎有精英意識，可謂有先見之明。

「一首詩是冷藏語言的方式，它防止語言腐爛」（A poem is a form of refrigeration that stops language going bad），詩人靜待靈感來訪固然不對，沿襲昔日的創作思路，不思變、不去嘗試新形式，創作猶似骨刺增生是：「不長進」。寫詩絕不能機械式生產，亦不允許自我拷貝。我們不能讓詩創作淪為文化工業的規格式生產。如果詩壇出現偽詩的泡沫，我們應該挺身而出戳破它。如果自己的創作出現自我模仿的現象，用你的下一首詩證明你：不是。

2014年5月7日

27　短詩宜乎純粹

我在網絡上教詩，曾不止一次提及「純粹詩」（pure poetry）與「非純粹詩」（impure poetry）的問題。當然「非純粹詩」並不等於「非詩」（non-poetry），馬華詩壇在三十多年前發生過一次「是詩非詩」的論爭，還出版成集呢，好笑的是，兩夥人都不懂詩為何物。

德國詩人里爾克（R.M.Rilke）詩中的「神秘經驗」，據詩人自述，是他曾親聆天啟似的聲音。葉維廉提「純粹經驗」、提「言無言」的道家「空白美學」，為純粹詩的理論奠基，此所以葉維廉屢屢告誡詩人：古典律絕沒有我你他的人稱，分析性的、邏輯性、因果性的片語少之又少。今日的漢語詩動輒「因為……所以」、「雖然……但是」、「原來……不過／而是／而且」……數不勝數，詩變得「散文化」（prosaic），羼入了那麼多雜質的詩如何奢言「純粹」呢？

耶魯大學詩學教授羅柏・華倫（Robert B. Warren）嘗謂：「短詩必須是純粹詩，長詩則不必。大部份長詩不必太純，詩篇一只要它是好詩一裡面都有短詩，『純粹』的短詩」，長詩或者三十行到五十行的中型詩作，一些枝蔓無可避免，甚至需要這些綠葉以襯托紅花。羅柏華倫告訴我們經常忽略的道理，長詩內裡有純粹的部份，在詩的創作過程，我們保留這些片斷的純粹性。葉維廉的長詩〈愁渡五曲〉，突然岔出兩句「純粹詩行」：

千樹萬樹的霜花多好看

千樹萬樹的霜花有誰看

行末三個字的不同，以大自然的滄桑影射人事的滄桑，意在言外；不著一字，盡得風流，力量來自「純粹」（purity）。

五月廿四日李宗舜依照他的「五日一詩」的寫作計劃，寫了六行的〈流亡〉：

時光盜走青澀年華
在鏡影前晃動，消失
一首養顏的歌重播，背景音樂聲光
來到窗前暫駐
追討再生的靈丹，原來
是一片落葉，啊落在窗前

這是一篇相當出色的小品，因為是短詩（十行以內），它必須純粹、凝練，始能像赫胥黎（Aldous Huxley）所言以「一小塊的真實反映全部之真實」。可能破壞詩的純粹性的字眼，像交代因果的聯繫詞，如最末兩行的「原來／是……」三個字宜乎刪去。減少詩的散文陳述，就可以逐漸走向「純然的傾出」。詩如天籟，詩如神諭；詩是晴天霹靂，詩亦可是靈光乍現，詩人一旦插播交代前因後果的片語，效果便被破壞了。李宗舜的〈流亡〉，如果以「一片落葉，啊落在窗前」，帶有詠嘆意味的動態意象作結，則味道全出。

2014年6月22日
《南洋文藝》

28　寫詩必須保溫

文人手不離筆墨，武士手不離刀劍。寫日記之所以重要，這習慣讓你每天都要用文字表達心裡的感受，一天裡的好壞遭遇。詩人必須每天寫些東西，不一定要像過去那樣寫在日記冊裡，今日利用科技之便，寫在網上似更便捷。有些話可以讓全世界的人聽到，涉及隱私的留言，你大可鎖定十個八個家人或親友分享。

詩人，如果你不想成為一個曇花一現的詩壇過客，你必須每天都寫三、五行詩，這三、五行詩可以是你任意的（arbitrarily）或不經意（carefree）的塗鴉。橫豎都是心血來潮的感受／反應或戲筆，你寫的時候面對的心理壓力不大。刻意經營一首準備發表的作品所需承載的心理壓力沉重，你會字斟句酌，句句猶疑，結果往往眼高手低，甚麼都寫不出來。

信筆而書的句子，有些是爛句、平庸句，勉強過關的詩亦無法登大雅之堂，可是間中也有靈光乍現（epiphany）的佳句。你無需逼自已每日一詩或三日、五日必須創作一詩，你的每日一訊便是最好的「詩的練習」（poetic exercise）。輟筆不寫，甚至日常人際聯繫亦捨文字代之以圖象，與語文日益脫節，一個月後你便打回原形，回復到有心無力的狀態；這狀態可以持續到老死。

熄火停工多年的詩人，如果準備東山再起，不要有「磨劍十年，一鳴驚人」的過高期許。把自己當作一個新人，這樣的心態較健康，重新再寫，開始兩三篇猶如學生習作，沉住氣，寫下去，第五篇可望第一個突破。即使在這個階段，重返的詩人大多只能在十四行詩的篇幅裡盤桓，很難邁出二十行的框限。可能要捱一陣子，多頭試探兩三個星期，始能在篇幅上有所超越。

我在二零零三年即不再寫詩，十年一晃過去，我在二零一四年在WhattApp 寫了一首五行詩，用我的修辭技藝在「藍」（blue）的顏色／情緒（憂鬱）上面作了一些暈染。第二首詩寫一個人向著大海呼喚他的童年，有點絕望。第三首詩〈無題〉仍然局限於十行之內，寫成於二月十一日，抒寫自己要回來的決心：

在飛機的這一端，我看見你
從遠處迅速移進，嘩然的風雨
當年展翅高飛的你
我在機艙的進口處，回過身來，舉臂
向送行的親友同袍揮別
「告訴她，我其實從來不曾忘記過
從來不曾離開過。」

2014年6月27日
《南洋文藝》

29　白垚：現代主義的弄潮兒

我與白垚見過四次面，都為了《大馬詩選》的出版事宜。他說話的腔調特別有勁，脾氣急躁，很合我的路數。我與他的數面之緣，都在我三十歲之前完成。《大馬詩選》在一九七四年付梓，我還差幾個月就三十歲。他覺得我是現代主義的急先鋒，我覺得他才是馬華現代派的推手，每次見面都互相調侃。

一九九七年十二月十六一十七日，鄭良樹副教授要我在大馬華人文化協會主辦的《馬華文學研討會》提論文時，「留意到國內現代主義的起源，它怎樣取得力量……」。我急函周喚與艾文，他們都覺得〈麻河靜立〉很可能是馬華的第一首現代詩。我瞭解這個判斷有一定的學術風險。除了艾文周喚的「口頭歷史」，還得從蕉風與學生周報去尋找「歷史的銘記」。從報刊去翻查資料，那年代現實主義所謂realism，真是磐石一塊，新加坡與半島的左翼文藝理論家完全控制了話語權：苗秀、趙戎、忠楊、杜紅、韓山元、林辛文、杜康、陳雪風、林振中……他們與新加坡學運關係密切，豎起魯迅的旗幟以魯迅為導師，援引周揚、夏彬與馬克思的理論開路，聲勢浩大。在民族主義與愛國主義的前提下，現代主義處於一隅，情況困難。

白垚的〈麻河靜立〉，今日來看，稱不上甚麼佳作，但它卻引來了後續創作與在蕉風月刊的文學論辯。我很早就看出把南大問題羼入文學論爭的荒謬性，政治的問題應循政治管道去解決。文學不是拿來說教的，文學不能用來當政治工具。一九五九—六零年，蕉風月刊發表了數量可觀的現代詩，左翼文人稱為「蕉風派詩」。一九六零年八月在白垚的策劃下，蕉風自第九十四期闢「新詩討論專輯」，一連數期刊載有關詩的評議。一九六四年白垚自己在蕉風寫「現代詩閒話」，同時期又設「文藝沙龍」，讓詩人、評論家發表意見。現代派就在這萬般艱難的環境嶄露頭角。

我曾為了第一首現代詩與已故陳應德博士辯爭過。比白垚的「麻河靜立」更早的作品，像威北華的獅〈石獅子〉，在藝術造詣方面可能勝於白垚的那篇。可是〈石獅子〉只是一個孤立的個案，寫成於一九五二年的〈石獅子〉並沒能引起注意與討論，威北華不搞文學評論，沒有在理論上為他的deviation闡明意圖。更重要的是，他不像白垚有一群追隨者，有理有據的掀起一場文學運動。

一九七四我主編《大馬詩選》，白垚也答應參加，就是遲遲沒把稿寄來。後來在電話中問起，他歉虛的自承現代詩寫得不算好，收錄入詩選反而……。另一位詩人葉曼沙也以同樣的理由，沒把詩作寄給我。我想他們在那時已有移居的打算。一九八一年白垚去了美國並在那兒定居。我們從此沒再見過面，直到林添拱在端午節後的六月二十一日，在短訊裡傳來他辭世的消息。

2015年6月23日

《南洋文藝》

30 向達達主義借鏡

我最近在網絡建議寫詩的天狼星詩社成員、網上的朋友，不妨回頭讀些「達達主義」（Dadaism）代表性詩人的作品。艾呂雅（Eluard）、布魯東（Breton）的詩有創意、有新意，他們建議把一些詞彙寫成字條，丟進一個包裹裡，詩人寫作前，就往包裹裡掏，隨意掏出二、三十張，把二、三十個詞放在桌上排列重組，理出詞與詞之間微妙、偶然的契合，用這種方法創作，想像活動當然比平日要恣意、自由許多，這麼做旨在解放感性。它近乎「自動寫作」（automatic writing）。自動寫作任由語言、意象流洩，與達達主義的撿拾湊成不太一樣。相較之下，自動寫作比前者更容易淪為胡說八道。

超過半個世紀，馬華詩壇幾乎完全忽略達達主義，甚至現代詩人也把它視為洪水猛獸。究其實，達達主義詩並不如大家想像那般費解或暗澀。布魯東寫廢墟：「語言首先離去了／隨後是窗戶四周的一切／／只有死亡盤踞／在寂靜之上幽暗之上」。盧飛白譯艾呂雅的〈除了愛你我沒有別的希望〉，像這樣的句子：

一場風暴佔滿了河谷
一條魚佔滿了河

應該難不倒今日的讀者。我個人相當欣賞艾呂雅的〈溺水者〉：「而人也沉入水底／為了魚／或者為了柔軟但始終緊閉的水面／那難熬的孤獨」。就內容看，它的內在因素出現偏離，是溺水者的處境被哲學化嗎？循著這條思路去思索，可能出現誤讀或逾讀。重讀達達主義詩，我在當天（二零一四年六月二十四日）在網上酉時留言，信筆寫下：

靠泊在這兒的船隻
拋錨之後就癱在這兒
聽風聽海，聽血壓
聽心跳：「我餓。」

我在網上問大家：這是艾呂雅還是布魯東的的作品？沒人回應，沒人敢涉險回應。癱、血壓等字眼令網友懷疑這首詩可能與我的當前健康有關。這些其實並不太重要，重要的是詩的本身，它在進入第三行即出現某種程度的「偏離」（deviation），最末一行則是大幅的偏離。這偏離造成某種張力，如果你寫詩黔驢技窮，或難以為繼，試試向達達主義借鏡吧。

2014年6月29日
《南洋文藝》

31 行為藝術：在大腿上寫詩

檳城新紮起的詩人：戴大衛（Tie Theway）用原子筆在大腿上寫了一首詩，七月三十日他把詩貼在網上，同時也拍攝下大腿上的原作。我在「天狼星方陣」拜讀他腿部的詩作，腦子亮起的第一盞燈泡是：岳飛背脊被母親勾劃上去的「精忠報國」四個字；第二盞燈泡是：行為藝術與詩創作配合的可能性；第三盞燈泡是主體如何向外，擴展它的延伸意義。

有一年我在臺北鬧市，跟著一群起哄的人群湧向一座天橋，橋上垂懸的舞者，用近乎狂放的肢體語言向政府抗議不公。懸在空中舞蹈，難度很高，一不小心掉落地面不死也會重傷。這是行動藝術的展示，舞者的動作令觀眾驚呼，讚嘆。他是林懷民的學生。

在文學的範疇裡，我迄今做到的是：詩的朗誦，把詩譜成曲唱出來。一九八一年我與已故陳徽崇兄聯手出版唱片卡帶《驚喜的星光》，裡頭收錄了十三首詩曲。我曾導演過程可欣、林若隱、徐一翔、張嫦好……以組合的方式一邊朗誦、一邊演出現代詩。在學校的壁報上，我策劃學生把詩圖畫化、具象化。七十年代，羅青在台灣《草根》詩刊以大小不一的字體（黑方、宋體、楷書），用圖象代替文字的拼貼，我都實驗過。

我沒有想到的是：以主體（身體）作為創作場與展示板，像戴大衛那樣。身體的第一重外延物，首先是毛髮指甲，然後是衣著服裝、手錶眼鏡、帽子頭飾、項鍊戒指……；第二重外延物是住宅、汽車。讀到這裡，大家應不難瞭解何以有那麼多人，愛護房子汽車猶似疼愛子女，把它們裝飾得漂漂亮亮背後的心理因素。

一九八六年四月，二十五歲的崔健在中國掀起搖滾樂潮，他穿一件大清帝國的長褂，掛一把劣質吉打，唱出了他的〈一無所有〉，他的吼嗓震動了全場。他成了中國的Bob Dylan，他以遊吟詩人的姿態唱出：「告訴你我等了很久／告訴你我最後的要求／我要抓起你的雙手／你這就跟我走／那時你的手在顫抖／這時你的淚在流／莫非你是在告訴我／你愛我一無所有」。他的歌詞使我想起食指的詩。

全場的聽眾如癡如醉，音樂的狂歡擊潰了意識形態的禁錮，讓一個世代被堵著的憤懣與傷痛得以宣洩。後來他戴上五角紅星軍帽、穿上綠色軍裝、黑色軍鞋，用一條紅布纏住雙眼唱〈解決〉、〈假行僧〉，崔健成了一個充滿激情的文化代碼，軍綠與五角星不僅是紅衛兵的擬仿，也挑起人們創痛的歷史記憶。

比起崔健，戴大衛溫和太多，如果後者不是因為癌症糾纏，他可能已組成像動力火車那樣的樂團組合。他的詩溫柔敦厚，即便抒寫難堪的分手，他的語言總是含蘊的，甚至帶點自我調侃：「打了一通電話給分手／嘟：請別再對號入座／這個留言信箱／只供流言蜚語」。從事詩、散文、小說寫作的朋友，不妨也想想如何讓內在的感受以具實驗意圖的形式／策略，多聲部的表述、表演出來。不去嘗試，怎知道不可以？

2014年7月31日

《南洋文藝》

32 臉書：功能與操作試驗

我在二零一零年自學電腦，糗事不少。二零一二年購入一台智慧型手機，居然在Notes寫專欄短文，每行十七個字，寫足六十行，便有一千字了。後來學生幫我上了臉書，我在網絡游弋，居然也完成了不少事，茲記下其中兩項，以饗讀者。

我在網絡上物色寫詩之才，除了審察網友留言的語言造詣，還用心檢視其人感性的敏銳程度。有一天我在臉書掛了這麼個帖子，寫下幾個關鍵詞，慫恿大夥兒用這些keywords嵌到詩去：

> 今天早上掛上去的關鍵詞，漢語五個，英文兩個，有人用『青衣』、『風華』、『曖昧』、『愛』、『瘟疫』寫成了一首十行詩，內容像舞臺上表演的崑曲，有宋人詞風。我打了八十二分。這麼巧我在下午三時也完成另一首題為〈囚徒〉的十四行詩（初稿）。這件事必須記載下來，它對我的網絡教詩是一個booster。……2014年4月27日／6.02pm。

用我預設的關鍵詞寫出有份量的現代詩的，十九個參與者當中只有一人：目前在上海工作的陳浩源，下面是他寫舞臺的一首近作：

> 青衣不著綠服，曖昧回眸

在場的白鼻醜，為親芳澤一陣嬉扭
站在角落的將軍俑，挺著肚子
凜然回首，風流依舊
胭脂、硝煙，似曾相識的佈景
戍衛與出師的反復，乍一怔
竟凝固成千年偶遇
愛像瘟疫，不需轉世輪迴
只能在每一層煉獄
往復徘徊

這是二零一四年四月的事。五月，我有意為天狼星詩社招收新社員，想出一點子，把帖子掛在臉書公告版：

戌時通告：（A）大雨初歇。人們還來不及關燈……（B）大雨初歇／人們還來不及關燈。前者是散文的起首句。後者是詩的首兩行。你會選擇用散文的方式陳述還是用詩的方式衍生成長？今日能寫得一手好散文的，人數恐怕比能寫得一手好詩的還要少。散文寫成一坨堆砌、謂之美文就沒得救了。散文成了瑣碎的生活註腳，很難救。大家不妨試寫，把散文寫成五百個字的片斷，把詩衍變成十四行，任擇其一，或雙管齊下，均可。能獲得七十五分者將受邀成為天狼星詩社社員。2014年5月26日／8.23pm。

作品獲得六十五～七十四分者有二十餘人，獲得七十五分以上只有三人，露凡、王郁賢、陳浩源。浩源已是社員，露凡與郁賢都能詩能畫，郁賢是台灣人，考慮到馬來西亞天狼星詩社的國籍屬性，不敢貿然邀她加入詩社。露凡同時以楊牧的兩行起首句寫成詩與散文，也顯出她的認真與誠意。

網際網絡，臉書YouTube……的功能方方面面，手機／電腦的虛擬空間，有無限的可能，尚待開發。我無意炫耀我在網絡傳授、傳播的駕馭能力，認識我的人都知道我是科技弱智（但不是零智，我肯學），以大家的電腦知識與技能，在網絡上辦公、創作、設計、聯繫……應該遊刃有餘，比我強太多。

2014年8月20日

33　肯吃虧的人

前幾天才在網上瀏覽到乃健的照片，他正在要站起來，背有點駝，他一貫謙遜的微笑著。他看來有點消瘦，氣色也不怎麼好。我把這種感覺在電話中告訴謝川成。我們都知道乃健被癌症糾纏，可他態度樂觀，聽說還自資出版了個人作品全集。

我與乃健的神交始於香港的《海天》地理雜誌，六十年代我們不約而同在《海天》的詩之頁寫詩。他以「乃健」為筆名，寫作二十五到四十行的長詩，而我受力匡影響，四行一節，寫個三、四節便無以為繼。他的詩海濶天空，花鳥蟲魚。我的詩只寫我在中學時代的暗戀，對女生的美壓抑不住的愛慕，「小我」到連自己都不好意思。

我們長大後在許多文學場合碰頭，可惜相聚交談的時間不多。我幾乎在每個文學場合都與人爭辯，比我年輕兩歲的乃健與國內外學者總能談笑殷殷。有一次我在吉隆坡聯邦酒店與乃健相遇，我和他講了一個無釐頭冷笑話：「乃健兄，你知道我們兩人的分別在那裡嗎？……你是馬華文壇排在前面的五大好人，而我是馬華文壇的十大惡人之一。」乃健大笑，我還是第一次看到他笑得那麼盡興爽朗，使我愈發肯定自己是惡人一個。「好人走了，惡人留下，豈有此理。」九月三日晚上十點我與李宗舜通電話，談到乃健往生，我衝口而出的就是這句話。

乃健對人沒有機心，是一個肯吃虧而因此不斷吃虧的人，這方面他使我想起另一個好人已故高信疆兄。乃健心地好，心腸軟得不得了。記得上回我們仨—李錦宗、何乃健與我—前去山東大學出席文學研討會，在濟南街頭，在攀登泰山的路上，一整個團隊的人，看到圍上來的老幼殘乞丐，趨避惟恐不及，只有乃健一人，每人都派一兩張人民幣給行乞者。我親睹他快步追上一個落了單沒有拿到錢的老伯伯，把鈔票塞到他手裡。老人不斷鞠躬道謝，我愣在一旁說不出話來。

在網上讀到乃健辭世的消息，我打了近十通電話出去給他的朋友，然後找出《馬華七家詩選》的十首詩：從〈掌紋〉到〈幾朵小野菊〉細讀了一遍。《馬華七家詩選》出版於一九九四年六月，住在同一部詩屋子裡的七個詩作者，其中有兩個先後逝世。重讀乃健的詩，發覺他溫文儒雅的言行後面其實有炙熱的一面：

很多年前我已知曉
自己只是田裡的稻草
靜默里為結穗而弓背
無聲中為下季豐收而燃燒

2014年9月4日《南洋文藝》

34　現代詩的傳播與接受

一直以來，我都甚重視詩的朗誦與吟唱。近兩年我出席的漢語國際文學研討會，均離不開一個主題：文學的傳播與接受。中學的文學啟蒙，大專院校的文學奠基與創作實驗，需要學長提攜、老師指導。文學知識與理論的把握，很難掀起創作的激情。知識理論枯燥無味，只有創作／創造才能讓人感受文學充沛的生命力。

一首詩，在朗誦、吟唱之際，會從平面成為立體。基於這點認知，早在一九八零年，我與陳徽崇老師（已故）聯手，並徵得陳老師與其弟子的協助，把天狼星詩社的多位成員的十多首詩，譜寫成曲，由柔佛新山百囀合唱團演唱，在新加坡錄音，出版成卡帶與黑膠唱片。唱片銷售不佳，那時唱片已不時興，卡帶卻很快售罄。我有理由相信，一些不能接受現代詩的人，已經把現代詩「聽進去」了。現代詩的傳播與接受，見證了具體的成果。

一九八二年，我以大馬華人協會語文文學主任之便，邀請余光中前來三春禮堂發表專題演說，並由程可欣唱出她的處女作〈初翔〉，與她為余先生譜的〈風鈴〉。陳徽崇的門生陳強喜、葉莉蓉的五人多重唱組合，唱出了張樹林的〈記憶的樹〉，為文協聽覺藝術組主任女高音邱淑明所讚許。強喜的組合也唱出了由陳徽崇譜的拙作〈流放是一種傷〉與其他作品。我不得不相信文學的傳播功能：目前〈流放是一種傷〉已被選入獨中課本，並越洋進入大陸成為大學韻文（詩）部分的教材。

一九八四年，文化協會吡州分會在怡保怡東酒店主辦〈第一屆全國現代文學會議〉，會議過後特別安排了〈現代詩曲發表會〉。這一趟演唱〈流放是一種傷〉，除了由陳徽崇親自擊鼓應和，還安排可欣、若隱、張嫦好、吳結心、胡麗莊在六十位來自全國各地的六十位馬華小說家、散文家、詩人面前，唱出溫瑞安、方娥真與他們自譜的個人作品。

一九八五年九月，我受檳城中華大會堂之邀，攜同可欣、若隱、嫦好、陳輝漢、李家興，以獨唱、二重唱方式演繹了方旗的〈江南河〉、瑞安的〈華年〉、吳結心的〈神話〉、林若隱的〈過客〉與我的三首詩：〈格律〉、〈一九八四年註腳〉與〈一場雪在我心中下著〉。這是現代詩曲，第一次在北馬公開演唱。

我的詩〈一九八四年註腳〉有兩個版本，由不同人譜曲；〈一場雪在我心中下著〉在傳播與接受過程，居然出現三個版本，這件事我最近才獲知。詩的朗誦與吟唱，對文學（尤其是詩）的普及化，突破小眾框限，確乎有正面的影響。

一九八七年年九月，若隱、添拱、可欣、嫦好、陳強華與本地的創作歌手／詩人張映坤、周金亮、葉友娣、陳紹安、林金城、張盛德、加愛……成立了的「激蕩工作坊」，開始在全馬大小城鎮，主辦本地歌曲創作演唱。拉曼學院也在陳鐘銘領導下成立「紅磚工作坊」。校園民歌、本土新謠……還有不同的音樂元素，成了現代詩曲發展的一個環節，並累積足夠的能量，成了今日可以出國演出的「動地吟」。有機會，筆者將續談現代詩傳播傾向的轉碼作用與意義。

2014年12月31日

35　卜・狄倫與諾貝爾文學獎

二零一六年諾貝爾文學獎，今年頒給美國的遊吟詩人卜・狄倫（Bob Dylan），文學圈內外到處都是眼鏡碎片。有人指出這是文學獎的典範轉移，表面中肯的評論隱藏譏刺。馬華文學界的朋友，大多認為這次結果是爆冷門跑出黑馬。

有沒有想到，狄倫可能是第二個沙特（法國作家、存在主義哲學家Jean-Paul Sartre），那個拒絕這項榮銜的人？

村上春樹是熱門人選，多年與諾貝爾獎貼身廝磨，就是差那麼一點無法捧回家。狄倫在瑞典皇家學院也不是天外飛星，從一九九八到二零零二年，他曾一連五度被提名諾貝爾文學獎。

我在六十年代聽瓊・拜斯（Joan Baez）與卜・狄倫的美國民謠，那時越戰正酣，民權、反戰的訊息，可以從他們的歌與歌詞強烈感受出來。兩人都在一九四一年誕生。瓊・拜斯嗓子如出谷黃鶯，繞樑何止三日。她聲音之美，只有希臘的娜娜・穆斯庫莉（Nana Mouskouri）可與她相較。狄倫的歌聲，實在比不上他的歌詞有吸引力。

他的名曲「Blow' in the Wind」影響了年紀比他年長的余光中，一九七零年人在美國的余先生寫的〈江湖上〉：「答案啊答案／在茫茫的風裡」顯然向卜・狄倫致意。狄倫的民謠風對余光中應該有某種啟迪，他的〈民歌〉、〈白霏霏〉、〈鄉愁〉、〈迴旋曲〉諸篇，用複沓再現的詞句，近乎歌詞，適宜譜曲。一九七五年，楊弦果然為上述作品譜成《中國現代民歌》，為台灣的音樂革命，打響了第一槍。

我寫於六十年代的〈散髮飄揚在風中〉（收入《馬華當代文學大系》散文部份），可能與上述那首歌有關係。刺激我寫那篇現代散文的，是狄倫那一頭蓬鬆亂髮，加上Blowin' in the Wind 的意境給我的聯想。

狄倫的歌，以反戰為主題，我其實更留意他的其他歌曲。當美國年輕人都把他視為嬉皮文化的代表，狄倫並沒有投眾人之所好，他交出其他主題的作品。美國的地下雜誌曾就此刊登他的照片，附上一行字「這傢伙微笑甚麼？」，同樣的照片與文字揶揄，過去曾出現用來諷刺使越戰升級的美國總統詹森。

狄倫對音樂十分投入，他在一九六二年出道迄今出版了五十六個專輯，寫了六百零五首歌。七十五高齡的他今年出的專輯是《Fallen Angels》（墜落的天使），二零一五年的專輯是《Shadows in the Night》（夜晚的陰影）。他的歌繼承十九世紀美國民歌傳統，老一輩固然喜歡他的歌；戰後嬰兒潮的一代則喜歡他的「到位」。他的歌詞裡面蘊蓄的智慧，對當代年輕人也有吸引力。卜・狄倫就是有跨世代的本事。

狄倫的歌詞（詩）有一種近乎箴言的魅力：「我們一起經歷過那麼多的事／我們再不要說假話吧／時間已晚……」，「我的愛人的話最溫柔／她曉得最大的成功是失敗／而失敗根本就不能說是成功」。

把他標籤化成為花童、反戰勇士、民權鬥士、叛逆的象徵……都不適合他。諾貝爾不設音樂獎，卻把文學獎頒給音樂人的卜・狄倫，文化的政治性，歐洲文化的侵略性，呼之欲出。五十年來一直糾纏在各種政治運作的卜・狄倫，不可能不心知肚明。如果他拒絕接受諾貝爾獎，也不奇怪，狄倫一路走來都特立獨行。

2016年10月18日

36　穿過大半個中國去睡你

電視節目〈鏗鏘三人行〉，邀請了一位腦癱的農婦，談她的詩、詩觀、人生態度，十分不尋常。余秀華，一九七六年出生於湖北小村橫店。早年因倒產、腦部缺氧造成頭部歪一邊，行動不便，說話口齒不清。這種病俗稱腦癱。

余秀華的詩在大陸國家級別的《詩刊》出現，她腦癱而能寫詩，「把不可能變成可能」，使她更紅火：同情心、好奇心，很多人都想知道那是不是真的。

二零一四年正月，打工詩人許立志不堪折騰，在富士康的員工宿舍跳下自殺。這個特殊時期，中國政府以凸顯農民工詩人的藝術天份與成就，平息民憤，也是很自然的事。身體有殘缺的余秀華，就在這個時候，出版詩集熱賣，出任市級的作協副主席，站上舞臺對著鎂光燈接領了一個又一個的詩獎。她被稱為中國的艾美莉・狄瑾蓀（Emily Dickinson）。

余秀華現象，是不是另一個在網絡爆紅、媒體炒作的事件？時機扣得那麼湊巧。大家這樣去詮釋或貶抑余秀華，恰當嗎？

一切要回到原點，更重要的是一切要回到「文本」（text）。其他資料，像余秀華高中畢業，割草養兔，生活艱苦，都是外在因素，可以參考，但不可憑藉。我們要審視的仍是，這位元草根詩人的文本。

二零零九年余秀華偶爾執筆寫詩，幾個月後，他已寫出巧思與創意兼美的〈風從田野上吹來〉：「我請求成為天空的孩子／即使它收回我內心的翅膀／／走過田野，冬意彌深／風掛落了日子的一些顏色／酒杯倒塌，無人扶起／我醉在遠方／姿勢泛黃……」。

餘的遣詞用字嫻熟（「冬意彌深」是文言）。詩人的想像力豐富多變：「我請求成為天空的孩子／即使它收回我內心的翅膀」。

二零一四年十月余秀華發表〈穿越過大半個中國去睡你〉，題目遠比莫言的長篇小說《豐胸肥臀》還大膽露骨，震動中國詩壇，引起廣泛的討論。

該詩內容其實沒有詩題的聳人聽聞：「……大半個中國，什麼都在發生：火山在噴，河流在枯／一些不被關心的政治犯和流氓／一路在槍口的麋鹿和丹頂鶴／／我是穿過槍林彈雨去睡你／我是把無數的黑夜摁進一個黎明去睡你／我是無數個我奔跑成一個我去睡你……」不涉情色，用詞並不猥褻。

余秀華的作品不是三幾首詩出色，她的佳作不勝枚舉。她的詩亦不囿限於情緒的發洩，她的詩直逼理性的臨界：「如同悖論，它往黃昏裡飛，在越來越弱的光線裡打轉／那些山脊又一次面臨時間埋沒的假象／或者也可以這樣：山脊是埋沒時間的假象／ 那麼，被一隻烏鴉居住過的身體是不是一隻烏鴉的假象？」

詩的辯証結構（dialectical structure）明顯，絕非誤打誤撞。細讀還讀出老聃的「道可道，非常道／名可名，非常名」，索緒爾的能指（signifier）與所指（signified），康德的現象與本體論，德里達的「衍義」（differ-rence）與皮爾斯的「無限衍義」（infinite semiosis）……余秀華的知識深不可測。

她在接受《新京報》訪問時說：「炒作之後，幸虧你們發現腦癱不是假的。」自我調侃的話語帶著詩人的睿智。我認為：余秀華不可能只是一宗網絡現象，像流星灼亮飛過，被虛無吞沒。

2016年12月15日

37　為楊牧叫撞天屈

寫詩不能學余光中，余先生有一種特殊的筆法、詞彙與文字的機智，你一學他就變成「次貨余光中」。瘂弦最特出的是他詩中的中國北方情調與都市批判，只出了一部《深淵》，學他甚易露出痕跡。新加坡英培安的《手術枱上》最能脫胎換骨，但仍不難看出師承。

洛夫更不能模仿，超現實主義技巧加禪意，是他的拿手好戲，學他成不了「詩魔」反而容易成了「詩妖」。學羅門，得摸清甚麼是「第三自然」（不是第三世界），浸淫貝多芬的交響曲，泡在「田園」「命運」「合唱」的音響漩渦裡，僥倖還能冒出頭來的肯定是「翻版羅門」。周夢蝶不可模仿，缺乏佛學根底，馬上露餡。

只有一人可學，那是早年名叫葉珊的楊牧。楊牧學植深厚，他是《詩經》專家，於花草蟲魚的名稱、特徵與季節的關係掌握得很好。他下筆滿紙雲煙，詞彙多元豐富。如果你對這判斷有懷疑，不妨就地選一部楊牧的詩集與北島頁數相近的詩集互相比較，同時把兩人詩集裡頭的動詞、形容詞謄錄下來對照，你馬上瞭解成語「小巫見大巫」（這兒是大巫見小巫）的意義。

我猜想楊牧是那種倚馬可待的詩人，七十、八十年代臺北洪範書局出版了多部楊牧的詩集，他的《海岸七疊》一詠三嘆，注重文字的節奏律動。《北斗星》、《禁忌的遊戲》裡頭油鹽柴米醬醋茶大致都有了，只等待主菜：一個響亮的主題，像「有人問我公理和正義的問題」，一種知識份子的政治與社會自覺，一種知識份子關心而未能「參與其事」的道德焦慮。

台灣瀰漫著這種焦慮，好多年了，馬華詩壇鬱困著這樣的焦慮「而又無以名之」。投給中國時報文學獎（一九七八年迄今）的詩作，有多少楊牧的投影？這些詩人如何模仿、變形、改裝，把脈胳爬梳整理，應可生產出不只一篇博士論文。

馬華詩壇如果割除「楊牧因素」，情況正如抽掉溫瑞安的「方旗血液」，一定「面目全非」，面目全非不等於「面目猙獰」「面目可憎」，而是馬華現代詩從此就可能少了縝密懇切與華美蘊藉那一塊紅棗核桃。楊牧耽於美，語文、意境的美，即使他恣肆想像，飄忽神秘，他的作品仍流露讀書人的理想追求，這恰恰饜足馬華現代詩人的心靈飢渴。

過去這些年投給國內主辦的大型文學獎，在詩的範疇，曾經獲得優異獎、主獎的作品，當中有多少是楊牧詩的改寫、變奏？〈有人問我公理和正義的問題〉這個詩題（也是詩行）的影響是廣泛的。〈北極光〉：「在大山之左翼，汪洋以西／正北三百，三千，三萬里」的地理推移，不少人也蕭規曹隨。馬華現代詩人有一強項謂之「三合一」，把三部楊牧的詩集放在一起，找出各自的優勢，綜合處理。

我建議這些獲獎人，在上臺領獎時向師傅楊牧致意並向他道謝。如果你誠意滿溢，建議你將獎金的若干巴仙電匯給王靖獻教授（楊牧原名）。台灣詩人與大馬詩人如果能夠這樣做，那將是詩壇美事，也為詩史開了好的先例。

楊牧的詩令病患者因為珍惜文字轉而珍惜生命，令失眠者獨對長夜內心充實喜悅，讓才氣不足的詩作者找到了舵也找到了槳。你們故意忽略他，把他的properties據為己有，當然就有人為他叫撞天屈了。

2016年12月22日

38　語言文化的溝通

威利斯・巴斯頓（Willis Barnstone），著作七十多部，他是詩人、翻譯家、《聖經・新約》專家，今年八十七歲。一九七二年，他為了翻譯毛澤東詩詞，要求中國當局讓他見翻譯家葉君健，他們兩人就毛的詩詞談了三個小時。葉君健早年負笈英國劍橋大學。

一直要到一九七八年文革烽火平熄後，巴斯頓才知道與他會面的葉君健，當年被紅衛兵鬥臭，坐牢已逾三年。當局釋放他出來與巴斯頓見面，過後又被丟回牢房去，一直到四人幫倒臺，鄧小平掌權，葉才被釋放。

本文無意討論毛澤東的詩詞與相關譯本，同年美國總統尼克遜走訪大陸，用英語朗誦毛澤東作品，英譯即出自巴斯頓手筆。本文打算記下的反而是，巴斯頓在接受訪問時的一些中國觀察，他於漢語特徵的評議，還有他在大陸寫的詩。

一九七二年毛澤東是中國唯一被許可寫詩的詩人，他的詩詞名句被張貼在大街小巷的牆壁，成為一種壁畫似的奇觀。郵票雖小，郵政局用極小的字體印上毛的詩詞。一九七二年文革鬧得風風火火，在北京，還可以看到老胡同。改革開放富裕起來的中國，拆除古老建築，造成的古蹟破壞比文革還厲害。

由於巴斯頓是國家特邀佳賓，紅衛兵與一般百姓都不敢碰他，他走到那裡都有人拍掌。奇怪的是，當巴斯頓向他們趨近示好，中國群眾全都小心翼翼的後退，避免任何近距離接觸。他與別人打乒乓，縱使技術差，中國觀眾都會為他勝出的每一分熱烈鼓掌。中國人的「群眾性格」，令他留下深刻難忘的印象。

巴斯頓指出漢語的單音節特性，王維的詩仿似以一種單音在舞蹈，這種語文的優勢是簡潔、緊湊，視覺效果佳。多音節的英文有作過這樣的試驗嗎？有的。不多。美國詩人佛洛斯特（Robert Frost）的〈雪夜林邊駐足〉（Stopping by Woods on a Snowy Evening）：

我想我認識這座森林
林主的屋子就在鄰村

Whose woods these are I think I know
His house is in the village though.

全詩除了「village」一詞都用單音字，佛洛斯特是對盎格魯—撒克遜（Anglo-sexon）複音語言的挑戰。Willis的詩鏗鏘有聲：

我的自行車在黃昏裡作響，像夏日突降的冰雹
哐啷砸在頤和園的長廊

音響效果甚佳。他的《清晨五點在北京》（5 a.m. in Beijing），作者從王府井的街衢行走，想起家人，想起他走過的中國大小城鄉：

不再。我不會在外國專家食堂裡張望著／你為我們挑選蔬菜／我不指望我們走近死去的皇帝／在承德的馨香離宮／你明白我從未解讀你，你從未像／黎明打鳴的公雞／那樣活過／

> 我們從未在西北的火車上共度時日／那裡的村民在紫色的田地裡拔蘿蔔

整首詩，既現代而又浪漫，像個花圃，遍植視覺意象的花卉。我們應該能從語言與詩的翻譯交流，得到雙邊語文提升與蛻變的某些啟示與契機。

2016年12月28日

39 周偉祺：不曾發表過詩的詩人

我正在整理著周偉祺的第一部、也是最後一部詩集。偉祺於二零一四年八月杪加入天狼星詩社，在二零一五年三月三日去世，享年四十六歲，相處的時間只有半載。二零一四年八月二十四日我在臉書網絡上搞現代詩競寫，偉祺在競寫中表現優異，憑實力入社。

他顯然搭遲了一班飛機，作品錯過被選入二十人的《眾星喧譁：天狼星作品精選》的機緣，也錯過了參與該書出版前，在二零一四年六月詩人節期間在國內各大華文日報文藝副刊先行把作品巡迴發表——那一波又一波美麗的波瀾。

我們選在二零一五年六月詩人節聚會出版並在金馬崙舉行《天狼星科幻詩選》發佈禮，詩選這趟收錄了偉祺科幻詩二十首。二零一五年六月出版。他的人卻在三月三日搭另一班地鐵走了。兩度的機緣錯失，使他宿命的、成為馬華詩人當中、唯一不曾在生前親眼目睹自己的作品、在任何紙本刊物發表過的詩人。

二零一四年九月之前的周偉祺，文筆稚嫩，詞彙不足，他是英校生。是他的用心，他的才氣，加上他那種恣肆的想像力，使他能擺脫局限。他的「任意性（arbitrariness）與他近乎小兒童騃的語言，讓他寫出了成年人的童詩。像所有孩子一樣，他對風雨、雲絮、陽光、小鳥、星星、樹木、花草……特別敏感。

因此，他的詩會出現要天穹變成橙色的孩子氣呼籲，天色已暗，「要回家吃飯」的無奈與近乎賭氣。「人／活著／讓他人活著

／然後／一起生活／多美……」像個孩子看世界與對這世界的期許。他的詩：「因為你停止了／腳步／開始了／計算／得與失」（〈不滿足〉），簡約有力，微言大義。偉祺的〈不滿足〉寫成於二零一四年八月杪，那時他已逐漸邁入詩的堂奧，並且恣縱想像於科技，開始翱翔於宇宙星際。

他的第一首有科幻意味的作品是〈全息飛船〉，完成於二零一四年九月五日，牛刀小試。十月二日他的〈霍金的空洞〉，已顯示他在科幻領域的豐沛飽滿的想像。寫成於十月十日的〈全息宇宙〉結尾句：「入戲太深不如抽身／與上帝並坐啃一包花生」伸縮自如，不忘自我調侃。寫到這兒，我實在忍不住要抄錄偉祺的另一首詩〈夢裡的平行宇宙〉與大家分享：

> 夢是平行宇宙的總站
> 無數的自己　匆匆的交會
> 久違的重逢　我們
> 互換了角色
> 和彼此的故事
> 時間有限
> 我們都忘了　互換名片
> 列車就開走了
> 開往各自的　無明的宇宙
> 下一站　未必再見

偉祺對人與人之間見面、重逢、約會之難有很深刻的體會，一個月他寫的〈平行宇宙的約會〉：「在這地球時間座標／不要掉下來／必須小心翼翼／約會何其不易」，透露了同樣的情愫。

細心的讀者一定會留意到偉祺的作品一直繞著「詩」這個字（課題、謎團……）打轉，他似乎要找出詩是甚麼？詩的意義是甚麼？詩的「本體論」（ontology）的探索應該是哲學思辨，而非詩人的任務。在這尋索的過程中，他偶然領會詩的工具性、遊戲性與妙手偶得之的樂趣：「我從工具箱取出了／剪刀石頭布／坐在路旁／剪剪敲敲／貼貼／／看起來／好像是首詩」。

周偉祺的第一部也是最後一部詩集，遂定名為《剪刀石頭布》。

2017年1月5日

40　詩的困擾：散文性與口語化

在Aeon購物中心與陸音華會面，我在網絡上注意到他這一年來在網上發表詩作。音華的詩，問題在於「散文化」。任何的藝術最高的境界是「近於詩」，如果我們批評某導演的影片結束的部分「逼近詩」，那是褒揚。反之，如果我們指出某篇作品prosaic（也就是「散文化」），那是句貶語。

詩的散文性也不完全是個負因素，高手大可以在極案之間從容走索。三十、四十年代的大陸著名詩人艾青：「雪落在中國的土地上，／寒冷在封鎖著中國呀……」，詩人利用詩的散文性營造獨特的語調，以上述艾青的詩為例，那是一種詠嘆。當然「呀」這個字與「……」這符號，都增強了詠嘆的力量。

甚麼是「一首詩的整體」？從詩題到標點符號，到壓軸的寫作日期與時間。那天可能是特朗普當上總統。時間可能是凌晨三時，心理時間剛好走到肺部，正值排除身體毒素的時段，容易咳嗆，不要忘了吐痰。從詩題到寫稿的日期時間，乃「詩的整體」。

陸音華擔心自己的思維態勢傾向於直線，不擅迂迴。我呷著拉茶，思忖音華的兩種心靈。宗教心靈與尚待開發的文學心靈。在谷歌尋找大陸詩人的作品拿來參照，我們會發覺不少頗負盛名的現當代詩人，詩作比日記還無聊：「尚義街六號／法國式的黃房子／老吳的褲子晾在二樓／喊一聲胯下就鑽出戴眼睛的腦袋／隔壁的大廁所／天天清早排著長隊／我們往往在黃昏光臨……」，詩可不是胡譎的，作者是在中國詩壇有「雲南王」之稱的于堅。

于堅的問題除了散文化，還牽涉到「口語寫作」與「學院寫作」的爭論。「口語寫作」強調原始與本真（authentic）。胡適當年主張「我口寫我手」提倡白話文學，于堅與他的支持者更進一步主張詩應該走進生活。生活本身吃喝拉撒、雞零狗碎，詩當然也是雞零狗碎。人的本來活動與日常語言，同構起來便是詩。

這兒沒有篇幅論及「學院寫作」，詩可以寫得很直白：「我看到我在倒退／像退潮的水／把無聊的貝類的空殼遺落在岸灘／／我看到我在迅速倒退／當先哲們出場／我像一個最愚昧的人那樣不被蒙蔽／不肯給予誰哪怕最稀零的掌聲」，趙麗華的詩。「像貝殼」是最起碼的明喻或直喻（simile）。太陽像粒橙，月亮代表我的心，紮樁的功夫，平凡得很，但是可以經營出不俗的作品。

西方詩人像波蘭的米和斯（Czeslow Milosz）寫：「那年輕人走到白馬前，綁上牠的韁繩／那匹馬默默的看著他／他們這麼沉默他們是在另一個世界裡」、「我不斷夢見雪和樺木林／一直很少變化你簡直分不出來時間怎樣過去／這兒，你會發覺，是一座魔山」，散文式的陳述，是的，沒甚麼轉折。至少表面看來，好像沒什麼轉折。

轉折之處在思想，轉折之處在於作者的哲思，轉折之處在詩人的靈視（vision）。平凡無奇的描述（人與馬），或者邈遠的想像（魔山），後面都有還沒說完的話，或者話中有話。我在餐巾紙上寫了幾個字給陸音華：「直說不是詩，囁嚅其言才是詩」，詩貴含蓄，梅聖俞說的「意在言外」，大抵就是這個意思。

因此，詩的散文性與口語化，都不致對詩構成甚麼「威脅」，關鍵在詩能否做到「言有盡而意無窮」。

2017年2月9日

41　面對網絡詩：如何建構馬華詩史？

網絡的第一位詩人是中國的王笑飛，他在一九九一年創辦了「中文詩歌網」。一九九三年，詩陽在網上發表詩作數百首，成為大陸詩壇第一位網絡詩人。

回到馬華詩壇，兩家華文日報的文藝副刊近年縮水，篇幅減少。文藝副刊通常是三菜一湯：詩、散文、小說，再加上一篇評論（短評），七折八扣下來，〈文藝春秋〉與〈南洋文藝〉每週刊登的詩作大約有六首，一個月二十四首，一年下來是三百二十八首詩。六百萬華人三百首詩，情何以堪？在過去，其他的詩作者別無發表管道，熱血新人等到心灰意冷，不少詩的幼苗就這樣給憋死。

一個詩人如果夠勤快，一年也能寫出詩三百。李宗舜不是曾「每日一詩」嗎？

網絡提供了新的平臺，年輕的少壯的，性格開朗與靦覥的，他們開始在自己的臉書或部落格貼上自己的詩。恣肆想像，跨界踰矩。如果重建／重構馬華詩史，我們能忽略掉網絡的這一塊沃土嗎？我的答案乾淨俐落：當然不，當然不能。

報章文藝副刊有編輯把關，自己在網路上貼掛詩作，憑的是一股血氣之勇。但還不致於毫無節制。讀者留言甚至批評（這是外部約制），有人擦鞋，有人抬轎，有人瞎讚攀關係……有的有的，網絡是人也是鬼的世界。廉價的聯誼最是普遍，但也有不少資深詩人、評論家就他們所見，提出褒貶。好在哪裡，為什麼出色；差在哪裡，為什麼不到位。我經常扮演這角色，蕭蕭、陳寧貴、劉正偉、高塔、吳啟銘、懷鷹、白世紀、王勇……甚至點出哪些是詩中金句。這種點評乃報章雜誌所無。

詩壇新人在網絡貼上稚嫩的作品，由各方英雄好漢留言點評，他們的作品受到這種「鞭策」，從生澀到成熟，報章雜誌可就沒法提供這樣的「培訓」。

整理馬華詩史（文學史的一個環節），我們除了要尋出「重要詩人」（major poets），也要留意「次要詩人」（minor poets）的表現。史家可從網絡詩人陸續po上來的作品，看到他們「一路走來」，作品的生成與變化，從而揣測詩人的心路歷程與社會的關係。如果有足夠的文本，史家甚至可以看到一時一地詩壇風格的丕變。

馬華詩史的重建，還得面對技術性的問題。比方說，如果詩人把po在網上的詩一再改動增刪，史家選的是第一版，還是數度修飾的「最新版本」？當另一「最最新版本」在網絡亮相，史家與研究者豈非又得費神費力調整他們的論述？我們可以限定詩人最多只能在不超過一個月內修改三次嗎？（多麼荒謬的限制）

有規劃能力的詩人，可能把他們貼在網上的作品彙編成書，一百五十首詩，搞個封面設計，加個目錄，書沒付梓但正式「出版」。只要作品夠份量，撰寫博士論文與重寫馬華詩史的學者，自然會找上他們。趙麗華在網上寫的詩，號稱「梨花體」。余秀華的〈穿越過大半個中國去睡你〉，網上火紅，點擊率過百萬次，一周之後出版商馬上找到了這位「腦癱詩人」，一口氣替她出了兩本厚厚的詩集。

以余秀華在網上受歡迎的程度，何以還在乎印行紙本？她的詩集在大陸賣兩、三萬冊沒啥問題，但比起過百萬次的網絡點擊，那只是小數點後面的零頭。原因可能是，出版社付版權費（稿費），網絡自由掛貼則無。

另一個原因是，包括余秀華在內的我們這一代人，還真的把印行紙本書籍「當一回事」。下一代會這樣嗎？不會。年輕的一代，在網上整理電子詩集的同時，也發明瞭保護智慧財的自動機制。

2017年2月15日

42　改變詩人與詩社的宿命

台灣聲勢浩大的創世紀詩社的三個領導人是：洛夫、瘂弦、張默。洛夫寫詩走surrealism路線，號稱「詩魔」；瘂弦挾一部詩集《深淵》施施然走進詩史；張默能詩擅畫也像洛夫、瘂弦那樣，做些詩評論、詩的史料工作的整理工作。

基本上他們三位前輩，均擅長詩，他們以詩縱恣想像，卻不碰「現代散文」這一塊。在洛夫之前的現代詩社，領導人紀弦（已故）寫了幾十年的詩兼及詩的議論，從大陸寫到臺灣，他就是不動散文。

好些詩人均獨沽一味，臺灣的商禽如是，香港的蔡炎培如是，大馬的艾文、紫一思如是，這種文類的「專業化」確乎有某種優勢。可今日詩與散文日益趨近趨同，詩的範疇與散文的範疇交錯重疊。「詩的散文性」、「詩意散文」、「分段詩」……詩與散文並非壁壘分明，詩人跨進散文領域，或散文家走進詩的範域，這種光明正大的「無間道」天天都在發生。

散文的式微，因為有太多人把散文當「作文」來處理。坊間的三套馬華文學大系，其中散文部份多的是初中三到高中三的篇章，老生常談，藝術性淡薄。少部分的大學生作文（仍然是作文），多了一點對華人教育的憂患，多了一份對華人文化的關懷，思想層次稍見提升，語文修養仍沿續高中的餘緒。編者對散文的修辭沒有要求，對散文的美學近乎無知，作者與編者沆瀣一氣，但求散文能表情達意，謬種於是流傳至今。

現代散文有異於五四的白話散文，所謂modern prose，是「創造性散文」（creative prose），它不是一般實用性散文，而是與現代詩、現代小說等量齊觀的「美學載體」。

余光中說：「我嘗試把中國的文字壓縮，搥扁，拉長，磨利，把它拆開又併攏，摺來且疊去，為了試驗它的速度、密度和彈性。我的理想是要讓中國的文字，在變化各殊的句法中，交響成一個大樂隊，而作家的筆應該一揮百應，如交響樂的指揮杖。」

詩的創作何嘗不是如此？熔字鑄詞，尋找詞語組合的歧義（pluralsignation）與衍生義，留意文字節奏的調頻。我不僅相信能詩者必能散文（除非有心理障礙），我甚至覺得能詩者寫出來的散文，會比一般不碰詩的作者優異。

陳再藩（小曼）、陳蝶過去在報章寫的專欄文章，意興遄飛之際，有些句子竟然「破繭而出」與詩無異。他們的「詩化語言」不但沒干擾到文章的陳述，反而讓他們的陳述多了轉折的趣味，也多了思想的高度。

二零一七年二月十五日，我在臉書主辦的「現代詩競寫」結束。二月二十一日在臉書上放榜的同一天，我又以近乎「挑釁」的姿態辦「現代散文競寫」。一方面要找出散佈在大馬十三州的「左手的繆思」，一方面也想增強天狼星詩社的散文實力。

一個文學團體，創作者稀與創作者不濟，乃大不幸。詩社必須引進新血，在〈眾星喧譁〉與〈散文精點〉兩個組別密集培訓。詩人有這自覺，就有機會擺脫「我的一生只寫詩」的宿命。詩社整體有這醒悟，就有機會蛻變成當年徐志摩（詩）與梁實秋（散文）的「新月社」。

2017年2月23日

43 現代詩的危機：意象生鏽、語言老化

我每天在網上讀三十到五十首現代詩，算它四十首好了，十天便得細讀四百首詩作，一個月至少要讀一千首詩，點評其中十分之一的佳作。吾樂此而不疲，說不出根由。我在一九五九年在國內發表第一首詩（夠老），是大馬唯一漢語詩社的社長（職責），這份「義工」我問自己，我不做誰來做呢？

這份差事使我愈來愈瞭解當前詩壇的問題。現代詩似乎朝著4R的死衚衕走去，令人感到沮喪。4R是recycle，re-condition，re-package，reproduce。recycle是循環再生、re-condition是修復，re-package是重新包裝，reproduce是重新製作、製造。

在網絡寫詩的人，就某個意義而言，他們都是可敬的，他們比在網上貼垃圾的人可敬。就詩論詩，來自新馬港臺歐美的許多漢語詩表現水準參差不一，而弱點與弊端卻大致雷同。許多作品裡沿用的語言、意象與佈局都有換湯不換藥的現象。有經驗的詩人，他們在技術上翻新出奇，細心的人亦不難洞悉他們作品的空虛。

詹宏志在《兩種文學心靈》一書提到海耶克（H.A. Hayek）的論文〈兩種心靈〉，詹宏志據此引申「意見型」與「感受型」的兩種文學心靈。我對兩種文學心靈的看法是：一）因情造文，二）因文造情。不平則鳴，有感而發都是「因情造文」；為了寫作（寫詩）而硬湊出來的作品，均為「因文造情」。

網絡瀏覽的速率快，一首詩或一篇散文掛貼在網上，除非特殊情況，否則無需二十四小時，問津者已寥寥無幾。

詩作者只好努力再寫，以配合網路的文學消費，與作品折舊的速率。詩人哪來那麼多東西寫？只好從自己內在的庫存裡搬出舊貨來「復新」，下意識的改頭換面（re-condition），上意識的舊瓶裝新酒（re-package）。七十巴仙的詩作，都是班雅明（Walter Benjamin）說的：「機械式復製」（mechanical reproduction）。因情造文的後果是急就章，抄襲自己，往別人的詩偷句。

像我這種「專業讀詩人」，只要讀前面幾行，就知道對方要表達什麼了。太陽底下本無新事，除了科技不斷翻新出奇，科幻可以愈寫愈匪夷所思外，人都離不開七情六慾與生離死別。

唐詩多風，宋詞多雨，現代詩兮則風雨交加。邇來讀現代詩有一種想哭的衝動，怎麼來來去去都是陽光月亮長窗走廊河岸陋巷霜雪海洋淚水河流幻象船上流浪？意象生鏽，語言詞窮。風花雪月的意象語不是不可用，太密集了，幾乎每首詩都是程咬金的三十六道板斧，予人強烈的技窮之感。

建議詩作者回去翻閱十年前到三十年的舊作，如果你今日寫的詩還比不上少作，對不起，我找不到話安慰你。如果你今日寫的詩充斥八十、九十年代用了又用的生鏽意象，我要告訴你：你退步了。如果你用的詩語言，還是過去那個老現代調調（the old modern tone），連詞彙也順手拈來，我要說：你不長進。

不必畏懼「後現代」，「後現代」詩人的花招百出，其實萬變不離其宗。台灣九十年代的後現代詩，可以從六十年代的羊令野、丁雄泉、管管、商禽……找到他們的前輩。在後殖民時期，在新殖民時代，生存空間壓縮，生存條件惡劣，「後現代」能「後」到哪裡去？為什麼要怕「後現代」？

對我而言，「後現代」讓意象變異，讓語言衍異，讓已經定勢了的詩出現轉機與生機。借力使力，是時候了。

2017年3月8日

44　沒有風雨哪能成詩啊？

不要自己嚇自己，這不健康。沒有風雨意象，詩人絕對能寫詩。但是，為什麼我們要避開風雨，這麼現成又好用的意象？不解。

上週六我在專欄談中文現代詩的危機，提意象生鏽、語言老化。拙文一出，仿似平地裡一聲旱雷，頓時白鷺與烏鴉齊飛，現代詩的竹林撲出一群老老少少的鳥，滿天噪呫。大家都忙著用各種方式不對號入座。

那一堆意象是我從楊牧的一部詩集，一邊翻，一邊抄下來的：「……陽光月亮長窗走廊河岸陋巷霜雪海洋淚水河流幻象船上流浪」。

楊牧是我最欽佩的詩人。七十年代寫過一篇對他的評論，發表在《中外文學》月刊。九十年代在南洋商報、星洲日報的專欄不止一次評述他的文字感覺。拉曼大學的張依蘋把她拿到九十多分的碩士論文：楊牧論交給我，我為她在台印行的碩論寫序。

唐詩多風，宋詞多雨，今日的新馬港臺，內在侘傺多艱，外在風雨交迫，風雨是這個時代、尤其是這個時代的華人社會的「大意象」（major imagery），用之有何不妥？

「風雨」居風花雪月之首，它提供即沖即溶的浪漫，它提供了融情入景的對象，當然好用啦。大夥兒都用，沿襲成為寫詩慣性，於是「沒有風雨哪有詩啊？」的思維定勢就出現，意象僵在哪兒。他們忘了詩壇還有方思、林亨泰與羅青《吃西瓜的方法》那類知性的詩。忘了知性語言的重要性，忘了現代主義基本上是主知的文學思想。

至於詩語言是否老調重彈，翻一翻台灣出版的《六十年代詩選》《七十年代詩選》，《新加坡十五詩人新詩集》，國內在七十年代先後出版的《大馬詩選》《大馬新銳詩選》，比較一下今日網絡現代詩的腔調、語序，大家心裡就有數了。

整個詩的語言系統，傾向於掇拾陳腔老調。我也有用「風雨」啊，我在一九六八年出版的第一本散文集書名就叫做《風雨飄搖的路》，收入中學時代在報章發表過的作品。我記得當年的《幼獅文藝》月刊還電版印出楊牧〈風雨渡〉的手稿。如果這是批判，我除了批判我最尊敬的詩人楊牧，我也批判了自己。

令我憂心忡忡的是：語言慣性。語言慣性會把優秀的詩人的感性磨鈍。有一首在網絡爆紅、點擊率超過一千萬次的詩，曹臻一的〈大雨〉：

那天大雨，你走後
我站在芳園南街上
像落難的孫悟空
對每輛開過的計程車
都大喊：師傅

五行短詩寫的是大風雨裡追德士（大家都有過的經驗），無一字言風，詩中的風刮得可緊。風雨不是浪漫的道具，它只是單純的場景，演出被大雨淋得像隻猴子（孫悟空）般狼狽的搭客。

《西遊記》是上述詩作的「祖本」，神話落到現當代的芳園南街，一聲無助的「師傅」，叫醒了人們的「集體無意識」

（collective unconciousness）：唐僧整天誤會悟空、經常錯罰悟空，悟空最絕望的時候喊的正是師傅。詩在讀者讀完它的奈米時間「內爆」（implosion），我和其他讀者一樣，愣住，再看清楚，然後發出會心的微笑。

詩人是「萬物的命名者」，「風花雪月」以物擬人，以物擬物，或借喻或代喻，均可化解風花雪月的陳腐換上新意。「春風更比路人忙」「雨在傘上辯論天氣，口沫橫飛」，便是信手撚來的詩句。

2017年3月15日

45 文學跨界：開發題材，刷新語言

幾年前我在星洲日報的專欄《靜中聽雷》發表〈以文述樂：挑戰難度〉，闡明用文字描繪音樂之難。

我以《琵琶行》的「大絃嘈嘈如急雨，小絃切切如私語。嘈嘈切切錯雜彈，大珠小珠落玉盤。……」為例，說明以文述樂雖難，但並非完全不能做到。如實的說，「大珠小珠落玉盤」，已成為中國古典詩音樂意象的典範。

這促使我在七十年代在《學生周報》，企圖用文字「再現」（re-create）Saint Saens的Danse Macabre。效果不錯，讀者的反應也很好。我又把杜步西（Debussy）的月光曲，寫成現代詩。詩收入《流放是一種傷》。

以詩述樂難，以文述樂亦難，前者似乎比後者更困難。二者都是跨界行為，從文學跨出去，用語言描述音樂的聆聽體驗，用文字勾勒音樂的起、承、轉、合的形態。

由於跨界成功，我後來又寫了五十行詩〈第一交響詩〉，仿效symphonic poem的第一主題與第二主題交替穿插（第一、三、五詩節寫的是心靈世界，第二、四、六節寫的是世俗世界），讓這兩個主題不斷在對比、碰撞下產生張力。這首詩後來被選入馬華文學大系。

在形式上跨界，可以帶來意想不到的效果。在知識、科系跨界，作家／詩人必然面對嶄新題材的挑戰。以陳克華為例，他是醫學教授，可以從容寫詩集《BODY身體詩》。即使我再努力，亦無法在醫學知識與相應的語言，與陳醫生相頡頏。換句話說，陳克華寫的身體詩，我寫不出來。

我寫〈與韓愈論道〉，不能不正襟讀韓愈的文學與政治主張（偶然發現韓文公晚年患憂鬱症，需另文討論）。我寫〈熵〉與出〈負熵〉兩首詩，不能不去讀entropy與negentropy。去年今日（三月二十三日），我戴上京劇面具（persona）寫成〈崑曲一瞥〉：

他在台前拂袖，假裝氣惱
心裡，卻覺得好笑
很多動作都得掩著半邊臉
露齒是忌諱，既使多次洗刷
仍難掩長年抽菸的污垢
遊園驚夢，皂羅袍
他翻了很多個筋鬥
一字腳跌坐，功力再高
始終是個跑龍套

我接下去還寫了好幾首與京劇有關的詩。由於知識的自然外延，我也讀了（不敢說是研究）好些有關粵劇的資料，後來還在一項文化研討會上提呈報告。

寫作是一種消耗性的心智活動，僅僅依賴童年，少年的回憶與自己的經驗去寫作，一個人最多寫二十篇作文，就交代得一清二楚了。

為什麼這麼多人寫父母（平凡而偉大，照顧無微不至，生病期間……）？孫隆基的巨著《中國文化的深層結構》分析得好：「每個人在成長過程，必然會面對不同程度與性質的挫折、打擊，中國人的文化枕墊（cultural matrix）是回到母體，回到母親的子宮內繼續受到羊水的保護。……」（大意），難道大家真的甘於「在文學上永遠是個長不大的孩子」？

二零一五年詩社編纂與出版了《天狼星科幻詩選》。「科幻」的定位是「科技幻想」。我們有科幻電影（從《銀翼殺手》算起的科幻電影一百強）、科幻小說（張系國、張曉風），當然也應該有科幻詩。詩社成員接觸科學、技術這方面的書籍，視野隨之拓展。

新題材需要新語言去表述、去呈現。包括詩在內的文學，就是這樣蛻變出來的。你讀哲學、心理學、社會學、經濟學、海洋學……你的作品便有相關知識的烙印，詩的語言，因為不斷有新的因素而不致僵化、僵斃。

2017年3月23日

46　巫啟賢的歌詞與現代詩

偶爾看《跨界歌王》，特別留意四位評委對歌手臨場表現的批評。當中以黃韻玲與巫啟賢對歌手的點評，最有見地。他們對歌曲的評論，使我聯想到現代詩。

限於篇幅，只能引巫啟賢的話。巫來自馬來西亞吡叻雙溪古月。他的批評三言兩語，卻每每切中肯棨。串燒歌王郭濤鬼馬、惹笑，舞臺感十足，在唱草原牧歌應該要拉長嗓子的部分，他顯然做得不夠好，巫用左手臂作波浪狀，告訴郭濤他應該用跌宕起伏的拉音，把哈薩克的民族風唱出來。

現代詩也一樣，有些地方一詠再詠足矣，有些部份像「尋尋覓覓冷冷清清淒淒慘慘切切」，得一詠三嘆才到位。巫啟賢指出巴圖的唱功不錯，每句都悅耳，就是沒有任何一個段落予人驚喜，他的批評，這麼巧說明了當前現代詩的狀況。不少現代詩作，整體看不俗，卻怎樣都記不熟，全詩無一金句。

「我揮一揮衣袖／不帶走一片雲彩」徐志摩的金句。「我達達的馬蹄是美麗的錯誤／我不是歸人，是過客」，鄭愁予的金句；「一池的紅蓮如紅焰，在雨中／你來不來都一樣，竟感覺／每一朵蓮都是你」，余光中的金句。歌曲與音樂都有它們的crescendos，有高潮迭起的部分。馬英九的「一路走來，始終如一」，政治理念可以如此，一首詩竟無任何精采之處，就未免單調乏味了。

巫啟賢批評王祖藍的話：「你有舞臺感，信心十足，但信心是內在的力量，不是刻意的炫耀。你的問題在於信心外爍，真正有信心的歌手，他的信心是內斂的，不是暴露的。」這句話給我頗大的震撼。現代詩人如果裝腔作勢，信心外爍，他的詩可能也去不到多遠。周夢蝶虛空待物，他的禪詩出神入化，被葉嘉瑩譽為「以哲思凝鑄悲苦的詩人」。

巫啟賢完全不隱瞞他對劉濤的偏愛，他說：「我enjoy聽劉濤每一趟唱歌的過程」。我在想我們的現代詩，能夠讓讀者enjoy（欣賞、享受）整個參與的過程嗎？可以的。但有幾個先決條件。

首先，詩不能太長，過長，讀者會累。詩的用語、意思不能晦澀，晦澀造成「隔」，語義隔閡不利接受度，遑論欣賞。超過二十行的詩，除非作品特佳，讀者開始累、心理上會抗拒。要有令人感動、難忘的金句。鄭愁予的作品，飄逸浪漫，網絡閱讀的人次最多，就好像劉濤的被眾多聽眾喜愛一樣。

至於巫啟賢對一些歌手唱情歌那種自我陶醉：或閉目作夢囈狀，或眼神望向虛空作恍神失落狀，甚至有特定對象的情歌，也唱成面對「外星生物」的含糊絮語，這就有失焦之病。批評溫和得體的黃韻玲，也對另一歌手有類似的評議。

現代詩有三種聲音，見諸艾略特的論文The Three Voices of Poetry，詩的敘述者可以是「我」的獨白，「我」對著一群聽眾（想像中的）作戲劇性獨白（dramatic monologue），第三種聲音是帶著別人的面具（比方說：曹操）說話。

艾略特理論的精妙處在於：情詩裡的「我」喃喃自語，它的一部分內容被人偷聽到或偶然聽見（there is a certain amount of overhearing expected）。

歌手自己陶醉不夠，還得要聽眾陶醉，唱歌得想像前面站著的是自己的愛人，自己是用歌曲向他（他們）傾訴情愫。寫詩則可以自言自語，如羅蘭・巴特的《戀人絮語》那樣碎片式：恍惚如夢囈，有人聽見，有精靈聽見，就給他聽了去吧。詩比歌自身俱足。

2017年4月6日

47　AI詩人：一樹多椏的漢語詩大整合

哈拉利教授（Y.N.Harari）在《人類簡史》一書裡，提到人工智慧（AI），在未來不僅可以駕駛汽車，玩複雜的桌上遊戲，「AI也可能寫詩」，他的話真的是一語中的。

二零一六年五月，AI打敗了南韓最強的圍棋高手。二零一七年正月在德州撲克遊戲中，美國的高手輸了給AI。這帶給人們極大的震撼。我們可以接受AI在象棋、圍棋、西洋棋打敗人類的事實，但德州撲克除了運氣，參與者還得觀形察色，揣摩其他人的狀況，甚至要裝腔作勢，忽悠、嚇唬對手。

AI一旦具有「騙人」的本領，它即可控制情緒，營造氛圍，換言之，它有「感情的力量」寫詩。下面有兩首詩〈秋夕湖上〉，都是七言絕句：

（1）一夜秋涼雨濕衣
西窗獨坐對夕暉
湖波蕩漾千山色
山鳥徘徊萬籟微

（2）荻花風裡桂花浮
恨竹生雲翠欲流
誰拂半湖新鏡面

飛來煙雨暮天愁

其中有一首是AI詩人寫的詩。大家能猜得到是哪一首嗎？兩首的平仄押韻都OK，從藝術的造詣來看，哪一首比較高明，哪一首有「機械」式的窒滯或生澀痕跡？老實說，我看不出來。

第一首詩是AI詩人寫的，第二首詩是宋朝葛紹體的作品。

AI詩人之所以那麼厲害，因為它已熟記五七律絕的規則，它的內部庫存有半部《全唐詩》。附帶註明：《全唐詩》共十五冊，收入一千八百九十五位唐代詩人的四萬兩千九百三十一篇作品，一般人不會去碰這部詩選。汗顏的說一句，連熟讀《唐詩三百首》的，恐怕人數（包括詩人）真的不多。AI詩人在詞彙庫存、各種表情達意的技能、挖掘記憶的效率都勝過人類太多。

AI引擎可以海納各種資料。谷歌輸入一萬一千部書的內容，三千個書名，然後指令AI創作，寫了多篇有趣的作品。下面的一首英詩，不僅有趣，而且既懸疑又詭異：

there is no one else in the world.
there is no one else in sight.
they were the only ones who mattered.
they were the only ones left.
he had to be with me.
she had to be with him.
i had to do this.
i wanted to kill him.
i started to cry.
i turned to him.

漢語現代詩將面對怎樣的前景？只要輸入大陸七十年代的朦朧詩，近年來的梨花體、垃圾派、下半身詩、口水詩、學院詩，然後再輸入台灣不同年代的詩選，幾套文學大系收錄的詩，台灣十大詩人的代表作，新馬港三地的詩選、詩讀本，那麼即將出現的AI詩人，將有能力整合一樹多椏的漢語詩。

當前的詩讀者，不難從詩人的詞彙使用，語言的地方特色（南腔北調），揣測出作者來自哪個國家或地域。兩岸三地加上新馬的漢語（詩），以這種方式大整合，實在是莫大的弔詭。

只要設定詩的題旨、篇幅（多少行），輸入幾個關鍵詞，AI詩人即可立馬作業，血肉詩人怎能與之較量？詩人以有限的記憶資源，面對有容乃大的AI詩人，只能負隅頑抗。我們寫出來的作品素質，無須多久，將被AI超越。電腦領先人腦，電腦改善人腦的時代將會到來。

寫到這裡，讀者應該不難瞭解，筆者每天都得喝玫瑰花茶的原因了吧。

2017年4月16日

48　人工智慧與人類未來

一連兩周，電視播放《世紀大講堂》的〈地平線上的颶風中心〉，企業家兼發明家，王維嘉電機博士的話題只有一個：人工智慧（AI）：人工智慧怎樣影響與改變我們的未來，改變我們將來的生活形態。

王先生的演講，有些部份，或許可以稍稍補充。他說無人駕駛汽車一定會取代今日的有人駕駛汽車，我同意，生產這種汽車的Tesla，上周拿到的訂單首次超過通用（GM），高居全美第一。但它取代的過程不太可能像當年汽車取代馬車，那麼順利。

在紐約、北京、吉隆坡……這些年來這些大城累集的車以千萬輛計，堵車嚴重，無人駕駛汽車的感應器發現周邊有那麼多人、那麼多車，它會停止行駛。你可以想像無人駕駛汽車走進車如流水馬如龍的鬧市，突然停下，所造成阻塞與混亂嗎？

無人駕駛汽車，只能在高速公路上行駛。

除非美國、中國、大馬政府決定收回、銷毀有人駕駛汽車（如何賠償車主的損失？），或限制這些汽車的行駛區域，不然這兩個車種在市中心狹路相逢，交通秩序不亂才怪呢。

另外一個問題是，AI造成職業流失、行業自動倒閉。人工智慧系統的強項是數據、數據分析，這些方面的工作機會，AI會搶光。根據王博士提供的資料：九十巴仙以上的服務生、收銀員、律師助理、球賽裁判、安保人員、廚師、導遊將由機器或機械人取代。如果你是搞考古發掘的，考古的流失量僅零點七巴仙。

王博士播出兩段的巴哈（J.S.Bach）的音樂，其中一段是AI創作。出席大講堂的人數相當踴躍，無人舉手辨識真偽。他又以馬蒂斯與梵谷為例，當AI系統被餵飽了有關馬蒂斯與梵谷的作品特徵後，機械人模擬創作，真實感強烈，如果兩位畫家在世，大概也只能承認那是他們的作品。

王博士討論詩創作的部分，是我最關注的。他舉了四個例子：

（1）白雲深處起高峰
鬼斧神工造化成
古往今來誰可上
九重宮闕握權衡

（2）孤樹淩節護
根枝木落無
寒花影裡月
獨照一燈枯

（3）幽徑重尋黯碧苔
倚扉猶似待君來
此生永失天臺路
老鳳秋梧各自哀

（4）飛花輕灑雪欺紅
雨後春風細柳工
一夜東君無限恨

不知何處覓青松

其中有兩首是AI詩人所作。分辨得出來嗎？王維嘉特別強調機械人與人類有一最大的不同點，人有「死亡」的概念，因此對生命有敬畏之心，有情緒，懂得珍惜。反之機械人完全不知「死亡」為何物，他們的創作就缺乏了一些些感情的因素，很酷，可是卻「有紋沒有路」。

由於在座人士，無人指出哪首是AI詩人所作，王很快就揭開謎底：第二、四首詩是AI之作。王進一步指出第二首詩首句「孤樹淩節護」呆板、彆扭；第四首詩的起句：「飛花輕灑雪欺紅」的「雪欺紅」，有欠妥貼。

我們可以同意「孤樹淩節護」確乎有些拗口，但「飛花輕灑雪欺紅」的「雪欺紅」，「雪」被擬人化（personified），他會「欺負」紅梅，如此具體生動，怎麼能說是敗句？

AI寫詩目前還在肇始階段，日後AI會讀到更多的詩、匯集更多的詞彙。AI詩人在不久的將來，在古典詩、現代詩的造詣，可能超越血肉詩人。我們能做的好像只有等著那天的到來。真是洩氣。

2017年4月19日

49　漢學家顧彬的軼事與詩

德國波昂大學漢學系教授顧彬（Wolfgang Kubin 1945-），是當代頗具爭議性的人物。他是詩人，翻譯家，他撰著十卷《二十世紀中國文學史》，被學界認定為權威著作。

他批評現當代中國文學是垃圾，引發了批評與熱議。歌德學院中國總院兼北京分院院長阿卡曼（M.K. Ackermann）說：「我跟顧彬相熟，他人比較激烈、極端，有時會胡說八道。」後來顧彬作了修正，他說他口中的所謂垃圾指的是棉棉、衛慧等人用「身體寫作」的小說。

顧彬對大陸作家動輒洋洋千萬言的小說不無微言，他說這些小說翻譯成德文印刷成書，書厚八百到九百頁。他認為中國作家是為了稿費才把小說故意拖長。他指出中國作家三個月時間，就可以寫出一部小說；德國小說家，通常需要兩年或更多的時間才能完成。

顧彬認為王蒙與王安憶代表了中國的八十年代，他們在九十年代的作品大多重複自己，前者沒有突破，後者用同一個模子。是這樣嗎？

他在接受《德國之聲》的訪問時，盛讚八十年代中國文學那種理想主義精神，他指出張抗抗、張潔、北島、顧城、楊煉，王蒙，都很勇敢，敢於發表意見。八十年代的中國：「到處都有人想與你交談，談中國的過去，中國的未來。」

顧彬對記者說「九十年代以後，就很少能碰到這樣的情況了。

二零零零年我在上海教書時就覺得非常孤獨。沒有人有時間與我見面。我在上海的所有朋友都忙著賺錢。上課時，我發現不少學生在睡覺，因為他們夜裡也忙著賺錢。在上海的一個月，我基本上是一個人。這在八十年代是無法想像的。」

我打了個電話給在拉曼大學任教的張依蘋，她在顧彬指導下寫博士論文，研究的對象是德國詩人里爾克（Rainer Maria Rilke）。

一九七八年《紫一思詩選》出版。我在序文提到紫一思的詩「返觀內省」（contemplative），傾向大自然與人之間神秘溝通，我指出他的詩從德國詩人里爾克那兒得到的啟發不少，並舉例說明。張依蘋的博論追蹤里爾克對大馬詩人的影響，紫一思詩集與我的序文，可能有用。

顧彬曾多次來馬，他寫過好幾首以馬國為背景的詩，其中一首題目本身即甚具創意：〈在一樓與在十一摟的KL〉，抄錄下來與讀者共用：

太陽晚到KL，
詞語準時抵達睡眠。
九點了，月亮隨意地還在我們上方，
猶如它終於蒼白，有點善忘。
它問，我們的手藝何時開始，
太陽發問，我們給出慚愧的答覆：
它開始於她的時間之前與之後，
在她猶疑的光線，在她渴求的黑暗裡。
它在魚的顛倒裡結束，在茶裡的魚，
在閑散的詢問白日海洋的問題。
那海洋，讓人家告訴我們，遙遠的，

於我們的慾望卻不遙遠。
它的家在我們之上的十一樓，
在我們之下的底樓一間購物商場。
它是游泳池，它是格層之間方形冰塊。
我們在十一樓看起來如此。
我們在屋頂游泳，並且讚嘆
黑鳥，在樹叢裡悠靜。它是真的，是假的？
我們潛入深邃，希望著有一天，
一次地，冰箱臨到我們。
為著運輸一罐啤酒，我們坐進一輛德士。
我們在郊區的灌木之間隱密汲飲。
或許總還有一個罐頭，空洞而荒涼
而可能問及事物的邏輯，
就如我們自己問及早晨，為何
在空洞的食堂訂定一個座位。
KL的木棉樹還在懷疑觀望，
更好的是，把所有的疑惑付與最後的紅花。

2017年5月3日

50　韓寒看現代詩

韓寒，中國文學神童，十六歲出版二十萬字的小說《三重門》，內容涉及政治、文化、社會的方方面面。忘了是梁文道還是馬家輝說的，如果韓寒不是那麼嫌惡學術，他可能成為另一個李敖。

是的，韓寒敢說敢言，的確有些像李敖。他指出現代詩「已經不是詩，但詩人還以為自己在寫詩。」，他進一步提出他的看法，「現代詩最多只能作為歌詞的一個小分支存在」。韓寒的話聽了令人難過。這位天才作家的話，有沒有道理？

韓寒是以中國現當代的新詩表現，作為其評議標準，他並不熟悉港臺新馬的現代詩狀況。大陸的現代詩寫得像流水賬似的，真的不少。著名詩人趙麗華的《我終於在一棵樹下發現》只有四行：「一隻螞蟻／另一隻螞蟻／一群螞蟻／可能還有更多的螞蟻。」，趙麗華是《魯迅文學獎》的評委。

而《魯迅文學獎》的得主車延高的詩作《徐帆》：「徐帆的漂亮是純女人的漂亮／我一直想見她，至今未了心願／其實小時候我和她住得特近／一牆之隔／她家住在西商跑馬場那邊，我家／住在西商跑馬場這邊……」竟有幾分像耽於異性幻想的，中學生的日記塗鴉。

在另一方面，我們聽華語流行歌曲，注意到歌詞走向語言的精緻化、詩化。樓南蔚近二十年為台灣的著名歌手林志炫寫過不少出色的歌詞，像〈沒離開過〉：「我眺望遠方的山峰／卻錯過轉彎的路口／驀然回首／才發現你在等我／沒離開過／／我尋找大海的盡頭／卻忽略蜿蜒的河流／當我逆水行舟／你在我左右／推著我走」，尤其是後面五句，語義的逆向拉扯，帶出了詩境。

流行歌曲的兩大弊病：一是沒完沒了的男女糾結，令人生厭；二是「傷他悶透主義」（sentimentalism，洛夫的中譯）的詞彙與話語表達。前面所引那首，已能融情入景，接下來由樓南蔚寫詞、林志炫唱的〈王蘭小館〉，起始四行，令人驚喜：

歡迎你光臨我的王蘭小館
這裡的菜單，隨感覺變換
躲開了車水馬龍，熙來攘往
心情，在巷口轉彎

詩人夏宇以李格弟之名，為音樂家李泰祥〈告別〉寫的詞不俗：「我醉了，我的愛人／在你燈火輝煌的眼裡／多想啊，就這樣沉沉的睡去／淚流到夢裡，醒了不再想起／在曾經同向的航行後／你的歸你，我的歸我／請聽我說，請靠著我／請不要畏懼此刻的沉默／再看一眼，一眼就要老了／再笑一笑　一笑就走了……」

由唐曉詩唱出的〈告別〉，頗有現代詩的詠嘆意趣。流行／藝術歌曲的歌詞走向高檔化、詩化，是一個事實，並非如韓寒所言：「現代詩最多只能充當歌詞的一個小分支存在」。

現代詩與歌詞PK，可以因碰撞而產生火花，現代詩人與歌曲作詞人藉此互通有無。歌詞經常需要押韻，現代詩則不押韻亦可成篇。後現代詩的拼貼、囈語、胡扯……語義脫軌，基本上違反歌詞必須流暢的要求，因此後現代詩與歌詞很難合攏。李格弟的本尊：

詩人夏宇，其詩集《腹語術》的大部分作品，都無法譜曲。

為什麼我們這些從事「文學藝術」的人要留意時尚，比如說像時尚的流行歌曲？用班雅明（Walter Benjamin）的話，時尚是「虎躍曩昔」（a tiger's leap into the past）。

我們今日談現代性，都知道仰仗古典（古老的傳統），多麼不著力。「流行時尚」承載了現代性時間意識最原始、也是最深沉的弔詭：「過去／當下」、「永恆／短暫」的歷史辯証，浸淫其間，反覆試驗，反而有望能闖出新的境地。

2017年5月10日

51　屈原行為學：顧彬VS.雷似癡

很快就要端午，有人寫詩用到蕭艾與菖蒲。我怕溺水，連跨進碼頭的渡輪，都小心翼翼。在螃蟹島，走在單薄的木板過道上，掌心出汗，內心忐忑。我在想，兩千三百多年的汨羅江畔，巨石翻雲，腳下恐怕沒有一寸地是好走的吧：泥濘。泥巴。泥淖。泥漿。泥沼。泥氣。

就在這時，我讀到兩首有關屈原的近作：顧彬的〈新離騷〉與雷似癡的〈沉潛〉。顧彬（Wolfgang Kubin）是著名詩人、漢學家，七十二歲，德國伯恩大學漢學系主任。二零一二年開始，在汕頭大學擔任講座教授迄今。他撰著的十卷《二十世紀中國文學》，允稱權威之作。他勤於閱讀，曾把超過一百位中國作家的小說譯為德文。

雷似癡是大馬現代詩人，五十九歲，七十年代加入天狼星詩社，現任詩社理事。他住在金馬崙高原，學佛禪修，其作品每多哲思禪悟，部份作品收入《天狼星詩選》（一九七九），其他作品收入他的個人詩集《尋菊》（一九八一）。在學術研究方面，兩人固然不能並論，但在詩藝方面，倒是可以參差比較。雷似癡的〈沉潛〉：

內斂遺忘

是失鞘的劍

觀心獨處自閉如一
天地洪荒，漠漠然
不值議。但深邃。
狂我一生，笑我一聲。
傾慕一世，會心一視。
水是最親密的包容
不合時宜的離騷

衝進讀者眼球的，首先是雷似癡的文言短句，佛家的洪荒、孤寂、深邃，他都用上了，而「狂我一生，笑我一聲。／傾慕一世，會心一視。」，則是生命體會的外在體現，用的卻是打著禪機的話語，有點像金剛乘的mantra。

它出現在五月十七日詩社的討論專區〈星光燦爛〉，有三則回應，其中覃勘溫（南方大學）的讀後感是：「最後一段很考工夫」。就詩論詩，最後一節「水是最親密的包容／不合時宜的離騷」，需要修辭駕馭能力與想像跨度，用換喻（metonymy）的方式寫屈原投江，而「離騷」正是「三閭大夫」的代喻。

顧彬教授的《新離騷》如後：

別再提起
那跳樓
那些末日和憂鬱
我們選擇了空無

如果不是因為題目出現「離騷」二字，它是一首一般意義的「自盡詩」。末句出現的「我們」是複數，尋死的人還超過一個呢。「文本研析」（textural studies）的結果是，詩中人物（我們）的跳樓輕生，很可能因為憂鬱症所致。

顧彬的詩完全沒有引用與離騷有關的歷史，沒有屈原的兩度流放，沒有佞臣靳尚子蘭，沒有楚懷王，沒有我在文章第一段引用的蕭艾、菖蒲這些植物意象。顧彬用的是羅蘭・巴特的「零度書寫「（writing degree zero）。零度寫作比艾略特的「泯滅自我」還要更進一步，是隱藏作者的主體性，不讓感情「淹沒了心靈與視野」，近乎白色無痕的創作手法。

顧彬與雷似癡的詩，都沒提到屈靈均，就感情的抑制，顧彬比似癡更客觀，更抽離（detached）。他單純的描述跳樓事件，並猜測原因。似癡用他人觀點說出詩中人物的處境；用「狂／笑／傾／會」兩行透露人物內心的動亂。讀者諸君覺得哪一首詩比較好呢？

2017年5月18日

52 端午閃詩與文學史

我們不姓閃，亦非閃族，在這個瞬息萬變的科技時代，飛閃族（flash mob）迅速聚集，演奏、唱歌及其他群體性行動藝術展示，那種恣意與恣肆，每每能撼動像我這種經常是靜態的民國文人。

閃行動的每個成員都是召集人，沒有總指揮，呼嘯而來呼嘯而去，看似即興，其實是亂中有序，一個隱形的總召集在調度。十分鐘的表演就是十分鐘，要佈署，得策劃。閃詩行動無需奔赴地理位置，目標／位置就在網絡。

天狼星詩社在五月四日凌晨十二時，號召詩社成員及朋友把有關端午（屈原）的作品，貼上一個群組。詩的篇幅：不超過六行五十個字。建組的是吳慶福，詩社的資訊主任，他熟諳電腦操作。我在臉書留言發動端午閃詩行動，徐海韻、王晉桓、卓彤恩、覃凱聞引錄了我的部分留言，向國內的中文系網站發江湖帖子。

五月初四11.46pm，海韻傳來了令人雀躍的訊息，端午閃詩不足二十四小時即突破一百首大關。五月初五白天的反應一般，吃飽粽子的同胞在八點到午夜十二時之前，蜂湧來貼。經過卓彤恩、徐海韻、徐佩玲與組長吳慶福的反複核對，刪除太長的詩，兩天四十八個小時下來，得詩竟攻破兩百大關：總共兩百一十四首。

幾項重要發現：

（1）我在兩天內寫了七首端午詩，那恰恰是我自一九五九年發表第一首詩以來，到今年端午的總和。五十六年的成績兩天內完成。過去我因端午詩寫作，學界認為是一種「屈原情意結」的表現，這趟四十八小時七首，豈非是「屈原式瘋狂」？

（2）徐海韻在兩天內寫了十七首端午詩，我相信這紀錄不易打破。令人驚嘆的是超過一半是水準以上的作品，至少有三首詩，收錄在任何詩選，不會比他人遜色。她的〈兮〉：「兮是最懂他的女子／在許多行詩末／屈膝下蹲／以最為柔美迴腸的姿態／是讚賞也是／歎息」，《離騷》與楚辭最常用的語助詞「兮」，在徐海韻筆下竟成了柔美的女子。

（3）宗舜的與慶福近一年來停在「學習的高原」（plateau of learning），在創作的表現不是寸步難行，而是寸步難進。閃詩行動由於時間緊迫，大家殫精竭慮，在很短的時間內逼出作品，腎上腺激素活化，海馬迴裡生鏽的data刮垢磨光。

慶福的詩〈身世〉，奇想翩飛：「老子姓屈洋名Watson／著作等身還被翻譯成多國語文／老王賣粽已有上網專送／我的版權和專利經常被盜用／至今還未收穫半文錢酬庸」，散文化被「送」、「用」、「庸」的押韻化解。宗舜寫出了可能是第一首漢語科幻端午詩〈再生〉。

（4）在宗舜的科幻端午出現之前，周宛霓寫出了第一首科技端午詩（留意科幻與科技的區別）。宛霓的詩齡最淺，她在長兄偉祺逝世後加入詩社，端午之前只完成兩篇習作。

這次閃詩，讓她有力氣突破英語環境、工作壓力，寫了六首詩，而且一首比一首精采。寫到最後第二首（最後一首因為午夜已屆，貼不上去），首兩句必須以閩南語唱出，繼之以普通話朗誦其他四行，audio效果大大加強了詩的整體力度。

（5）周宛霓寫〈古代GPS〉，切入點可謂匪夷所思，現代與古代時空交錯：「千年前／古人投入了粽子GPS／追蹤一直從汨羅江　發出的／屈氏訊號／它不斷的發出那微弱但持續的……／至今，已經N年了／還未尋獲，您的蹤影」。追悼屈原，追思亡兄，還用到MH370的背景襯托。這是詩的斷輪老手才能做到的事

五月初五端午即將過去的最後倒數，一篇又一篇的詩如雪片飛至，令人目不暇接。端午閃詩是漢語世界開天闢地的第一次，詩社刷新了文學史。丁酉端午是我一輩子都不會忘記的端午：文學的成就屬於個人，文學的榮耀常照詩社。

2017年6月1日

53 傍晚疾行的現代主義者

黃昏疾行，邊走邊禱告，上帝聽見或沒聽見，其實沒甚麼關係。我，我想很多人像我一樣，都需要一個傾聽的「大存在」；需要「頭上三尺有神明」。

從早到晚，身體沾惹的塵埃，沐浴可去之；積累於體內的靜電，只要赤足（或穿布襪）在草坪步行兩個圈，自然就回歸大地。只有心事，積澱成為情緒的毒素，肝臟無法分解。只有用告解的方式，盡吐內心底蘊，心裡才舒服。

從早上九點，我在吉隆坡開始用華語、粵語、少許的馬來語、英語與人打交談。在日常生活中，絕少辯析，大多是簡單的說明。許多時候，我告訴對方我要買甚麼，問清楚價格（中間穿插一點討價還價），錢貨兩訖即可，完全無須語言方面的思考。幾個月下來，「機械化」的語言行為，使我感到生活驚人的無趣。

我每天只走五個圈，兩個圈講英語，我的起首句是「Sir, I wish to confide……」，然後一股腦兒講下去。瑣碎的小事其實有它的「不能承載的輕」，大事（像汽車意外碰撞），一天即將入夜，反而變成小事一宗（交給保險公司去處理）。我特別注重感情細節，不是因為我是個容易受傷的男人，而是感覺、感情、感受使生命有意義，使你忍不住要向那「巨大的存在」說：感謝。

黃昏疾行，邊走邊禱告，用英語說話，一定可以強化自己的英語造詣。禱告過程，碰上詞彙不足，隔日疾行便可用新的詞彙取代，讓「溝通」容易些。我揣測上面那個「大存在」，也想聽我們用心講的話，而不是粗糙的、情緒的發洩。

疾行到第三、四、五個圈，天色漸暗。在夜色掩映下，我嘗試展開一項「微小」的文化改良工程：我嘗試磨練自己的漢語。

我日常用的華語是坊間語，平庸之極，我自己聽著也討厭。我想試試「高檔漢語」，先用獨白，對象是戴上面具的自己，然後互動式辯說。這是艾略特提過的「詩的三種聲音」的第一式、第三式。可我志不在寫詩，銜接吟哦，即使不會被人以為是瘋子，也有誤踩溝渠跌個朝天四的風險。在夜色掩護下進行，這樣做也不致干眾。

十九世紀英國維多利亞時期的名作家王爾德（Oscar Wilde），他一生都重視語言的抑揚頓挫、高低疾徐，重視詞匯的翻新出奇，吐聲發字對他是一種語言文字藝術的提升。王爾德說：「必須回到聲音」，余光中提「錦口綉心」，這些都說中了我的心意。王爾德說：嚴肅的批評可予人愉悅感。他與余光中都瞭解思想的戲劇性。

語言只有在互動中，才能淋漓盡致發揮力量。疾行時我用專業的、學術的、文學的語言進行分析辯駁。音色、聲調的控馭，正如音樂的和聲與「對位法」（counterpoint）是把握語言韻律之道。我不是作曲家，不用太恪守音律，但對陰陽上去平上去入，心裡不能沒底。市井之言，但求一句話別人聽懂，自然無法出語或鏗鏘、或秀美。

到了我這把年紀，容易為老人癡呆症與阿茲海默症（兩者不同）所襲，必須要讓自己的身體活絡，出汗排毒減壓，讓自己的腦洞常開，咀嚼新的知識與資訊，否則人生會變得一無是處，等著老死來襲。

現代主義者，應該同時鍛練體力與鍛鍊語言。「後現代」是怎樣出現的？現代的「暫時性」（temporality），產生一種超越本身進入不同狀態的衝動，那不就是「後現代」了唄。多疾行一些時日，自然就懂得怎樣消化它，並且在思想與創作方面尋得新的靈感。不是這樣嗎？

2017年7月27日

54　閃詩：第一個吃螃蟹的人

天狼星詩社在五月杪召集了「屈原閃詩」競寫，掛貼的詩作二百一十四首。「第一個吃螃蟹的人」的感覺真好。做別人不做的事，做別人不敢做的事，帶點冒險精神，有更多的嬉戲意趣。Come on，讓我這個老人家告訴年輕人，藝術與嬉戲一直關係密切，古今中外皆如此。扳著面孔做人辛苦，扳著臉皮寫作更辛苦。

我從兩百多首閃詩中選出了三十一首佳作，由王勇兄製作成專輯。六月二日專輯出現在大陸的著名網站〈天涯社區・短文故鄉〉和微信的〈今日安海〉。六月十七日印尼《印華日報》全版選刊了二十六首。六月二十六日，菲律賓《世界日報》報導了大中華地區，史上第一次的「閃詩行動」。

閃族活動是時尚文化，通過手機及其他科技與紙面媒體，聯繫認識的或不相識的人進行活動，活動可以簡單到兩百人在街頭一角，集體拍掌十五秒；也可以複雜到在某個商場大廳，演奏、同時演唱古典樂章。據說第一次的閃走活動，發生在兩千年三月紐約的曼哈頓。

真正的情況可能是這樣的。如果大家不鎖定用手機與其他電子郵件聯絡，才算是「快閃行動」的話，那麼最早的「閃走」應該發生於崇禎二年（一六二八年）。晚明文人張岱在金山寺龍王殿的演出，乘興而來，興盡而去，才是閃走的第一次。表現出人意表，驚人亮麗。

張岱是閃走的始作俑者。想不到吧。明末文風漸變，公安與竟陵派是文學主流，張岱的文章風格近乎公安派袁氏三兄弟，直抒性靈，不拘一格。張岱為人風趣，行為放恣，藝高人膽大，他不請自來在廟裡唱戲，他不做誰做？張岱可不是讀著《弟子規》長大的龜毛文人。

看官且讀下面這段文字，自能瞭解：

> 崇禎二年中秋後一日，余道鎮江往兗，日晡，至北固，艤舟江口。月光倒囊入水，江濤吞吐，露氣吸之，噀天為白。余大驚喜，移舟過金山寺，已二鼓矣，經龍王堂，入大殿，皆漆靜。林下漏月光，疏疏如殘雪。余呼小僕攜戲具，盛張燈火大殿中，唱韓蘄王金山及長江大戰諸劇。鑼鼓喧填，一寺人皆起看。有老僧以手撥眼翳，翕然張口，呵欠與笑嚏俱至，徐定睛，視為何許人，以何事何時至，皆不敢問。劇完將曙，解纜過江，山僧至山腳，目送久之。

原來張岱曾在崇禎二年中秋節二更時分，在金山寺龍王殿與他的樂隊，快閃登場，唱了〈韓蘄王金山及長江大戰〉諸劇目，在囉鼓喧天中演出，然後施施然離去。全寺的人都在看熱鬧，連老和尚也不敢問他是何人，因何事前來，受誰邀請。閃走即興演出成功，張岱是第一個吃螃蟹的人。

近四百年後，我們有平面、立體媒體之助，再加上有網絡提供各方面的鏈接，我們能做的應該比張岱當年的快閃表演，更完善更精采。

丁酉年的中國情人節，七月初七恰值八月二十八日。作為召集人，筆者訂在二零一七年八月二十六日零時一分到八月二十八日午夜11.59pm為詩的掛貼時段。由於是閃詩，詩長不能超過七行七十個字（暗中應合七月初七），不宜少過五行三十五個字。借古喻今，古典遐想，時空交錯，平行宇宙，甚麼都行，就是不能作人身攻擊，作品內容亦不宜有種族宗教歧視。噢，這應該是常識了。你噥我噥的中國情人節，應該沒這問題吧。記得寫上詩作名稱，用原名或中文筆名啊。

今天是八月二十六日，正值作品掛貼時段，快來吧，不要猶豫，把你的詩作貼在以下兩個網址的其中一個，謝謝：https//www.facebook.com/groups/my7734/或77閃詩

2017年8月24日

55　七夕閃詩：閃後必留痕

閃走族（flash mob）在二千年三月在美國紐約的曼哈頓突然出現，人數四百人。他們在時代廣場向一條機械恐龍致敬，僅五分鐘，這四百人即散去無蹤。

在香港，二零零三年的八月二十二日，一群外國人，手持紙巾，翩翩起舞跳起古典芭蕾。觀眾傻了眼。僅一分鐘的驚鴻一瞥，眾人便散去。這項閃舞行動，是香港史第一次不驚動警方，成功的快閃行動。

最浪漫可愛的是二零一一年七月三十日，在德國柏林，百人走上街頭，他們手裡撐著彩色雨傘，一邊轉著雨傘一邊跳舞，場面溫馨，恬然如夢，然後閃進人群中離去。

也有很不浪漫的閃青蛙跳，在別人店家門口做伏地挺身三分鐘，即揚長而去的集體「閃行動」。把它視為某種「行為藝術」亦無不可。如果有的選擇，我寧願跟隨街舞、霹靂舞拍掌叫好，掇拾另一種「借來的」喜悅。

人的生活需要有意義，人的創意為生活帶來了意義。朝九晚五，上下班，面對等因奉此或重複手作的生活刻板面，人們能夠像高克多（Cocteau）說的：「畏崽的年紀即將到來」，於是回去將辦公桌砍成碎塊？大家都做不到，但又控制不住內心深處的蠢動，讓自己的創意、行動與激情抒發一下就叫「閃」（flash）。淘氣不帶惡意，靈光乍現的閃。

我在網絡上欣賞了多個YouTube，不同國家地區的閃演出，都不曾在當地造成任何騷亂，也沒影響城市功能的日常運作。在地鐵、機場、商業中心……的演奏與演唱，令人感動，可我也同時發覺到音樂家的水準即使再高，受到場地音響系統的影響，演奏、演唱有點遜色甚至力不從心。在搖晃的地鉄彈吉他唱歌，效果太差。

二零一二年五月十九日在西班牙的Sabadell，一群音樂家、歌唱家演出的貝多芬的第九交響曲。由於受到場地音響的限制，聲音散開，在空中成了碎片，音響很難說理想。可詩創作沒這問題。詩貼在網上，就是那個樣子，原汁原味，不怕風吹日曬。這是書寫的巨大優勢。

我有一個想法，閃了不留痕，充其量是「一閃一閃亮晶晶」。像二零一七年八月十二日的一百二十顆流星雨，揮灑之後甚麼都沒留下（除了回憶）。我們也要閃。告訴我有哪個人甘於漆黑一生的，我給他一毛錢買糖吃。荏苒在衣，風過留痕，何以閃詩因為它是「暴走族」、「閃走族」的文化產品，便讓它們（那些心血之作）湮滅？

在網路上的足跡既然不可能踏雪無痕，我們就讓它們雪泥留鴻爪吧。閃後留痕，好的作品或收至檔案，或貯存在電子刊物，甚至一部書裡去，不是更有意義嗎？

「77閃詩」行動便是在這意念的驅策下成形的。八月二十八日恰逢七月初七，中國情人節，我們決定以三天為限，從八月二十六日零時一分開始，到八月二十八日午夜11.59pm，開放閃詩平臺，供大家在鵲橋上貼詩。篇數不計，為了紀念七月七日七巧節，詩的篇幅上限是七行七十字，詩至少五行三十五字。

天狼星詩社為了方便協調，設置了鵲橋閃詩平臺，參與者才是活動的主辦人。

七巧節的文化底蘊可豐富得很：七巧又稱乞巧，反映古代女子的針黹工夫。牛郎織女一年一度的會面，喜鵲聚集成橋，玉成其事……那不僅是故事，也是神話。記住，一個沒有神話的民族是沒有根的民族。大家藉一個閃行動，重溫民族的歷史文化，意義是雙重的。

今天是八月二十七日（七夕的前夕），把你們的閃詩貼在下列其中一個網址吧：https://www.facebook.com/groups/my7734/或77閃詩

2017年8月27日《南洋言論》

56　時間壓縮、危機感與創意短路

歷史可以追溯，人人皆知，歷史可以壓縮，邇來始知。時間緊迫，反而迫出拼勁來，把事情做得更好，或完成的量遠超預期。

我們會面對上述情境嗎？會。五月初四早上我通知拿督黃素珠，她在從吉隆坡赴檳城的快鐵上，讀到我的短訊，迅速寫下生平第一首〈閃詩〉「昨夜看到屈原／他對我說／不要投粽子入江／投來幾首閃詩吧／我嚇出一身冷汗」。

收到詩作之後，拿督傳來一則短訊：「謝謝您。我的頭腦須要刺激才會動的。」這句話引起我對刺激因素、時間壓縮的許多聯想。也不一定是「時間－空間壓縮」（time-space compression），而是中國古人的智慧語：「情急智生」。已故馬華作家姚拓、黃潤岳，生前常對我說：「稿是逼出來的。」

我於是再發出另一訊息給拿督，「再多寫一兩首吧，給年輕人打氣」，拿督黃素珠的回應是：「手機沒電，只剩一巴仙，用火車上的插頭充電」，然後她的第二〈快裹粽〉，在手機即將沒電的「危機感」爆發的情況下完成：「有人跳樓，從廿樓躍下／有人喊，快投下粽子／十九層樓的人都探頭出窗口／一齊喊／快裹粽，快裹粽／他們都知道結局」。

換言之，在時間壓縮又出現危機的那一刻，能量的迸發力最大，在質與量都可能創造「奇蹟」。五月初四與初五，兩天得端午詩二百一十四首，這可能超過二十年來馬華文壇端午詩的總和。兩天完成二十年的事，這是量在時間緊縮下的的巨力內爆所致。至於詩的質（素質）是否直線飆升？看法因人而異。詩質高低，往往見仁見智。

我們只能從個別詩人的情況來檢視，詩人在時間壓縮、時間危機緊迫的創作表現。這兩天內，藍啟元與周宛霓貼上來的詩，一首比一首好。卓彤恩的九首詩開始步伐踟躕，在最後五分鐘終於寫出些門道。

李宗舜、雷似癡、黃俊智等人的詩，後勁很強，黃俊智的〈不朽〉：「研究發現／屈原沒在投江事件中死去／從漢代，到盛唐／仍見他活躍的身影／最新消息指出／他在閃詩的世界裡，活潑亂跳。」十分出色。

閃詩的「始作俑者」菲華詩人王勇有十首端午，在量來看，他是第二，僅居海韻之後。他最後貼上來的詩〈保密〉：「一顆顆五花大綁的／粽子，被押入廚房／／在灶火的嚴行烤問下／誓不洩露屈原的行藏」，想像力可謂高妙邈遠。王勇的另一首以想像取勝的詩是〈龍舟〉：「您，不告而別／我們敲鑼打鼓／尋找了千年／難道，您以為／鑼鼓聲是朝廷的／追兵？」。

鄭月蕾與王晉桓的詩以文化積澱勝。陳明發博士、陳鐘銘、徐海韻、吳慶福、白甚藍、徐宜、黃一棟創作量多，在時間壓力下表現超前，兩天的程度維持平穩。

有些詩友則不然，五月初四那天很強，最後一天五月初五的衝刺卻出現創意短路（short circuit），兩點之間電流突然加大，引起火災。是哪些人出現「走火」問題？不便舉例。閃詩活動為激發詩友的潛力而動員，吾雅不願自己的負面評語，讓當事人受挫。有些詩友，的確，在最後半小時的危機壓力下，亂了分寸，寫出素質相對低劣的詩。

上述現象其實或可以用在經濟、文化、政治面對危機的回應審察。拔高闖關、拔高維持、拔高下墮的三種模式。閃詩創作讓我們真實的體會「靜者恆靜，動者恆動」的道理。而詩人的韌度（抗壓），則反映在巨大時間危機下，方寸詩心的不離不棄，並且還懂得借力使力。

2017年6月7日

57　神仙詩的人間憂患

七巧閃詩如天空閃電，八月二十六日零時一分，幾乎擠爆機。七姐誕，人人都想插頭柱香，正常。

閃詩平臺由吳慶福設計，陳明順負責倒數報時，徐海韻是CEO。六十個參與者，兩百六十一首七夕詩（所謂中國的情人節），多從天河阻隔、牛郎織女、喜鵲會聚的神話角度去抒寫，出入古今，古事新寫。七月七魁星節，是古代士人喜歡曬書的吉日，只有王勇、徐海韻、潛默三人從這角度切入。

筆者喜歡七夕詩的二元性，不一定是二元對立，而是二元的並存共生。藍啟元的詩用修辭的自然對仗：「這一天，鵲橋萬裡騷動／／擦身走過去　英姿煥發／轉身晃過來　衣香鬢影／／男的心房都有一個織女　盼為他／編織人生冷暖／女的胸懷都有一個牛郎　願為她／耕犁甜酸苦辣」，對偶句是語言的二元並置，並且指向耕犁的甜酸苦辣。

鄭月蕾的〈約會〉把藍啟元的「耕犁的甜酸苦辣」，定位為日常生活的問題：「昨夜圍爐／大家討論詩的精神／文化目標的傳承與關懷／日常生活如何面對詩的問題／／草場對岸喜鵲喧譁競相報導／晴空萬裡，七夕沒雨／今年的約會一定比去年好」

黃俊智的詩〈墜落〉：「又一年，方能擁抱彼此／久違，熟悉的體溫／涓涓淚水流至足底／孰料兩人滑了一跤／墜下空之前／他們都嗅到了／來自鵲群身上的油污味」，滑了一跤不是吉徵，鵲群的油污氣味反映生態惡化，也可以說是整個生活環境的困難化。

人間世與兜率天是截然相反的兩個世界。風客從海外閃過來的詩〈回歸三餐〉：「在法國南部／阿耳，梵谷的星空／望不見天河／更別說鵲橋／七七神話，遠不可及／午餐過後／開門營業／餐搵餐食餐餐有」，捅破神話的虛幻，面對現實生活，最末一句風客故意用粵語，加強了「打工仔」面對的現實之窘迫無奈。

陳鐘銘寫〈現代七夕〉，比風客的還「殘酷」，在鐘銘的筆下，現代七夕甚麼都沒有：「沒有五色線／沒有九孔針／沒有香案清香花果／沒有乞巧的姑娘／／這個年代／針織女紅／只須AI　不須巧手」。詩的冷漠，說明兩個世界情境的巨大差異。

周曼采以牛郎身份代入她的詩〈透透氣〉，他的獨白如刀般雪亮：

> 娘子啊／今夜讓我獨返／多年父兼母職／單親確實不易／換我歇歇／明年七夕／再接孩子回去

沒有柔情蜜意，沒有你噥我噥，單親爸爸不容易做，單親母親何嘗容易？每晚半夜醒來照顧孩子，白天上學補習載進載出的呵護，又豈是「含辛茹苦」四個字所能涵蓋的？三李子寫〈苦心〉：

> 只要想念／切莫天天見／／世人偏不懂王母苦心／應付人間乞巧已夠／怎有時間去理醬醋茶／還要貨比三家

陳明發的詩〈現實版：牛郎織女〉，進一步提供了賺錢養家的出路。寫得詼諧逗趣，甚至有點搞笑，但讀者很快就笑不出來：

虧了產能過剩／紡織廠女工紛紛下崗／牛郎上書孩子需要娘／一家融洽社會自然可減壓／回鄉搞個七夕主題民宿／也好養活千年的神話

要養活一個千年的神話，陳明發在詩裡建議搞個七夕主題的民宿，長期有收入，可持續性經營，真的「現實」到骨子裡。

白甚藍從另外一個角度看鵲橋相會，她的詩〈婚禮〉有一種壓抑著的巨大悲傷：「沒有牽我入場的父親／也沒有進行曲的演奏／飛來的喜鵲是紅地毯／我們一步一步地前進／世人皆為一生相守／你我卻因一世相離」。

擦乾大家臉上的淚水吧。七夕即使不該浸沉於庸俗的玩樂，至少也應該是別來無恙那種恬然吧，像陳全興醫生（《青梳小站》當年的主編）傳過來的〈橋上行〉：「夜上鵲橋，我們都是提燈的人／微雨中奔來一團團／逐漸燃燒的溫暖／幸福如你，快樂如我／想像中的我們，這一年／還好嗎？」

2017年9月1日

58　七夕閃詩與科學知識

七月初七的閃詩活動告一段落。平臺設置：吳慶福，首席執行官：徐海韻，倒數計時：陳明順。六十人參與，得詩兩百六十一首。寫詩可以成為群體活動，像嘉年華那樣，那麼開心，真是很好的構想。對於被俗事俗務纏身、心靈蒙塵的都市人，閃詩活動仿似吸塵機；對於久未寫詩筆觸生鏽的現代人，閃詩是最佳的潤滑劑。

還有另一新發現，六十三歲的社友潛默，我們認識多年，最近才為他的一厚冊電影詩集寫序，他的作品多為三十行的中篇之作。我一直以為他不擅短詩，他是馬大中文系碩士，刻下與羅華炎博士的團隊，把《紅樓夢》譯為馬來文，他在百忙中仍參加閃詩活動，實在難得。

閃詩的篇幅不能超過七行七十字（與七月初七呼應），潛默一共閃貼了十篇作品。

他的〈一等情人〉：「我們是一等情人／天鷹天琴作證／佇候七夕傳訊／喜鵲堅守十二光年協議／點點星光退隱幕後／雲錦天衣／密密縫」。六十位參與閃詩活動的作者，大概只有潛默家裡擁有最多超級放大鏡與其他高漾素攝影器材。他的天文學知識對七夕詩寫作是個優勢。

何謂「一等情人」？這樣的稱謂會否突兀？原來牛郎織女星的亮度屬於第一等，它們相距十二或十六光年。多少光年對一首詩而言並不重要，只是強調兩者距離遙遠。一光年是光在真空狀況下走了一年的距離，據潛默相告，那大約等於十萬億公里（不是十億公里）。雲漢邈遠，即使喜鵲是金庸小說裡的大力神鵰，亦不可能搭築這麼遠的愛橋。天鷹是牛郎，天琴是織女，黃一棟顯然也留意到了。

潛默〈銀河飛車〉：「一晃，時速二百萬光年／我的銀河飛車／收集藍星所有單身牛郎的願望／納入無線電波的軌道／充電即時開始」，我查了查資料，發現「藍星」是地球的代稱。日本動漫的《最後流亡》、《Keroro軍曹》都用「藍星」作為地球的代碼。

潛默的〈七夕・非誠勿擾〉：「我是矮冬瓜／妳是高挑淑女／非誠勿擾／天帝主導／眾星座無虛席／妳，連連「爆燈」／給我」

詩裡何以出現矮冬瓜、高挑淑女……這些匪夷所思的人物？原因是織女星的體積比牛郎星足足大了四倍啊！

好，讓我們回過頭去看拿督黃素珠的：〈量子糾纏與七夕〉：

> 不管『墨子號』已升空／量子糾纏每秒傳相思／1200公里／牛郎織女　仍以自己的速度／夜夜倒數　等待／365的最後一天／七夕的鵲橋會

這首詩最令讀者費解的不是「墨子號」，讀者不難猜出它是太空梭的名稱。問題在於量子力學（quantum mechanics）和拿督黃素珠的詩作有甚麼關係？量子力學描述微物質如原子、粒子，是萬有引力之外的一切基本力。人與人之間，在萬有引力之外的所有力量都可能來自「愛」——感情的動能。

然則甚麼是「量子糾纏」（quantum entanglement）？當粒子或幾個粒子相互作用之後，它們各自的特性綜合成一整體，無法抽離單獨描述個別的粒子性質，像男女靈肉一致的昇華。詩人假設（或想像）牛郎與織女的感情，至大至微而又無可替代或分割。至於兩個粒子衰變，上旋與下旋的物理現象，與拿督黃的詩就沒有什麼關係了。

寫詩需要用到那麼高深的科學知識嗎？答案是：不需要。寫詩正如任何其他的藝術創作，都有「機遇因素」（chance element），當然聲光化電也可以是詩的素材。拿督黃素珠過去在中學教科學、數學，用科學／科技知識寫詩，比其他天狼星詩社的同仁當然容易掇拾許多。

2017年9月1日《南洋言論》

59　流放意識與原鄉情結

從上個世紀七十年代，到八十年代的中葉，延綿十五載，在文學同儕心目中，我似乎一直活在對中華文化的巨大鄉愁裡。而〈流放是一種傷〉那首詩，乃憂鬱的極致。謝川成博士從我作品中的「屈原情意結」，與詩中用到的大量「航海意象」，進一步印證我的心靈飄汨。

以《流放是一種傷》為書名的詩集，一九七八年在臺灣印行出版。一九八零年已故陳徽崇老師把它譜寫成男女混聲合唱的藝術歌曲，輔以朗誦，一詠三嘆，擊鼓伴奏，效果很好，效果近乎震撼。

八十年代，三十四行的〈流放是一種傷〉，被選入獨中課本，國內的學院大學中文系，在老師或沒有老師的引導下用歌吟、用戲劇的方式演繹拙作。我不知道有多少人（學生），在文學活動朗誦過：

> 我是一個無名的歌者／唱著重複過千萬遍的歌／那些歌詞我都熟悉得不能再熟悉／那些歌，血液似的川行在我的脈管裡／總要經過我底心臟，循環往復／跳動，跳動，微弱而親切／熟悉得再也不能熟悉／我自己沙啞的喉嚨裡流出來的／一聲聲悸動……

不在詩裡留「美學距離」（aesthetic distance）：我即是那個流

浪街頭的歌者。只有投入的、忘我的抒寫，力量始能井噴。

沒有人留意在寫這首詩的同時，我寫了〈我們佇候在險灘〉，詩中的「我」擴大成了「我們」：

> ……我們期待著甚麼／ 我們苦思著甚麼／ 一排浪，才在最近的一座岩上碎開／一排月光，在我們頭上七尺之遙的空際啜泣……我們是竚候者／在日未出天仍黯的酷寒中／我們用嘴裡仍然溫熱的氣體／呵著自己的指掌，呵著／護衛著手上如一盞小小底燈泡的／不肯熄滅的暖

詩成四十年，記得只有永樂多斯博士，在中華大會堂的文學活動上朗過這首四十四行的「中型詩作」。這首詩雖是抒情，可抒情的深度與厚重不及〈流放是一種傷〉，後者耽溺，不可收拾。而〈我們佇候在險灘〉卻壓抑不住「原鄉情結」，準備佇候守護。溫某也是人，他也愛這塊培育他長大的土地。

那太矛盾了吧？其實不是矛盾，是感性與理性的爭奪。

〈流放是一種傷〉的語言與情調是緬念的、懷舊的。詹明信（Frederic Jameson）曾指出懷舊情緒與語言有其脆弱性。身份認同危機、文化回歸的願望，使懷舊話語，傾向於誇張扭曲。

七十年代末的一群留台生有這傾向，在作品裡控訴政府的打壓華教，這類文章在當年的台灣很能博得同情的迴響。

很少知道即使在七十年代中期，我的文化回歸意願最強之際，我仍然考慮留下來；留下來奮鬥。理性告訴我，把自己裝扮成「孤臣孽子」是一種誇飾與扭曲。吾生於斯、長於斯，怎麼可能是孤臣孽子？台灣社會多的是人才，多一個我不多；大馬華人社會，少了溫任平，或者少了一個天狼星詩社，就少了一股力量。

根據Malcom Chase與Christopher Shaw的說法：三種情況下會引發「懷舊」：（1）現在因為少了過去的某些事物而造成缺憾；（2）企圖留住過去的某些精神或事物的存在；（3）懷舊是在直線性時間的文化環境才能發生。歷史的懷舊，文化的鄉愁，固人之常情。六十年代每週上七節華文，七十年代僅剩三節，還安排在週六上課，情何以堪。

〈流放……〉寫的是知識份子的情懷與想像，是一種精英敘事。我從來沒有後悔我寫過那首詩。而且通過內在的辯證，決定留在大馬的土地上，是另一種認知：佇候在險灘，保護手中的燭火。縱使無助甚至絕望，我們也沒理由棄之而去。

2017年11月29日

60　一代詩魔：洛夫

李敖逝世，我正在寫著悼文，才寫了兩段，又傳來詩人洛夫的噩訊，有點難以置信。十天前，洛夫才為他的詩集《昨日之蛇》（二零一八年正月出版）主持新書發佈禮，怎麼說走，就走了。

我在洛夫在臺北的家吃過飯，還是洛夫的太太親自下廚烹飪出來的湖南菜饍。一九七三年十一月十八日吧，瘂弦、高信疆與天狼星詩社的溫瑞安、周清嘯（已故）與我同行。信疆兄是中國時報人間副刊主編，龍族詩社重要成員。

龍族、創世紀、天狼星三個詩社相聚，有點像傳說中的三大家族聚會，其實我們的談話內容輕鬆，絕無《三國演義》的劍拔弩張。高信疆（他是外省人）的台灣本土性，洛夫的超現實抒寫，瘂弦的中國北方情調與鄉土情結，與當時溫氏兄弟的邊緣傷痛、流放情懷都無衝突。我們談得很投契。

那一次飯聚後，我與《創世紀》成員的聯繫密切。七十年代我寄了不少作品給瘂弦主編的《幼獅文藝》，也寄了好些詩與論文在《創世紀》詩刊發表。

我對台灣感情的深厚，天啊，那十天的留駐，竟銘刻了我的下半生。黃錦樹在早年的論著裡，提到我是「精神上流台」，可能是對的、也是可能的。高信疆、瘂弦、洛夫、陳芳明、景翔（翻譯家）、林煥彰、施善繼對當年才二十九歲的我，影響至深。後來讀葉維廉、樂蘅軍、葉嘉瑩、高大鵬、楊牧、黃宣範等人的文章，張漢良、蕭蕭、羅青結合中西角度、多元化多層次詮詩的努力，讓我瞭解漢語的深邃無垠，魯純如我終究徹底醒悟：語言才是我最後的家園。

不少人詬病洛夫與創世紀詩社成員的「超現實主義」表現，就我的觀察，即使在《石室的死亡》的六十年代，洛夫早已超越了超現實主義的布魯東（Breton），阿拉貢（Aragon）與艾呂雅（Eluard）。布魯東的〈廢墟〉：「語言首先離去了／隨後是窗戶四周的一切／／只有死亡盤踞／在寂靜之上幽暗之上」，與艾呂雅的：「一場風暴佔滿了河谷／一條魚佔滿了河」。

翻開洛夫的早期作品〈石室的死亡〉，衝進眼簾的是：「只偶然昂首向鄰居的甬道，我便怔住／在清晨，那人以裸體去背叛死／任一條黑色交流咆哮橫過他的脈管／我便怔住，我以目光掃過那座石壁／上面即鑿成兩道血槽」，六十年代的洛夫的超現實，比法國的同路人更「膽大妄為」。

中期之後的洛夫，漸離晦澀，寫意造境，在物我之間找到貫通的路，〈子夜讀信〉：「子夜的燈／是一條未穿衣裳的／小河／／你的信像一尾魚遊來／讀水的溫暖／讀你額上動人的鱗片／讀江河如讀一面鏡／讀鏡中你的笑／如讀泡沫」。

當然洛夫不會忘了，在看似白描的文字使用他的超現實技藝。留意他的「以物擬物」的本事。

晚期的洛夫「回歸傳統」，詩作〈車上讀杜甫：卻看妻子愁何在〉：「八年離亂／燈下夫妻愁對這該是最後一次了／愁消息來得突然惟恐不確／愁一生太長而今又嫌太短／愁歲月茫茫明日天涯何處／愁歸鄉的盤纏一時無著／此時卻見妻的笑意溫如爐火／窗外正在下雪」。

抒情、哀傷、溫馨……似乎不像洛夫風格，可洛夫是當代詩魔，說變就變，而且花樣百出。老年寫詩愈來愈醇，他的詩〈莫斯科廣場〉結束四行，很難用超現實主義囊括：

一位遊客高舉雙手
大聲說：我佔領了莫斯科廣場
照相機呩嚓一聲
他立刻被囚進了黑房

他的另一首詩只有三行，沒用上他拿手的超現實技巧，但卻十分耐人尋味：

牆上一根釘子有什麼可怕
可怕的是那
釘進去而且生鏽的一半

這兩首詩有語言的機智（wittiness），有對人生的體會。許多現象要逆著看，始能窺見深一層次的真相。

2018年3月22日

61　詩的可譯性與不可翻譯性

二零一四年到一六年，得詩三百首，三載下來，平均每年一百首。這是我生命最後的時光，與其說夕陽無限好，不如說「不讓一天無驚喜」。過去的三年，與其說是驚喜，不如說自己兀自驚疑。我從一九五八年在《馬來亞通報》發表第一首詩到二零零四年的漫長歲月裡，詩的產量兩百餘，數量尚不及二零一四到二零一六的三載經營。

很顯然的，一隻創造的精靈在我內裡甦醒，並且，振翅飛翔。二零零四到二零一三年，十一年無詩，繆思沉睡如死。二零一四年乃是義無反顧的生命反撲。我把八十首可譯（馬來文）的詩交給潛默，並另外選了一百五十五首歷史人物事件，中華文化典故相對密聚的作品，另外出一部詩集。

我不搞翻譯，但特關注詩在迻譯成英文或者國文（馬來文），過程中的意義與意境損失。德希達的〈巴別塔〉（*Des Tours de Babel*）和〈什麼是「確切的」翻譯？〉（*What is a "Relevant" Translation?*），讓我瞭解到「可譯性」與「不可譯性」。語言哲學家德里達（Derrida）依循伏爾泰的話，指出「Babel」是「上帝」、「聖父」、「天國之城」的諸多含義，三者在爭奪命名權，Babel反而成了「混亂」的意指。

現代詩在語言方面的文白交融，一不小心，就會成了文白夾雜，不古不今的怪胎。譯者面對余光中《蓮的聯想》，要同時維系原作的古典與現代意趣，實在不易。《蓮的聯想》出版之後，出現不少新古典主義的模仿者，譯者面對文白夾雜的成品，勉強迻譯，就會出現Babel現象。

漢語現代詩如果夾雜著台語、客話、粵語、網路語、上海話、崑曲唱詞、粗口俚語（姑且不論詩人的寫作理由），這樣的詩基本上不可譯，只能保持其原生狀態，並且從原生的樣子判斷其藝術成敗。

我寫的一首十二行詩的最後一節：

你瞌睡，世界依然運轉
你醒來，有人剛剛打了個呵欠
他要睡了，像接力賽，像長跑選手
我們經過了一站又一站

Kau mengantuk, dunia masih berjalan
kau bangun, ada orang baru saja menguap
dia hendak tidur, seperti perlumbaan beranting, seperti pelari maraton
kami melalui perhentian satu demi satu

由潛默（陳富興）譯成國文，毫無滯礙，連語言的節奏與末行的詠嘆意味都把握得很好、近乎準確那種好。

我沒把另一首古典與現代事物（不是語言）疊合處理的近作交給潛默：

〈電腦駭客〉／溫任平

用3D列印出來的屋子

懸在半空，天使與烏鴉
秘密結社，用一根吊索
把老杜的文本，從草堂
傳遞至小杜的樊川
時維開成四年，杜十三
離宣州，赴長安
任史館修撰，左補闕
補的正是電腦被駭的闕

〈電腦駭客〉時空交錯，虛實相應，有點難度，但並非不能克服。詩中的人名、地名、年代名號（開成四年）、官職名稱特多，翻譯成英文／國文，必須加上一大堆註解。這也難不倒飽學的潛默。「……左補闕／補的正是電腦被駭的闕」詩句的文字機智，那純屬漢語的機緣偶遇，所謂的chance element，那是國文翻譯不出來的。

當然，其他語文亦各自擁有本身的機會因素。同音異質字（homonyms）時常提供這種語言奇襲的勝利。

2018年03月14日

62　中文詩以馬來文詩的面貌再現

二零零零年三月，《扇形地帶》（Kawasan Berbentuk Kipas〉付梓，那是我的第一部雙語現代詩集，由潛默與張錦良合譯。《扇形地帶》收入四十首中文詩，加上巫譯總共八十首作品。投入大馬詩壇，如泥牛入海，既得不到馬來詩壇的回應，馬華詩壇亦噤若寒蟬。

兩種文化之間，或是兩種語文的壁壘，不可能因一部四十首的雙語詩集而改變，小小的漣漪掀不起浪花。我即使睡在巫統大廈前面，或拿著個牌子在語文出版局遊行，驚動的肯定不會是文化部的官員，而是大廈的保安人員。我也不相信，文化問題—尤其是文化交流—可以通過flash mob或者streaking（裸奔）能改變現狀。

質與量都是需要的，能做一點就一點。潛默有個信念：「凡是馬來西亞華人，都應該能講也能寫中文與國文。」最近為了雙語詩集，他與我在電話裡聊及華人的多元語言背景，他語重心長的把這話說了兩遍。我躭心的是，大馬華人的多元語文背景，使得每個人都樣樣通、樣樣鬆。能說普通的華英巫語，卻無力用華英巫書寫，整個民族文化陷入一種只會開口喧囂、無力表達、思想貧乏的狀態。

至於審美觀念，美感的表現，也需要思想、概念，不是每個人都能把握三種語文。像錢鍾書、季羨林、饒宗頤那種能把握六、七國語文的天才，是絕少的例外。

重點不在我們把握了多少國的語文，而是從普及的角度看，大馬華人如何運用華巫英這三種語文，在馬來西亞的政治社會裡如何生存，在文化生活裡如何安身立命？

面對潛默的譯詩，我把中文原作細看了一遍，再回頭朗誦他的譯作。唸潛默的譯詩，我有一種奇怪的衝動想改寫原作，不是削足適履，而是譯文在音節、在文字的律動給予我「再創造」的本能反應。異質羼入、新意念的萌生，多奇妙經驗啊。這可能會影響到我日後的作品佈局，尤其是音色方面，馬來詩的頓挫鏗鏘，的確可為參照。

記得兩周前在本欄討論過詩的可譯性與不可譯性，密佈中國歷史文化人物典故的詩固「不可譯」，晦澀亦不可譯，而說到根源，最不可譯的是原詩在文法、文義都出現疵誤的「病詩」。恕我直言，這種病詩在吾人視為典範的《六十年代詩選》、《七十年代詩選》都出現過。

語文說難不難，通達合理而已，語言學家、詞典編纂家呂淑湘說得好，必須三者皆顧：語法（對不對）、修辭（好不好）、邏輯（通不通，合理不合理），今天我們讀到的詩符合這些條件嗎？詩的超現實也是一種現實，《紅樓夢》虛中有實、實中有虛的現像是「生活」，哪些妄念幻想哪些荒腔走調，也是「生命的一部份」，沒有不合理的問題。

我從披頭四那兒得到靈感，寫成〈黃色潛水艇〉，最後兩行是

這世界只有螢火，沒有戰火
這世界只有摯愛，沒有傷害

潛默的譯本是：

Dunia ini hanya ada api kunang-kunang, tiada api perang

dunia ini hanya ada cinta sejati, tiada perbuatan menyakiti

原詩的「戰火」與「螢火」押韻，譯詩是api kunang-kunang 與api perang 韻腳二重化、押得實在巧。「摯愛」與「傷害」化身為ada cinta sejati 與tiada perbuatan menyakiti ，潛默的詞語複奏加上押韻，使詩的能量得以揮灑釋放，也讓我在讀了巫譯之後，進一步思考現代詩創新的其他可能。《現代詩秘笈》如果有一天會面世，翻譯家陳富興（潛默）居功厥偉。

2018年3月26日

63　我用狂奔、用無力、用惡夢去想你

郭采潔的一首歌的歌詞：「我用狂奔、用無力、用惡夢去想你。」通嗎？歌詞有問題嗎？從呂淑湘的「對不對」（語法）、「好不好」（修辭）、「合不合理」（邏輯）的三大要素來檢視，它能過關嗎？的確有些問題。Beyond的歌詞也有些似通非通，因為是粵語，沒打算跨界評論。

表面看，郭采潔的「狂奔」、「無力」、「惡夢」來形容當事人的狀況態勢，意義犯駁，既然無力哪來力氣狂奔？狂奔是醒著的動作，怎可能在惡夢裡進行？

修辭學允許誇飾，用狂奔去想一個人，用無力、惡夢去想一個人，都可以納入誇飾的範疇。從「語言心理學」（Psycholinguistics）的角度去探討，則三個互為扞格的詞語碰在一起，恰恰可以反映當事人煩亂失措的心理狀態。

為什麼寫歌詞的人，用這麼突兀的句子為一首歌命名，並且讓這句子在歌詞一再突顯？

這就涉及到語言的顛覆性，文學的顛覆性。要保護漢語，並且讓漢語與時俱進，必須向它不斷進攻：解構（不是解釋），顛覆（不是重復），在因句生句、離合引生……的過程，創造句法與形式，在漢語中「發現」抑且「發明」一種新的語言。

G.K.Chesterton形容「文明」（civilization）：「它是最激烈的出

軌，也是最浪漫的反叛。」，這句話或許也可用來描述文學創作，與所有的藝術創造。Nicolas Negroponte：「創造來自差異」。德里達（Derrida）說得更直接了當：difference makes difference。提到這些名家，不外想讓大家知道，只有走向差異化、陌生化，新漢語才能在今日漢語的田畦裡走出來。

有關語言的變異，尤其是古典與現代交融，參考余光中、楊牧、董橋，也就差不多了。我們可不能忽略像舒婷、劉震雲那種自我調侃、奇趣橫生的散文話語，更不可忽略韓少功的思想與表達思想的特殊方式。

有心人甚至可以從文學評論家王德威、朱大可那兒領會到，理論／評論原來可以這麼寫，可以寫到哪麼高的文學檔次。王德威的論文集就叫：《如何現代，怎樣文學？》，把「現代文學」拆成兩個部份，而且把時間與主體都「問題化」了。對了，韓少功譯過米蘭·昆德拉的名作《生命不能承受的輕》（The Unbearable Lightness of Being），讀者有沒有留意到書名的「怪異」，輕的反而構成「超重」？語言的內在悖論，反而有助於語言突破。

年輕的朋友學詩與散文，最好能並轡齊驅，詩不能沒有散文的些許敘事襯邊，散文缺乏詩意，則味如嚼蠟。換一個角度，忽然改變傳統的思考，在嚴肅的批評裡帶進一段看似岔題的描述，都有差異化、陌生化的效應。茲舉例如後：

> 「維根斯坦喜歡看偵探故事，又喜歡看電影。看電影的時候，他買第一行的座位仰起頭來看，哲學家用這樣的方法來鬆弛綳緊了的腦神經。」（西西）

> 「在《東邪西毒》這出戲裡，楊采妮抱著一籃子雞蛋，地老

天荒地等待一個肯為他弟弟報仇的人：我不知道她是不是真的要為弟弟報仇，還是沒事幹。」（閆紅）

「有一個人，尻骨生了奇臭的蝕爛症。痛苦到了極點，面部表情反倒近於狂喜。……」（張愛玲）

「寂寞無過於呆看凱撒大帝在兒童公園騎木馬。」（木心）

是不是這些句子與一般的句子有些不同？你有志於詩與散文創作，那好。即日起，放下中小學華文老師教你的那套約定俗成的敘述（一年一度的清明節……）；丟掉陳腔濫調（花容月貌，貌似天仙，風流倜儻，風雨同舟）；忘掉宣言口號，不要為文章的結尾處硬湊上光明的尾巴（我們手握手，走上征程）。我等著大家追上來。

2018年4月5日

64　十個理由你不該買詩集《傾斜》

1. 書名不妥，傾斜有甚麼好寫的，已經是歪在一邊，身體歪在一邊，這不是中風的前兆嗎？還有甚麼好寫的。作者說他是選擇另一角度來看這世界，或者更玄一些，世界換一個角度來看人，你不覺得作者在故弄玄虛嗎？

2. 《傾斜》兩百頁，售價台幣兩百五十元，約等於馬幣三十五元。作者已聲明絕不打折，坊間多的是五折到三折的詩集，為什麼我們不買價格廉宜的書去買貴書？

3. 據悉《傾斜》一書的一百五十五首新作都用上中華典故，歷史的、文化的、文學的人物與事件，這與「去中華化」、強調「地方色彩」（local colors）的馬華文學思想（我們有嗎？）背道而馳。

4. 換言之，這部詩集會讓讀者更瞭解他們「馬來西亞華人」的身份。華人的血液流在我們體內，無礙國家身分認同，把自己一統化為「馬來西亞人」可以看到政治近利，卻在較長遠的歷史發展長河裡，漸漸遺失民族特色與民族自我。詩集《傾斜》不符當前政治主流思想。

5. 自從作者為《紅樓夢》（馬來文譯本）寫序之後，他對神話預言、反諷諧擬、暗示影射、非理性躁動，尤其是虛實交錯：甄（真）士隱與賈（假）雨村，愈來愈迷執。文學不是需要大眾化嗎？詩不是應該走向群眾，用吶喊、口號、宣言把人民的聲音吼出來的嗎？在這條路上，《傾斜》走的是一條偏僻的小路。為什麼要買這種書？

6. 《傾斜》的一些詩像是微型武俠小說，像〈衣缽〉：「我是全真派隱匿得最好的／也是，最強的一個弟子／掩護為師，在夜色下／去一趟人潮擁擠的移民廳／去找丘處機，去找王重陽／他們其中一人拿了鑰匙／害我遠赴武當山，進不了／道觀。逍遙谷前，遊客／散去，留下垃圾的腥氣」。溫氏應該學他的弟弟溫瑞安巨俠，寫些血肉橫飛的「真武俠」才刺激，那才是武俠的正道。

7. 醫學知識的無知，他寫Angioplasty：「……無始無明，來自淨心自性／派生一根脈管／內裡拱個架，那是鵲橋／那是月圓之夜／大徹大悟的剎那／我們在橋的中央／／擦身而過」，把血管成形術的支架（stents）寫成「鵲橋」，不是太浪漫，而是太荒唐。擴充血管使血液流通，怎可扯上佛家的大徹大悟？在鵲橋的中央，擦身而過？簡直胡說八道。

8. 《傾斜》的時空交錯，到了匪夷所思的地步。明明寫的是大寒，作者卻能衝進赤道的冷氣咖啡廳，會晤司馬遷，又能在下雨的巷弄前行，步履維艱，去到孔子世家。時空顛倒得太可怕了。作者觀賞一場西洋拳賽，兩方對壘，他也可以飛去民國初年胡適與梅光迪的白話與文言的那場博奕，膽大妄為，莫過於此。

9. 大幅竄改史實，使其庸俗化，〈傍晚偶遇孫文〉，地點是不懷好意的印度店。時間黃昏七時，兩人一起吃亞三叻沙：

……………………………
他不是個能吃辣的傢伙
演講起來卻混身是火
他邀我參加他的同盟會
我邀他參加天狼星詩社
我們互相拱手婉拒
場面感人肺腑

他策劃了幾十場武裝革命
我策劃了幾十本詩集印行

這種寫法完全是無中生有，孫文（一百年前）的人怎麼可能邀作者加入革命同盟會；溫怎可能邀孫文參加天狼星詩社？歷史翻轉，向壁虛構，溫氏可謂無所不用其極。

10. 二零一八年五月九日我國舉行全國大選，紅豆兵，僱傭兵，九大門派隱匿的鷹犬，紛紛出來表態。《傾斜》的作者在大選一周前發表〈馬哈迪與余秋雨〉，不痛不癢；星洲日報《文藝春秋》於五月六日的大選詩展，溫任平發表的〈聽貝貝、修兒搖滾對決—我的天空〉，不著邊際。在政治上沒有堅定的立場，我們買他的詩集，不是有點可笑嗎？

2018年5月30日

65　詩集《教授等雨停》的情色空間與身體政治

我從來不寫情色，上半身只寫親吻，下半身止於腳踝。大陸最著名的情色詩人是楊煉，我和他只有一個共同點，我們均曾在詩裡自稱「朕」，不是什麼帝王意識作祟，楊煉寫的是淫亂的咸豐，我寫的是兩個身不由己的皇帝：光緒與唐高宗李治。

我有文學潔癖，卻非文學素食。我瞭解身體政治：身體可以釋放訊息，這些訊息遠超過陽剛與陰柔的暗示。我開始隱藏地寫：「晨起的第一件事是自我撿查／看丟了甚麼，和甚麼走了樣／透過百葉窗，讀空氣和陽光」。然後用身體的受傷流血，寫二零一四年國內的政局：「剃刀掠過下巴／剎那的痛楚與沁出的血……一個幼嬰／它迅速成長茁壯前進／參加示威遊行」。行動的後果，我用台下的空間，一個戲劇性動作表達：

驀然，電流中斷
臺上沒了聲音，台下有人
把一根還未抽完的香菸
擲在地上，一腳踩熄

Tiba-tiba bekalan elektrik terputus/hilang suara di pentas, ada orang di bawah pentas/membuang rokok yang belum habis dihisap/ke atas tanah, mati dipijaknya

這是一部雙語詩集，譯者是陳富興，作品以雙語呈現，或許能更確切的反映二零一四～二零一六年的國內政局。二零一五年正月下旬，我用裸體的寒冷寫政治不適：「我用自己的體溫加上受之父母的毛髮／與臘月的寒冷作最後的、無效的／……抗爭」。

詩集裡的人物，面對的經常是驚人狹窄的空間。我在〈頓悟〉抒寫男與女的床上距離，輕淺的情色。一個老男人能做甚麼？我強忍淚水寫下了〈淋浴〉，寫的是自己傾頹衰老的肉體：「我的秘密在淋浴／的花灑底下暴露：陽光透過／玻璃窗……我的巍峩／我的潰敗，冷水澡下／不忍卒睹／／……我是伶人，從澡堂／重返舞臺，要走一條／水跡漫漶屐印雜亂的路」。詩中的伶人（戲子）的空間：澡堂與舞臺。

空間在〈教授等雨停〉極度狹窄化。沖涼房舞臺還有騰挪餘地，在研究室前的甬道，空間僅堪一人進出，教授與另一教授碰面，一人只能面壁（面壁思過？）讓另一人先過去。這已不是單純的博奕，如果教授是華人知識份子的代稱，可以想像我國知識份子地位之尷尬、艱難。詩一共有十五行，以下是第二節：

> 石級往上往下都難走／夏至的日頭雨，灑濕了／文學院大樓，殖民時代的／建築，浮在驟雨中撈起來的潛艇／潮濕，濃烈的魚腥味／它裡面有許多知識的／與非知識的秘密／包括：鮭魚如何遊出矽谷／教授在狹窄的甬道上，背貼著背／匆忙寫報告匆忙填表／……可能還得淋雨趕去監考

我的另一首情色詩（直追楊煉）〈纏綿七行〉：「整個雨季，

由於躲在房裡／我們終於成了熱戀的情侶／成了枕頭與棉被／成了毛髮與枕頭／成了床單與體液／成了懸燈與牽掛／成了淚水與追憶」。政治只有在雨季，大家困守愁城，才能相擁熱戀，身體淪為互相輸送情色貪腐的政治載體。

〈符號學者的遭遇〉第一次提到女性的乳房：「一名女生赤裸走上講台／彎身，獻花，遞過來一杯溫水／彷似受驚的小兔，他遽然踣倒／垂懸的奶子，符號釋放的能量／使他震動，驚悸」，多麼可憫的官能喪能（defunct）與政治無能（impotent）。

詩中的身體政治，表達的最率直猛烈的是：「翻身躍上500cc.的大型摩托車／在一條人煙稀少的道路上馳騁／去參加一個派對。我用我聽來仍年輕的聲音／演講，用稍稍沙啞但性感無比的聲音／歌唱。」只有當我跳上虛擬實像（simulacrum）中的摩托車，我才成為無堅不摧的巨人。這部詩集如果說中了大家的心聲，又豈可錯過？

2018年6月13日

66 互為表裡的《傾斜》與《教授等雨停》

我除了寫詩，也從事文學評論。從二零一四年到二零一七年，我似乎進行著撕扯性的表裡鬥爭。一個我，看著大馬政局，為生民憂鬱而嗟嘆；一個我，把創意放在古典的寄託，將眼前事物淡化甚至虛化，企圖與古中國接軌，歷史文化成了我的精神支撐。

這是為甚麼我選在詩集面世那天，發表「十個理由你不該買詩集《傾斜》」，敲打詩集《傾斜》的根由。《傾斜》的中華性，比《流放是一種傷》深刻。後者寫成於一九七七年，創作《傾斜》是今日的我。在自己的國土流放，是四十年前個人內心的深沉感觸。

拉崗（Jacques Lacan）說「你的裡面活著另一個你」（something in you is more than you）。我必須同時向古典與現代輸誠，我才能活著，活得像個人。我追尋並且努力拼湊自己成為一個「常人」、一個「完整的人」。我對自己的分析是，我愈來愈像是個伶人，在舞臺上演戲，崑曲是信手撚來的隱喻，因為有戲上演就有舞臺。在戲／詩裡有時我在跑龍套，有時是青衣。

即使在我最耽溺於古典的時候，我總不忘抽身離開，用調侃的語氣嘲笑迷執崑曲的自己是典型「現代的紈絝子弟」。詩作〈桐城速寫〉，導遊用大聲公向文化考察團，介紹清代桐城諸子，就是蓄意搞笑。諷刺他人，也諷刺自己。

我有時會不顧美學考慮，直抒內心痛楚：

在晚風中我可以告訴你
因為你未必聆聽　清楚
唐宋是時空的問題
不是我的問題
我只有　悲慘的答案

我寫出了十個不要去購買《傾斜》的理由。與《教授等雨停》相較，後者不言唐宋，面對的是現實感受與馬來西亞當前的難題，與個人放不下的情結。〈大寒前後〉寫的是：史家之混亂，儒學之不行，大陸與南洋的關係。

民族的溝通，我利用印度回教徒餐廳的空間，華印的溝通話題：「只有在入黑驟雨之際／兩個不同國籍的人／在街角的印度咖啡店的門簷／一起專心的，肩並肩／談天氣」。點到為止。惟終不能避免涉及一些核心的問題，雖然我用的是近乎碎片化處理。

我的一首短詩〈經濟〉：「樓下的幾個住客在嚷嚷／俺探首作了好幾個手勢／才知道一對肥胖男女／未經許可／（一說：已獲許可）／硬行闖進籬笆社區／搶光他們未來三年的口糧」。那對肥胖男女是誰呼之欲出，被搶空的又豈止是「未來三年的口糧」？

政治方面，選舉（二零一五年）淪為兒戲：「砂州選舉的成績，陸續／公佈。電視前有人歡呼／我聆聽的是十時半的華語新聞／華人選票回流，跡象可喜／對著電腦籌思明天的特寫／怎樣寫實怎樣寫意／在露臺眺望吉隆坡的／萬家燈火，不無怨懟的想念妳／同時討厭自己，把妳／政治化為國家的載體」

正如一架直升機墜毀

助選的六人全部死亡
失事的原因可能是
過於晴朗的天氣

在二零一四年接下去的三年，我的創作動力，一直來自文化感情與國族認同，它們互為表裡。寫國族的部分，我決定請專人翻譯為詩。一方面是由於中國典故迻譯困難，二來，面對大馬的現狀，用雙語表現，方便懂雙語的華裔子弟：他們同時學習詩與語文。因此我在上篇專欄文章推薦了《教授等雨停》；至於《傾斜》，除非對中國的歷史人物文化有若干認識，否則大家可能面對的是一部傾斜的天書。

2018年6月20日

第三輯

專題演講與序文

67 虛實相應，疑有疑無：鄭月蕾的詩藝初探

詩……動機在表現自己跟隱藏自己之間。

——戴望舒

（2014年11月18-23日，提呈廣州主辦〈首屆世界華文文學大會〉的專題論文。）

（一）

馬華詩人的確實人口可能永遠是一個謎，是不是出版了個人詩集的詩作者才可稱為「馬華詩人」？要發表過多少篇詩作才能享有此榮譽？一些詩作者，一年三百六十天都不創作，卻覷機在五天內孵出一首詩來，參加花蹤文學獎詩競寫勝出，就是「詩人」？這些拿了獎金買手機，迅速遁跡詩壇的「詩人」，只有物質考量，詩只是找錢的工具，我們怎樣為這些「詩人」定義？有一群評論家瞎哄為這些「詩人」捧場，我該佩服他們的洞見還是不見？

由於詩讀者群有限，詩作者出版個人詩集幾乎絕無例外的會面對面嚴重虧蝕，大多數詩作者都選擇不出版個集。他們在某個生命時段留下的作品，分佈在《學報》、《蕉風》、《寫作人》及其他同仁刊物，還有幾家華文日報每週一次的文藝版。創作慾的井噴從

一兩年到四五年，文學的內分泌停止，他們也就悄然退出詩壇／文壇。

遠的不說，八十年代下半葉出現的《椰子屋》與《青梳小站》冒出了蘇旗華、林若隱、陳全興、莊若、加愛、比爾、陳佑然、李恆義、翁華強、董志健、歐宗敏、歐團圓、張圓圓、彭佩瑜……當中大多是所謂六字輩的作者（誕生於六十年代），他們在上述兩份小型文學雜誌上寫了三幾年的詩／散文，很快即退場。《椰子屋》、《青梳小站》結業，他們絕大部份也跟著不見了蹤影。

廸雷茲與瓜達裡（Gilles Deleuze and Felix Guattari）在他們合著的《卡夫卡：趨向小文學》（Kafka：Towards a Minor Literature），把被邊緣化的、後殖民文學如馬華文學都被視為「小文學」（minor literature），這些文壇的遊兵散勇，論者或許不能把他們視為流星，而應該胥視個別表現，或衡量它們集體發聲的意義與力量（collective enunciative value）。

（二）

天狼星詩社成立於一九七三年，雖說甫成立就在馬來半島的大小城鎮有十個分社，由於社員全都是學生，財力窘迫，編纂的刊物是最原始的手抄本，只有一本傳閱，兩年後才進入油印本一百冊的改進階段。以「綠」色排序的〈綠洲〉、〈綠野〉、〈綠流〉、〈綠園〉、〈綠湖〉、〈綠叢〉、〈綠島〉……裡頭都是社員的少作，文學的含金量不高。

一九七五年以降，天狼星詩社除了出版個人詩集外，也以印刷方式出版一年一度的端午節紀念特刊，輔之以較不定期的中秋節詩輯。這些刊物選錄的作品其文學份量比手抄本的習作強，不在話下。我要討論的鄭月蕾，一九八三年到一九八六年這個時段，在天狼星詩人節紀念特刊與中秋節詩輯的作品，與輟筆廿多載，東山再起於《南洋商報》、《星洲日報》、《中國報》、《光華日報》文藝副刊發表的詩作與近作，在內容、思想、技巧、形式、風格與過去——廿多年前——的相同與相異，並且在跨過廿多載的時間斷崖後，月蕾詩的發展與變化。

一九八三年，鄭月蕾的詩齡不足二載，她在詩社刊物發表的詩作：〈那天你來向我道別〉，寫下午的無聊，看陽光照耀下的塵埃，看一群小鳥的爭啄麵包屑，朋友敘談的言不及義：

那天你來向我道別
凰凰木在陽台外
午後的街道因充沛的陽光而終於
漸漸揚起塵埃微微
我們坐了整個下午
多數時間顧左右而言他
偶爾也談談過去
一起觀察一群小鳥在爭啄麵包屑
然後各自分飛

小鳥爭啄麵包屑，零碎瑣細，兩人臨別的談話其實亦不外是些例常的祝福語。人與人的真正溝通甚難。

人際隔膜或存在主義的「疏離」（Alienation）感，遍佈鄭月蕾早年的詩篇。一九八四年發表的〈訊息〉，詩裡異國氣候的陌生，秋天突如其來的颱風與地震，強烈的懷鄉感。同年詩人節紀念特刊發表的〈回首〉：「恰似古老而最初的／信封，身世不輕易外洩」的隱秘，「你彳亍在暮色裡／在沉默的溪頭／聆聽一些／熟悉而又不易被人解的／句讀」，詩中的你可以是作者的代稱，信封中的內容不輕易外洩，即使熟悉的句讀也不易被人解讀。詩人的文字在意義邊緣顫抖、欲言而未言，近乎道家的「言無言」，《滄浪詩話》的「言有盡而意無窮」。刻意的還是不經意的隱瞞，詩中傳遞的訊息們仍離不開「隔膜」，末節用近乎宋詞的婉約：

從山上回來的人
都愛遙指青山說青山
不老，再回頭
已是浮生最遠的一段離愁
像失落在古代的樂譜
不想也愁

無法掩飾「隔閡」的恆在。同年中秋節特輯刊出的〈月〉首節，仍讓讀者感覺到作者對疏離與疏離的怨懟：「八方的風雨都朝向這一季秋／真不曉得你的世界是否也有／夢和理想／抑或毫無主張，奔向／風底浪漫」。詩中的「你」可能是，也可能不是作者的代稱，漢語詩本來就允許這種「曖昧性」（ambiguity）。「八方風雨」那種豪邁開豁的首句，與「不曉得⋯⋯」、「毫無主張⋯⋯」的負面語，因扞格磨擦而出現張力，使得詩的內涵更為曖昧多歧異。羅蘭巴特（Roland Barthes）在《文本的歡愉》（le plaisir du text）指出「 沒有陰影的文本缺少原創力，是不孕的文本」，月蕾詩的曖昧性可視為文本的的陰影，這陰影孕育出她的作品的多重意義，予讀者更多的聯想空間。

宋詞柔婉的陰性書寫，能淡化失落、離愁，因為失落離愁是宋詞經常出現的題材，寖寖乎成了文類的特徵或「慣技」。月蕾一九八三—八四年早期寫人與人之間的隔閡，筆調淡漠，用的是靜態語言，但這種平淡漠然的語態，在一九八四—八五年終於出現了不諧和的雜音。

（三）

這就難免使筆者想到後現代主義。後現代詩的特徵／特色頗多，根據哈山（Ihab Hassan）的說法，後現代主義文學的特徵達三十三項。由於這三十三項的重疊性，我決定提「不確定性」（indeterminacy）、去崇高神聖、反諷戲謔、「碎片化」（fragmentization）、「雜揉」（hybridization）、「無深度性」（depthless-ness）六項，以籠括後現代主義的重要特色。鄭月蕾詩中人物與友儕，與周遭人物應酬式交談的「顧左右而言他」，那種detachment的基本態度是後現代的，她的詩〈未及〉有剝洋蔥層層遞進的「不確定性」：

常常，夢裡有一片沙灘
灘上有數不盡的水紋
常常，我疑慮的分析這一片沙灘

迷惘的上岸
我夢見你踏上燈船
我仰面而望
你卻飄然遠引

為一聲來不及的呼喚
我久久不想言談

不過月蕾的「不確定性」，也可以表現為簡約的「不知道」，與電影般慢動作的外在現象（行人緩緩走過城市……），像發表於一九八五年中秋節特輯的〈階下〉：

這純粹是風景不是心情
時間是午後五時，多一分鐘
天地仍一片通明
一個女孩坐在樓梯口
拿起一本詩集
不知道該讀些甚麼

階下，幾個行人
緩緩走過

城中的江湖

一個女孩坐在樓梯口翻讀詩集，而不知道該讀些甚麼，簡單的「不確定性」也是最含混的「不確定性」，意涵卻可作多層次聯想。第二節詩：「階下／幾個行人／緩緩走過／／城中的江湖」，與女孩捧著詩集不曉得讀些甚麼的迷茫有甚麼關係？「江湖」是一個很強烈的詞彙，它能引起的聯想跨度很大。這兩首詩都不再停留於靜態的敘述，而是有動作，有戲劇性的對比。〈未及〉寫夢，以虛喻實，我留意的是上岸的人看到「你踏上燈船」，詩中人物「仰面而望」，「你」則飄然遠引；詩中人物的來不及呼喚，留下的遺憾是「我久久不想言談」……一連串的外在動作與內在的反應，互相對峙的戲劇性張力（dramatic tension）。年僅小一歲的林若隱曾為〈未及〉譜寫成曲一九八五年月蕾主編那一年的天狼星詩社中秋節特輯，她在該特輯發表了兩首重要的詩，一首是前面的〈階下〉，另一首是較長〈二十一行〉。月蕾的詩藝表現，開始在其他詩社同儕間脫穎而出。〈二十一行〉全詩四節引錄如後：

> 「好像浪花拍擊岸邊的澎湃／雨季一旦成形便不肯休止／有人說想起雨會有一種疲憊的感覺／我說最疲憊的莫過於承霤／沒有選擇的自由」
>
> 「這時剛好是晚飯過後三分鐘／屋內幾個婦人／正果敢地建造七座圍城／有一聲，沒一聲地敲打著／快樂地學習著越野和突破」
>
> 「晚煙已靜靜地降落在山坡這邊／屋外幾個孩童／勇猛地爭論著一些不成理由的理由／罵聲、哭聲、打架聲／自街上那邊傳來」
>
> 「時鐘指正十點響完了十下／圍城終於倒了／人也散了／雨，明天還是會照樣得下／我說，最疲憊的莫過於承霤」
>
> 「沒有選擇的自由」

這首詩已不再囿限於靜態敘述、心理刻劃，第二節一群婦女在打麻將的敲打聲，第三節幾個幼童的爭吵、哭鬧與打架聲，裂帛似的刺破了月蕾詩的一貫寂靜。這些人際的喧囂有沒有促進瞭解，消弭隔膜、化解疏離呢？沒有，一點也沒有，詩裡一再出現的「最疲憊的莫過於承霤／沒有選擇的自由」，令人驚悸於承霤的疲憊，承霤作為主體自主性的闕如，功能扮演的別無抉擇。「最疲憊的莫過於承霤／沒有選擇的自由，是詩的金句，令人讀後斂襟撫然，悟語言之貴美。

這種外在喧譁、熱鬧，實際情況卻是無比無聊，這種抒寫又在次年（一九八六年）發表於《星洲日報》的短詩出現，〈午後〉六行如下：

二月
在陽臺
春天的雨露此刻正重重地
落了下來，一群麻雀
因為驚悸一朵花的蒂落
在爭吵不休，隔座有人

飲酒　作樂

雨露居然是「重重地」落下，實非尋常；花開花謝，麻雀噪聒，隔座有人照樣飲酒作樂，整個場景與一年前的〈二十一行〉寫的都是無聊的、無意義的喧鬧，這種重復出現的外景已成為月蕾詩的常態。一九八六年五月十一日呂晨沙在《星洲日報：星城》，發表〈「午後」的兩種人生觀〉，指出上述詩作近乎葉維廉提出的「名理前的視境：只覺萬物形象的森羅，而不加以名障與理障，把視覺置於概念化、關係化及實用化之前，僅把事物的形象呈現出來，純用動作來表達意蘊」。呂晨沙在最末第二段指出：「……詩人自己並不介入風景，只讓眼前可及的景物如實地呈現在讀者眼前，讓景物自然運作、演出，而詩的意義則隱伏其中，寓言教於文字之外。」就我看，詩中人物（沒有你我他的人稱問題，可以是任何人），對周遭事件並非視若無睹，而是無動於衷。

一九八六年詩人節詩刊發表的〈六月背後〉，寫屈原只是借力使力的石頭。詩仍然是寫人際疏離與隔閡，這次出現在詩裡的兩個人卻是站在橋上中央，背景是有燈火的兩岸，兩人距離之近，詩中的「我」甚至可以聽見「你」的衣角拍打的聲音。他們之間的隔膜多重而又曖昧，因為有些話題不能談：「不談風，不談你」，不談橋上的風景，不談牽涉個人的「你」，則形體接近而心靈距離更遠。背後的輓歌肯定非吉祥徵兆。後現代詩的其中一個顯著特徵：「不確定性」（indetermincy）是月蕾詩的美學主軸。以不確定性寫詩，暈染與衍異而又不斷追加力度，一以貫之寫了四年，而詩仍能維持高度的可讀性者，在馬華詩壇可謂異數。

(四)

輓歌讓讀者嗅到了死亡的訊息。一九八六年後，天狼星詩社陷入低潮期，八七—八八年，兩年沒印行詩人節紀念特刊，中秋節也沒印發中秋節特輯，鄭月蕾似乎像詩社的絕大部分社員，各自為成家立業而忙，無心於詩藝。二零一四年，詩社停擺之後的二十五年，天狼星詩社重新註冊，重現文壇，六月份，端午節與國際詩人節都出現在今年的陽曆六月，馬來西亞的三份華文報章《南洋商報》（四版）、《星洲日報》（三版）、《中國報》（兩版）先後刊載了詩社新舊成員共二十三家作品，鄭月蕾的新作五首亮相。九月杪，天狼星詩社出版《眾星喧譁：天狼星詩作精選》，鄭月蕾是二十家詩人陣容其中一員，收錄刊登於報章的五首詩，另加上〈漫遊福德宮〉共六篇作品。

是的，輓歌讓讀者嗅到了死亡的訊息，月蕾輟筆近三十載，二零一四年四月重返詩壇，卻見証了詩中某個人物的遽然辭世，〈失語的黃昏〉這麼地寫：

新年剛過二十天
而你的生日，剛好
也落在春天
那天走入你的屋子裡，竟發現
你的旅途
和夢想，還晾曬在衣架子上
還沒乾……
靜靜的停頓，在靜止的午間
一隻甲蟲飛進院子裡
一切都發生在春天

春天！為什麼要在春天？
卻又讓他跌落
在一個霧霾瀰漫
不帶一絲預警
的午間……

沒有一句遺言。

至死而緣慳一面，而死者沒有預警的猝斃，對當事人的身心毀傷既深且巨。四月她的另一首詩〈趕路的鴿子〉：「晨起／鴿子在窗外／為了懷念仲夏五月的傳說／不辭千山萬水／趕一程路／把詩送上／滴滴咕咕／吵翻整個上午／／午後／一陣驟雨／薔薇花瓣隨風／墜落陽台／不驚動你我／竟把晚春趕走」

向晚
路上的行人慵慵懶懶
趕路的車子匆匆忙忙
我無心　瀏覽窗外
一邊讀詩一邊思考
艾略特的波浪理論

整首詩表面看來婉約自在，其實作者內心可能是煩躁的，不然裡頭有鴿子的咕咕，對作者而言怎麼竟像「吵翻整個上午」般喧囂？而驟雨落花的宋人詞境，到頭來卻在無聲無息間（不驚動你我）把晚春送走，這顯然是〈失語的黃昏〉情緒的延伸。但三十載的蟄伏與沉潛，月蕾詩藝的變化出現在詩末最後一行的「反諷」（irony）。

行人的懶散與車子的匆忙，正如竹戰、孩童、鴿子的噪音一直是月蕾詩的背景音樂，它們的存在意義不大，它們是主題的煙霧矯裝，〈趕路的鴿子〉詩中的人物，一邊讀詩，卻心分二用於「思考艾略特的波浪理論」，這是典型後現代的「顧左左而言他」。讀者都知道史略特（T.S. Eliot）是上個世紀英美文學的一代詩宗，而月蕾詩末的艾略特與他的波浪理論指的是Ralph Nelso Elliott's The Elliott

Wave Theory。波浪理論探究市場行為與波動的型態。如果三十年前的鄭月蕾是近乎不食人間煙火，在情緒甚至迷惘中生活，今日的月蕾是留意市場起落，經濟波動的人。在日常生活裡，她可能得在咖啡座裡辦事、思考，也會覺得睏累，二零一四年五月她寫〈七里外的那隻蝴蝶〉：「工作悶極／梅雨的午後讓時間變得懶散／喝杯下午茶吧／越過第七道／英國伯爵加兩片檸檬／和芝士蛋糕」，與三十年前的她，仿似溫庭鈞的「花開前後鏡」，是一種參差對照：

七里外
一隻蝴蝶
繞過溫暖花坊
卻忘了為花香
停留

一隻蝴蝶繞過花坊，「忘了為花香停留」是一種隔膜，是一種機緣的錯失。這似乎談不上甚麼新意，是三十年前暈染技藝的故技重施。六月份她寫成二十五行的〈鯨魚的眼淚〉，開始仍是那種工作了一整天的慵懶調調：「不想做飯，不想／塞車回家」，詩發展到後半部卻是對人類破壞生態，對鯨魚一類生物的傷害底控訴。從我的角度看，月蕾的下列詩行：「人類的貪婪／導致生物百態無所適從／北方國家過度的發展／十年開發得須千年／修補。……」，都是散文式的控訴（prosaic），說教的成分多，美感的成份少。但月蕾的蛻變，反映了他對人類處境、生物命運的關懷，視野的改變是關鍵性的，它影響詩人對生命的觀照、對生活的體會。她在六月寫的另兩首詩，〈短訊一則〉是值得整首抄錄下來審視、玩味的：

電話那頭傳來你厚實穩重的聲音
句句問好，聲聲
關懷；家事國事電視
我們無所不談
我向你報告財政預測、經濟分析、盈利稅務等等等等
我們談論詩的格調、佈局、音律、形而上、形而下、階段性
改變……
閒話家常
一整個晚上
過後你傳來一則短訊說：
你的城市
下了整晚滂沱大雨

我這裡也下雨
whereas there are only some silent drops

輕輕的
微微的
在
窗
外

電話兩端的人談得投契的是家事國事：財政經濟、盈利稅務；談詩的各種技巧、風格、變化……詩中的兩個人物，學問淵博（或興趣廣泛）。成熟中年話題特多，背景是電話的那一端下著滂沱大雨，我這一端則細雨微微，雨滴聲近乎聽不見。情境、意境、氣氛

的暈染與彌漫，在〈短訊一則〉這首詩裡，像水墨畫寫意的衍變、擴散。輟筆三十載，重新執筆，月蕾在技巧與形式的把握得心應手了許多。同年六月她寫〈漫遊福德宮〉，筆鋒一轉，竟寫到韓國的福德宮去。福德宮即朝鮮王朝的景福宮，是韓國的文化遺產，皇宮建於一三九四年，一五五三年九月十四日失火焚毀，此後歷經戰亂，文物幾被搶掠燒盡無遺，強勢的興宣大院君在一八六五年下令重建。嗣後福德宮內鬥連連、火患頻仍。大院君在位僅十年，即由其子高宗迫退。中日戰事爆發，高宗寵愛的閔妃，主張聯俄抗日，為日本仇視，日本守備隊一方面救出了大院君，另一方面追殺閔妃。閔妃死。此次暗殺史稱乙未事件。被救出的大院君，亦無力扭轉大局而成為親日派朝鮮總理金弘集的傀儡。高宗與其隨從則躲進美國公使館避難。朝鮮陷入前所未有的政治亂局，金弘集及其閣員一方面互鬥求寵，一方面則劫掠宮中寶物與民脂民膏。月蕾寫福德宮，竟說：

> 後宮六院，有人
> 嘩眾取寵，有人
> 悔入宮門。
> 金鑾大殿，區區十來個大臣
> 如何勾心鬥角，卻振振有詞決定
> 芸芸眾生疾苦問題之餘，中飽私囊

作者的意圖，顯然不是在追述兩百多年前發生於朝鮮的前朝往事，他在影射那一個國家的狀況呢？政府內閣十多位大臣在公開場合侃侃而言，爭論不休，冠冕堂皇，其實在意的並非民間疾苦而是如何中飽私囊。月蕾從過去的茫然若失（卻偏偏對各種現象敏感），到三十年後對貪官汙吏的罔顧國家經濟安危，在詩中提出隱批判。是思想「成熟」，還是純真在褪色，使她認識到醜陋難堪的現實狀況？

《眾星喧譁》出版之後，月蕾繼續在網上寫詩，〈時事兩宗〉直截了當針對馬來西亞的天災人禍，傾吐內心的怨懣：「一覺醒來／發現枕上有乾涸的血漬／一隻死去的蚊子／留下它的印記／／最近黑斑蚊子肆虐／千萬不要染上dengue／那會糟過GST／忐忑不安了一整個上午／／……也許要盡快趕起那份未完成的報告／也許不該去想當下與未來的可能發展／也許……」黑斑蚊帶來的骨痛熱症，在馬來西亞的病例已從去年一千三百四十六宗飆升到一千七百九十六宗（二零一四年九月十五日），由於六月份是骨痛熱症的猖獗期，六月十五日被稱為「亞洲骨痛熱症日」。於此同時，馬來西亞各族人民，大多為即將在明年（二零一五年）四月實施的六巴仙的消費稅（GST）感到憂慮、困擾，通貨膨脹目前已如火如荼，再加個六巴仙的消費稅，通膨的勢頭必然更猛，手上的鈔票縮水，人們的收支不平衡肯定惡化。苛政猛於虎，大馬政府沒理由刻意實施苛政，可是整個國內外形勢逼著政府，不得不採取嚴竣的措施。月蕾從天真惘然到今日的對現實狀況的火眼金睛，年齡使然，閱歷使然，詩的風格與主題亦隨之而變。林語堂在〈有不為齋隨筆〉嘗謂：「盡言招過，故善行文者必不盡言」，寫詩何嘗不然？明乎此，福德宮的隱喻，也就不難揣摩它的喻意了。

（五）

往科技／科幻尋覓詩的題材，是近日來月蕾尋找著的出路。現實難堪，有人會在網絡上狂歡，暫時忘掉眼前與周邊的不快，可是工業文明（經濟考量、情緒管理、資源分配……）與科技文明（電腦、智慧平板、奈米技術……），帶來的願景是怎樣的情況，頗難揣測。鄭月蕾用她一貫的，散步式的舒緩筆調鋪敘她的〈未來生活成員〉：

昨天我帶著iPad去時光公園上網旅遊
巧遇光纖老人手挽MacBook、身邊帶著一個小孩進場
小孩循規蹈矩，逗趣可愛
時而靜若處子
我們彼此各坐一張長椅
我絲毫不受打擾安靜搜索資料
老人也輕鬆上網遊戲
高興時還和身旁的小孩呼啦一番
興奮的程度和成功破解密碼不分上下
天色漸暗，我們同時退場離開
同步走出時光長廊

我們向前走，又停止
貪戀長廊兩旁
資深工程師講解奈米分子裝備作業的功能
經濟考量、情緒管理、資源分配種種論述
科技內容的模式將如何改變人類的未來
我繼續沿著長廊走
彼此忽視了時間和空間轉變
老人和小孩走上時光舞臺
小孩轉身一鞠躬：

「はじめまして。私わ纖維先生のdocomoです。どうぞ　よろしく。」
掌聲四起

讀者要等到小孩在舞臺上自我介紹，有板有眼，從容優雅，始驚悟那個乖巧逗趣的小孩竟然是日本製造的機械人，充滿戲劇性，「掌聲四起」卻是這種戲劇性的「自我反諷」。人類與機械人同處的時代即將（或已經）蒞臨，月蕾能在這樣的「混合型社會」（hybrid society）得到安全感嗎？在後現代的人類社會裡，抑且在後現代主義詩的情境裡，詩人能找到她的檀城或避風港嗎？我很懷疑。

我在月蕾的最新網上詩〈終極電玩〉似乎找到了答案：

「訊息早在十五分鐘前發送了／支援也許不能及時配給／必要時可能我們要啟動自動運轉／安全抵達就好／不遠的前面便是黑洞／面對單細胞生物吞噬的黑洞／它可是會令太空船引發引擎大爆炸的威脅／前面有星光。很莊嚴的銀河星系／如此瑰麗的銀河／可真是畢生難得一見的奇異景色／情形看來我們已經脫離黑洞軌道／／

船艦開始轉入慢動作前移／在二十世紀末期的盛夏／晶瑩透亮的琉璃牆／明確真實的存在／劇烈的震盪與焦急／虛擬空間構成的質感／飄浮、模糊，無限失速／就差那麼一步／即可抵達銀河車站／／

電玩世界當然是一個虛擬世界，瑰麗的景色，加上音響與強烈的動感，幾乎可以擬真。只差那麼一點，就抵達銀河車站，突然電能用完了，虛擬世界於瞬間消滅，那不僅是拉崗（Jacque Lacan）說的「能指的消失」（the black out of the signifier）也是「所指的消失殆盡」（the wipe out of the signified）：不僅銀河車站灰飛煙滅，整個遊戲亦告終（game over）。

（六）

鄭月蕾迄今仍未印行個人詩集。如果馬華文學是「小文學」的說法正確，那麼吾人就不能因詩人不出書，而忽略了他／她散佈於報章文藝副刊及其他刊物的作品的價值與意義。

一九七八年八月印行的《學報》，何棨良在他的專欄指出，當時最有潛力「搖身一變為Emily Dickison的馬華女詩人共有五位，他們是冬竹、藍薇、林秋月、鄭榮香與洪翔美」。這五位女詩人迄今都沒印行個人詩集。今日研究馬華現代詩的發展與表現的學者，如果只聚焦在出過書的詩作者，而忽略詩壇的遊兵散勇，包括發表在網絡的詩創作，要為馬華新詩這幾十年的榮枯變化繪圖，難矣。

本篇論文引錄詩例，許多時候引錄全篇，這情形有點像上個世紀六十年代的余光中的引介方旗。方旗的詩古典與現代交融，才氣駿發，自成一體，但當時的台灣詩壇，對方旗近乎一無所知。余先生在評論方旗，亦著重引例供讀者自行參照，方便欣賞。我之論介鄭月蕾，引例較多，也是基於同樣的考量。

2014年10月26日

68　萬物由心造：恣縱想像

Yes, I am a dreamer. For a dreamer
is one who can find his way by
moonlight, and his punishment is
that he sees the dawn before the
rest of the world.

——Oscar Wilde, The Critic as Artist

（2015年7月4日—5日，拉曼大學中文系主辦《天狼星詩社與現代主義》國際文學研討會專題演講）

（一）

兩岸三地新馬的文學團體，尤其是詩團體，崛起時可以相當轟動，一旦走下坡即往下溜滑，無法煞車。台灣的龍族詩社、主流詩社、大地詩社、香港的詩風，新加坡的五月詩社，它們先後停止活動，嗣後即無以為繼。大陸方面，起碼有一千個詩社、詩團體、詩隊伍，它們衝上來的勢頭都很大，半年或兩三年後便銷聲匿跡。天狼星詩社成立於一九七三年，終於在一九八九年在金馬崙舉辦「最後」一次活動，請來祝家華、潛默、沈鈞庭三人作專題演講後，即歸於沉寂。經過二十五年，社員散佈各地，或就業或創業，力量分得很散，天狼星要重現，實在不容易。

除了尋找過去詩社的舊部，我決定利用當前網絡之便，在網上發掘新人。我設計詩競寫的方式來招收新社員，拿到七十五分以上者被邀參加天狼星。我曾兩度以設定關鍵詞入詩的模式，考驗投稿者的能力，陳浩源、戴大偉、李郁賢、吳慶福、露凡第一批過關。三個月過後，我同樣以嵌入關鍵詞的詩創作競賽，選入了周偉祺、Ooim Lim、汪耀楣三人。由於郁賢與Ooim Lim是台灣人，不便成為會員，其他的六人都以真才實學堂堂正正進入詩社。輸進新血，廣納新銳，詩社才有希望。要掀起波瀾，一定要帶入外在的元素、異質的元素。我的理想是新人舊部的相激相蕩。詩社的前行代需要新人的刺激，新人需要舊部的詩藝提攜、指點。在網絡組別「天狼星方陣」裡，舊部陳明發、林秋月、遊以飄、雷似癡、風客與新人戴大偉、吳慶福、露凡、周偉祺、陳明順……的互動頻仍。有時新人的看法洞察力甚至勝於舊人，後浪的來勢洶湧。

一九七三－八九年的前天狼星詩社，把詩或詩教看得太嚴重了，在金馬崙聚會，分組創作，如果分成四組，社員抽簽，抽到的不是生老病死便是喜怒哀樂。對當年一批又一批十多歲的年輕人來說，今日回想起來恐怕還是沉重的。為什麼不能讓大家抽吃喝玩樂？為什麼不能讓大家抽加減乘除？沒有甚麼不可能，羅大佑不是作曲作詞唱過、連歌名都不像歌的「之乎者也」嗎？一旦把詩的主題與題材鎖定在溫柔敦厚或高深玄奧的框架裡，想像的野馬便被桎梏。

當年溫瑞安寫他的豪邁雄奇加上武林俠義的「宏大敘事」（grand narrative）；方娥真婉約抒情以古典與現代交融的閨秀體著稱於時；黃昏星、周清嘯（已故）兩個粗豪的大男人合著的詩集《兩岸燈火》，何以如此「他者化」（otherized）與「陰性化」（faminized）？這現象足供文學批評者／心理學家做研究；溫任平寫在自己國土上的流放；張樹林徘徊易水之傍，仿似荊軻卻更像擊筑的高漸離；雷似癡以禪入詩但探玄的深度不足；藍啟元《橡膠樹的話》的本地認同聲音微弱。大家在當年「對當下的懷舊」（nostalgic of the presence），方式卻大相逕庭，我們反映了那個時代的破碎與個人的迷茫。大夥兒好像沒有快樂過。年紀還不到20歲的方娥真，心境像飽遭離亂奔徙之苦的李清照；宗舜清嘯傾向描繪男女之私、同儕之情與離愁別恨，近乎南宋的周邦彥。似癡是放不下俗務的商人居士，啟元留在大馬發展的意願堅決。我年未三十，牽掛的是懷王罷黜年逾花甲的屈靈均；樹林如果以匕首刺秦或以鉛墊底的筑擊秦，結局都是風蕭蕭易水寒。這夥年輕人都不太正常。他們的想像未免偏頗。大夥兒真的沒有其他的創作出路（策略）了嗎？

天狼星詩社重現的過程，是以詩特輯的形式，在國內的四家華文日報：《南洋商報》、《星洲日報》、《中國報》、《光華日報》先後刊載社員的作品。在台灣，詩社也在《野薑花》、《乾坤》等詩刊發表詩作。這些都發生在二零一四年六月詩人節到十月的事。去年六月世界足球杯引起社員的注意，眾多社員把創作能量投進足球賽的抒寫。其實大家（包括我自己在內）大多不會踢足球，靠想像，還有對足球運動的一些認識，不無搞笑的寫了一系列足球詩。這是寫詩與遊戲的一次快樂的結合。

（二）

外面有工商管理MBA課程，在酒店上課；上海清華大學設總裁班，唯獨詩藝這冷灶，無人生火，看不到火星點子。文學或詩搞追星活動，從商業角度來看，大利行銷，從藝術角度來看乃是一種愚行。追王菲追鄭愁予，拍照留念，與拍攝桌上的菜餚貼上網去，同是虛榮，近乎無聊。詩社的主幹詩人只能憑藉寫詩、研究詩論提升自己。說起來也難怪，詩社同仁在一九八九年或更早，熄火停工，迄今逾二十五載，如實地說，絕大多數的社友，都需要「復職前的知識技能的重新適應與定位」，也即是re-orientation，甚至overhauling。

大部分社友都把過去讀書的習慣放下了，要重新操觚——或者說重振旗鼓——談何容易。可我們從去年二月，即頻仍的在網絡組別上發表作品，並迅速定在六月十五日組稿出版《眾星喧譁：天狼星詩作精選》，即是定下奮鬥的目標，讓社員加快腳步回到創作的現場。

天狼星重現不是死灰復燃，我們嚮往的毋寧是火浴後的鳳凰。國內（大馬）的現代主義從來沒攀上high modernism 的層次，「第二現代性」是要完成這個「未竟的事業」。在創作實踐上，我們要掙脫一九七零到一九八五年那種老現代詩的調調。詩人何以老調重彈而不覺得膩？何以如此？要之，詩人缺乏創作的自省能力，缺乏前瞻性，對新生事物（包括兩岸三地的詩風、論辯、演變）知識驚人貧乏。我們必須留意藝術的趨勢，在文學（詩）的領域，作家是怎樣孜矻求新求變。詩社在八十年代有這種求變意識的，不是溫任平，是林若隱。林若隱深諳「間接法」（method of indirectness），「顧左右而言他」（idle talk），意象奇特，語言流暢，在不經意中每每一擊即中肯綮。

我們要追求的是多元與多變。不一定每位社員都要循若隱的路數，那樣做即使不會出現「機械式再生產」（mechanical

reproduction），也無法避開模仿或「同質性」過高的弊端。何況，間接法有太多種方式，暗示、反諷、歧義、移情作用、弦外之音、自我調侃，司空圖所言：韻外之致、象外之象，羚羊掛角無跡可求、不著一字盡得風流……莫不是間接法、顧左右而言他的實踐。間接法是學不完的。要用那一種間接法，得衡量弱勢怎樣據邊緣發聲，「發聲的位置與策略」（enunciative stance and strategies）太重要了。我傾向於把過去現代主義的那種嚴肅、沉重、晦澀、悲壯、雄渾……（它漸漸成了令人望而生畏的模式）轉化。人性化、輕盈化處理，許多時候效果比重拳出擊更佳。極度悲痛的人哭不出來、麻在當場，嚎淘大哭反而落了俗套，甚至有「造假」之嫌。反崇高、反主流、反中心、反沉重、反規範、反宏大、反神聖……的後現代「不確定性」（indeterminance），反而讓詩人能從容抒情述志。

詩人何以在「造反」後反而能從容自在？原因他們自動「除魅」（dis-enchanted）了。他們可以寫長江泰山，而無需在意「泰山石敢當」、「登泰山而小天下」、「千古興亡多少事／不盡長江滾滾來」這些文化典故。把長江當著一條江河，把泰山當著一座高山就行了，心無掛礙，放手就寫。我在詩社成立的第一次會員大會上，輪到「主席致辭」，我一改常規念出準備好了的文學宣言，末節我舉伊沙的詩〈車過黃河〉為例：

> 「列車正經過黃河／我正在廁所小便／我深知這不該／我應該坐在窗前／或站在車門旁邊／左手叉腰／右手作眉簷／眺望／像個偉人／至少像個詩人／想點河上的事情／或歷史的陳賬／那時人們都在眺望／我在廁所裡／時間很長／現在時間屬於我／我等了一天一夜／只一泡尿的功夫／黃河已經流遠」

黃河的文化象徵，伊沙完全不考慮，他只把黃河當作是一條與一般河無異的河流。黃河的神聖性，它的歷史性（多少戰役發生，黃河決堤的週期災難），伊沙都不必擔心，黃河對他而言只有生活性、當下性。「除魅」是韋伯（Max Weber）提出的策略，剝掉事物被人披上去的外衣與裝飾（神聖高深），露出本來的平常真面目。「黃河」在這首詩的作用是自然賜予的「廁所」。王小川教授分析得好：「……我在解讀《車過黃河》時，注意挖掘其中蘊涵的以日常生活消解絕對生活的可能。……我試圖說明日常生活確實不比精神生活高明或高雅，但卻同精神生活一樣具有正當性。」如果有人批評這是後現代在搞顛覆、在解構（de-construct），「顛覆」、「解構」有甚麼不對呢？如果「顛覆」與「解構」讓詩人從一個逆反的、嶄新的角度去思考，去切入書寫。

（三）

輟筆二十五年，社員要重新執筆，已不容易，我也不忍心追逼。《天狼星詩作精選》去年九月面世後，我覺得熱身運動已足，是時候快馬加鞭，與時俱進了。去年六月的世界足球杯的放縱想像，八月份的科幻書寫，突然間把社員的束縛解開了，大部份社員都願意天馬行空、無拘無束的寫「詩」——雖然他們也不肯定那是否「有意義的詩」——拿出來亮相。內部有一些質疑的聲音，我出來解釋（在網上組別留言）說明，科技、科幻提供了一個前所未有的場域，讓詩更自由的抒寫；科幻有助於詩人借物起興，指桑罵槐，聲東擊西，在虛擬的世界寫出真實情況，或虛中有實的真相。「擬真物」（simulacrum）往往是「超真」（hyper-real），它躲匿在潛意識區，瑟縮在靈魂的深處，終於──顯現。

二零一四年八月二十七日，戴大偉借一件太空衣為騰空想像的緣起：

> 把最敏銳最脆弱的觸須／伸進飛離太陽系的衣櫃裡，撈尋／那曾披在你身上，我的太空衣／沉睡在顛簸的記憶艙裡／強迫性忘了洗／忘了，擺脫地心吸力／真空了自己／大意的被空虛粒子電擊／／下一站，我會把回憶和回音／留給超音速去毀屍滅跡／／
>
> *To All the crews of this unknown destiny*
> *Kindly be ready for the journey of after-love… …*

戴大偉採取中英混雜的hybrid策略，食髓知味，在八月二十九～三十一日，三天寫了〈記憶體〉、〈抵達〉、〈相遇〉、〈迷途〉、〈Pandorium 深空失憶〉。大偉的這些詩掀起了詩社同儕把想像觸須伸向太空、科幻、科技神話領域的熱潮。他同時刺激了陳浩源體內最大條的那根神經，八月二十八～三十一日，他一口氣寫了四首太空詩，從〈外星人的回覆〉到〈L.I.S. Lost in Space〉，每日一詩；我在八月卅～卅一日寫成〈酉末：我在太空梭裡〉、〈子夜斷章〉與〈午時：身份質疑SOS〉，兩天三首詩。我們把多位社友的名字寫進詩裡，充分利用網絡之便營造迅速互動與某種「臨即感」（sense of immediacy），在動輒以光年計算的太空裡，我在詩題、詩末注明完成詩作的日期與準確時間，是以有涯逐無涯嗎？非也，我是讓micro與macro形成強烈的對比；我要為時間留下刻度，至少是一些些銘刻的痕跡。吳慶福也追了上來，在八月卅一日完成

〈超越光年〉與〈聽說太空有愛戀〉，一天兩首詩。八月卅一日那天，詩社老臣李宗舜終於擺脫慣用的形式寫出了科幻的〈鞋子〉：

> 比超音速更快的氣旋
> 朝下急墜，千千萬萬里
> 在大氣層尋找父親的遺體
> 帶著他未完成的夢
> 他鋪蓋壽衣，誦經
> 我始終不捨，始終得離去

宗舜以民間傳統習俗的葬禮與太空科幻綰結；林秋月則以月亮神話揉合了科幻寫成了〈太空傳說〉。有追蹤臉書組別「天狼星方陣」的讀者，一定可以感受到詩社從二零一四年八月杪到翌年正月，詩社成員以酬答、調侃、應和……那種互動創作的熱烈與瘋狂。這就對了。德國大哲康德（Immanuel Kant）很早就指出藝術的起源是遊戲，藝術正如遊戲追求愉悅、自由，自身俱足，無忮世俗功利；大詩人席勒（J.C.F. Schiller）從人本主義發展了哲學家康德的觀點，指出：人在人的完整（非殘缺）意義上是人的時候，他才遊戲；反之，人在遊戲時，他才是本真的人。

其實以科幻、科技入詩除了尋找創作新徑外，社員與我也在尋思熵、負熵、蟲洞、黑洞、極速、源代碼（source code）、全息論、3D列印、平行宇宙（parallel universes／multiverse）、長生不老、星空無齡、啟航轉世、蟲洞、黑洞、極速……機械人與「後人類」（posthuman）的問題。

可欣、月蕾的詩作正面描繪的是機械人與「後人類」（posthuman）的現象。機械人——可以是一個不起眼的機器（伺服器server），一個彬彬有禮、舉止合度的小孩（humanoid robot）——這些都是新題材，提供的想像場域廣袤無垠，與宇宙太空等寬。周偉祺的特別助理Poeticia與史碧克（Spike Jones）導演的her十分相似，都是高智慧、能自我成長的電腦程式與全息機械人，後人類開罪不起的半人類。吳慶福的〈聽說太空有愛戀〉，詩裡那個「虎視眈眈」而又能把女主角發出去的信號「攔截」、「吞噬」的，是生化機械人（cyberborg）。洪錦坤的螞蟻股民雄兵，其數量之巨，類似swarm robotics；可以控制血液狀態與溫度，更像是醫學用的奈米機械人（nanorobotics）。陳浩源的「 L.I.S. lost in Space 」一詩，那個可以替「你」配藥作靜脈注射的「我」，不是模擬的simulacra，而是程式化了的機械人。上述題材會過火嗎？會太過天馬行空嗎？當然不會。詩人的科幻想像與今日的科技時代、與即將到來的機械人時代緊密相扣，詩人是憂心忡忡的社會預言家。

後人類的處境會如何？後人類如何生存？面對體內（從皮膚底下、耳朵後側、腦袋的不同區域設置了具備特別功能的晶片）的半人半機械，後人類如何對應？後人類的政經文教抑至道德倫理都必然受到半人類的巨大衝擊。詩社社員投入時間與心力去作科幻書寫，一方面是為了掙脫數十年來的想像桎梏，創作一些過去我們連碰不會去碰的題材；另一方面是針對當前與即將到來的危機，發出警訊，反省沉思。

或者有人會問：詩社鼓吹科幻書寫，是否意味別的題材就把它們擱在一邊？當然不會。天狼星詩社只果獨沽一味只寫科幻詩，那麼詩社的名稱可能要改稱為「天狼星科幻詩社」了。天下之大，無奇不有，甚麼都可以寫，沙草樹木，風花雪月，民間人間天地之間，目擊道存，都可以成為詩的素材。我們的詩自然流露它們的時代精神與社會意識，家與國（抑且家國）永遠是我們的銘心之念。

詩歌，正如其他的文學形式必然會參與政治議題，詩人曉得如何在處理這些議題保持美學的距離。英國大詩人（W.H.Auden）直言詩無法使任何事發生。在文學裡搞教誨主義不可取，用詩來教誨最無效。調侃諷喻比吶喊吼叫有力量、耐人咀嚼，錢鍾書先生是這樣寫成他的傳世之作《圍城》的。我們經常提「在地性」（locality）與「主體性」（subjectivity），那需要另一篇文章來細論。阿拜都奈在《現代性的延伸》（Appaidurai：Modernity at Large）的看法是：在地主體性可以在高度在地與超越在地的「迷離惝恍的重寫」（bewildering palimpsest）下產生滋養。詩人大可不必為主體意識與在地條件的（先天）矛盾而茫然。正是這種矛盾惝恍，充實了民族誌與後殖民書寫的內涵。

（四）

天狼星詩社成員的「後現代書寫」或「後現代傾向」，可以追溯到八十年代下半葉，最明顯的是林若隱的表現，天狼星重新出發，我們有邀她同行，她是教育碩士，在學院作育英才，時間不夠用，興趣亦轉移。翻閱《眾聲喧譁》，大家不難發現鄭月蕾、程可欣、遊以飄、陳浩源不同程度的後現代表現。他們的書寫策略，形式的建構很不相同。月蕾的不確定性、若無其事、顧左右而言他；可欣的故作反語（〈詩人節變節事件〉），遊以飄詩到處都出現互為抵牾的語義「對比」（antithesis）；浩源詩的突兀、斷裂、時空錯位與精神分裂（〈沒有貴妃的華清池〉），各擅勝場。後現代主義作品並非是好作品的保證，後現代主義不一定就比現代主義文學強，惟前者的格調與後者悖反，那就騰出不少空間讓文學以顛覆的姿態另顯顏色。後現代主義詩人不一定要做到甚麼都「反」，但擷用後現代的某些策略、形式使現代詩多了表現求變的可能，那是為現代詩加分的明智之舉。不要有這樣的錯覺，以為後現代是「無釐頭」，要在胡說八道說出一些微妙的訊息，道出一些隱約的喻意，還真的不容易。後現代主義絕非寫詩的終南捷徑。

後現代主義是後工業社會的產物，大馬已經晉入後工業社會了嗎？我想發展中國家的馬來西亞離開那個階段仍有一段距離。由於全球化的影響，觀念與思潮傳播的快速，作為文學尖兵的詩率先反應，社員們在各自的創作裡用他們較有把握的後現代手法去試驗，僅屬牛刀小試。我們的社員，除了浩源的解構頗見力道之外，其他人都相當拘謹，還沒誰嘗試以諧擬、戲謔、即興，機遇，無序，曲解，反形式，反定義，去神話（demystification），反構成（decomposition），去中心（decentralization），我還沒讀到社員一首以遊戲之筆寫成的譫言妄語夢囈。哈山（Ihab Hassan）特別提到上述種種後現代表現會造成不確定的「繞射現像」（diffractions），使詩（廣義的文學）進入過去不曾開發過的領域。我個人比較傾向於擷用後現代的某些策略，（我們有必要像一些大陸詩人那樣「崇低、向下、無體無用、無靈無肉」寫些「空房子詩」與「垃圾詩」嗎？）放寬視野，刷新感性，讓我們在題材與形式方面有更多的選擇，大幅拓廣拓寬寫作的天地。

潛默在這個時候，交來了一百二十首電影詩，準備付梓。這一百二十首詩並不是他全部的電影詩。潛默看了三百多部中西名片，從中選出他較滿意的一百二十部電影把它們轉化為詩，這轉化有點接近「擬真過程」（simulation）。事實上，用小說的「說故事」使擬真更真，廿五行左右的詩，連介紹影片的情節大綱都甚難做到。潛默顯然無意把每出電影變成劣質的simulacrum，而是用另一種影評、附注甚至眉批去給影片帶出另一層深義。

我們偶爾會讀到《重慶森林》、《黃土地》那樣的電影詩，牛刀小試，誰都能做，可是像潛默這種把心思放在著名影片，用各種角度／策略去為影片寫詩的人，兩岸三地新馬汶，他是第一個，也是唯一的一個。他為現代詩找到了新的題材，而新的題材需要另一種想像模式，需要尋找或創造另一種形式去承載。天狼星詩社珍惜這種勇於跨界的人才，詩社需要更多的另類書寫。

我曾經另闢蹊徑，寫過「文化詩」，一首是對袁枚的一段文字（我把八十二個字原文錄下），然後用詩的語言寫成眉批／箋注，借物起興，借題發揮。另一首文化詩：「比較文學：村上春樹與卡夫卡」，起首即指陳村上春樹寫的「海邊的卡夫卡」，小說的題目與其說是標新立異，不如說村上純粹是為了營造一種語言的情韻。卡夫卡不會游泳，一生從未去過海邊。我是用詩的形式來寫這篇文學評論。寫的時候感覺甚好，貼在臉書的牆上，按讚者稀，也不知是曲高和寡，還是自己處理不當。有點心虛，但我想我會捲土重來，在學術詩與文化詩之間尋找出路。

詩人，來到某個階段，總會想到純詩（Pure Poetry），空靈、純粹、直叩事物的內核。詩人，來到最後，總會想到自己的作品下筆直趨本真、頓悟、超驗與神秘。神秘主義是漢語文學較弱的一環，中國文學載道傳統在儒家思想學說的影響成了「怪力亂神」。不無諷刺的是，大家衷心尊崇的屈原，他的〈天問〉篇有一百七十多個向天地神祇提出的問題；〈離騷〉描述抒寫的樹木花草，都帶著神秘的色彩。一旦想像長了翅膀，詩人的感性有一種驅力（inertia），無遠弗屆，出入中外古今，穿透銅牆鐵壁，入水能遊，出水能跳。禪詩也是純詩的一種表現。從一九七零年迄今，詩社成員的純詩、禪詩創作量實在不多，七十年代只有一個雷似癡，詩社新人也僅有一個學佛虔誠的吳慶福，即使修行多年的詩人也未必能在詩中談禪說佛，而又言之成詩，像已故周夢蝶，令人頓悟，予人驚喜。

是的，詩來到某個階段，很自然的會走向飄逸、澄明、寧謐的境界。我可能要在這兒趕緊補充，要做到一百巴仙的純粹，只是一個目標，它是個理想極致，永遠讓詩人追求。當詩人在語言文字成熟，當詩人對周遭事物都有所感，並有這衝動把感覺／感受抒發出來，只要他不是在歇息或睡眠，他就處於一種創作待命的狀態，可以隨時寫詩。別人也許以為他懂得「文字煉金術」（verbal Alchemy），不是這樣的。我相信詩，到處都在，就好像空氣一樣。目擊道存，萬物為心造，只要詩人恣縱想像，就會結出想像的水晶簇。而我們都知道：水晶簇是充滿piezoelectric能量，這種能量懂得自我充電。

2015年5月11日

69　詩的表演性：空間設計與戲劇張力

（2018年6月10日，天狼星詩社與拉曼學院聯辦《詩創作講習班》專題演講）

大概在二零一四年到二零一六年這兩年多期間，我在臉書留言，用「言之寺一」、「言之寺二」……的方式來表達我對詩的看法，與寫詩讀詩點點滴滴的心得。「詩」這個字把它拆開來是「語言的寺廟」。寺廟象徵神聖崇高，詩或廣義的文學寫作人，必須對自己的語言尊重、恭敬、虔誠，一點都馬虎不得。

對兩岸三地的大約三千多萬華人，他們散居世界各地，語言成了不少流放一族「心靈的最後故鄉」。

我對當前不少詩作者（當然包括臉書群組的成員）語言的貧乏，文法不通，胡言亂語，深感憂慮。我瞭解憑個人的力量，做不了甚麼。散文要求把一句話講清楚，出色的散文要求把一句話講得巧妙，詩要求除了要把一句話講得巧妙（那是修辭學的工夫），還要講得委婉、有歧義，三幾個句子綜合起來看，要有「言外之意」，折射一些甚麼，又暗示了一些甚麼，整體來看，詩營造出一種獨特風格魅力，一種境界。

對詩而言，散文那種直接了當的敘述有時反而累事，它不符「詩貴含蓄」的基本原則。詩的委婉、轉折，「欲說還休」是詩的德性。

文字組合成句子，本來就具有「表演性」，辭藻美可以是淡掃娥眉也可以是濃裝豔抹；文字節奏可疾可徐，這是語言在唱歌；文字組成的意象，無需與現實生活的各種景象比逼真，它的「本真」（authenticity）是心靈的也是精神的。文字的巧妙組合，可以讓整首詩或整篇文章，閃爍生輝，瑰麗奇妙，猶如佛陀所言，像一面「重重無盡，互相輝映的珠網」。

最近趙紹球搞「動詩」，不是動畫詩，而是動詩。我想到周夢蝶晚年的一首詩《絕前十行》：

> 春天緣著地下莖的脈搏孃孃上升
> 一直升到和自己一樣
> 不能再高的高處
> 嫣然一笑
> 就停在那裡

如果由趙紹球處理，他大概會用一些碎片或碎粒，把一株花疊起來，後面是春天萬物欣欣向榮的景象。花開出來的可能是一個小孩稚氣的笑容，可能不是，應該是一位美女的笑靨，襯以銀鈴似的笑聲。在座諸位可以想像那種「表現—表演性」（expression-performcity）嗎？

表演離不開動作，大踏步是大動作，碎步是小動作，舉手投足，莫非動作，詩人必須善用這些動作，來營造詩的張力與戲劇感。心理動作，涉及的層次較高，這兒只提不論。

表演性需要的舞臺（stage）或者「平臺」（platform）。也不一定要特別搭棚，語言的連續鋪陳蔓衍，自然而然就會構成「空間實在感」（spatial reality）。許多時候空間毋須明說，鄭愁予的〈邊界酒店〉的一行：「不要跨出去，一步即成鄉愁」的空間感是以詩中人物準備向前跨進一步，烘托出來的。酒店建在國與國之間的邊界，一步跨前，便走進另一國度，成了異鄉人。在舞臺上，一舉手一投足，都在演戲。鄭愁予導演詩中人物在舉足跨前的那一刻猶豫。不言張力，張力是內蘊的。

嘻笑怒罵可以是小動作，也可以是大動作，哭與笑是不大不小的動作，且看美國華裔詩人非馬的一首短詩〈微雨初晴〉：

頭一次驚見你哭
那麼豪爽的天空
竟也兒女情長

你一邊擦拭眼睛
一邊不好意思地笑著說
都是那片雲……

詩人把一場「雨降」轉喻為「哭泣」，明明寫景，出來的效果是寫情，把熟悉的雨「陌生化」（unfamiliarizd）。陌生化是一種戲劇技巧，深度閱讀可對照Bertolt Brecht的陌生化劇場理論。

洛夫的〈莫斯科廣場〉的動作大許多：「一位遊客高舉雙手／大聲說：我佔領了莫斯科廣場／照相機咔嚓一聲／他立刻被囚進了黑房」，空間是廣場，雙手高舉大聲自說自話，戲劇性十足，再配上咔嚓的照相機按快門的聲響，整個過程似一幕在臺上演出的啞劇。

（二）

隨手翻閱一部台灣詩選，我們來看看胡民祥的〈台灣製〉：

一道長城
分開流離與安居

按常理說，長城只能分隔兩個社群，比如說，漢人在長城以南，匈奴在長城之北。「流離」是「流離失所」或「流離顛沛」的簡約化；「安居」則是「安居樂業」的簡約化，修辭技巧用得險，能被讀者／學者／專家接受，靠的是聯想的擴充與串連。長城兩邊都是空間。

鄭月蕾的詩〈未及〉：「常常，夢裡有一片沙灘／灘上有數不盡的水紋／常常，我疑慮的分析這一片沙灘／／迷惘的上岸／我夢見你踏上燈船／我仰面而望／船卻飄然遠引／為一聲來不及的呼喚／我久久不想言談」詩的空間在夢境中展現，沙灘、水紋，走到岸上，另一人卻踏上燈船，來不及交換任何話語，船便開走了。詩裡的人物動作緩慢而感傷，一步一徘徊，這首詩如果用舞蹈表現，拿捏著人與物外在的聯系與內在的互動，獨舞，或是兩人一主一次的共舞應該相當動人。

像腦癱詩人余秀華的成名作〈穿過大半個中國去睡你〉，詩題本身已說出空間的大幅跨越。這首在二零一四年年杪在大陸爆紅的詩，其實寫的是男女之間的距離與空間：「其實，睡你和被你睡是差不多的，無非是兩具肉體碰撞的力，無非是用力催開的花朵」，我們對照一下的英譯：

Actually, sex is the same/on top or bottom.It's just/
the force of collision between two bodies,
the forcing open of a flower

二零一四年四月中旬，天狼星詩社的新成員陳浩源寫了一首〈搬家〉：「搬進去，原來的人搬出來／沒見過面，卻留下線索／窗簾一邊舊，一邊新／牆上掛著，沒撕完的月份牌／胭脂讓時間凝固／旗袍是當時的標誌／老虎窗邊／幾幅沒帶走的油畫／學生的寫生，卻成為那個年代的寫真／陽台旁邊，一張完整的蜘蛛網／徒勞的編織／空花盆吸引不到／蝴蝶今夏飛返停駐／／搬進去，搬不走／那個人的回憶」。

搬家是很多人都經歷過生活事故，前一個住戶甲搬走了，乙搬進來，沒搬走的是甲的記憶與他留下的痕跡。這首詩的題旨寫的是一種難以言喻的悵惘。屋裡環境的空間性，通過乙的眼睛的移動（拍攝機的鏡頭），從牆壁的月份牌，胭脂舊印，甲留下的油畫……然後空間隨著開麥拉拍攝到陽台去，然後zoom in到陽台一側的蛛網，還有那些空了的花盆。陳浩源就在這裡點題，甲甚麼都搬走了，搬不走的是「記憶」，這一下點題使乙的看似隨意瀏覽，多了許多咀嚼的餘地。鏡頭帶動空間的開展，逐步開展的空間洩露現象後面的意義，詩乃成。

詩的敘事從現實轉向虛擬，自然而然有一種空間感，這沒有什麼特別之處，重要的是從實到虛，或從虛到實，有沒有戲劇性，詩人有沒有能力營造出戲劇效果。我寫詩，經常在虛中有實、實中有虛游弋，虛實是生命的兩面，正如正負陰陽是每個人的內在的先天稟賦。我從一個城市跨到另一個城市，一句詩就交代清楚；我從一個朝代到另一朝代，讓想像蔓延，自己的神思就過了幾十年或幾百年，這都不難，最考驗自己的能力，這種時空跨越有無意義，有沒有戲劇張力凸現主題？

我這兒就以我的兩首詩為例，說明一下。〈五四看西洋拳賽〉：「五四那天，我甚麼都沒做／對著YouTube，細細端詳／兩位拳王，最迅猛嚴密／的攻防，力道不亞於當年胡適之／與梅光迪的長期論戰……」當年胡適提倡白話文學運動，留美同學梅光迪在《學衡》雜誌發表文章抨擊。把今日西洋拳的武鬥對照民初那場文爭，讓情節在檑臺上演出，戲劇張力即在其間。

我的另一首詩〈傍晚偶遇孫文〉，孫文是孫中山，很明顯的虛寫，孫中山與溫任平在印度餐廳喝茶是不可能的事。可孫中山來過馬來亞，檳城的《光華日報》還是他創辦的，基於這點，我的想像便能夠穿針引線，把時空綰接。整首詩是這樣的：

人在印度店。雨後黃昏
七點鐘。炒麵聲晃晃在響
孫文那年在檳城打銅街
吃亞三叻沙，莊裕榮
一間空殼公司
適宜裝口水與蠔煎，我與孫
共用過晚餐，他經常撿好的吃
他不是個能吃辣的傢伙
演講起來卻混身是火
他邀我參加他的同盟會
我邀他參加天狼星詩社
我們互相拱手婉拒

場面感人肺腑

他策劃了幾十場武裝革命
我策劃了幾十本詩集印行

我把搞笑的因素放進去：孫文撿好的來吃，偏偏他又不能吃辣，但不吃辣的孫先生演講卻十分火爆，我覺得這樣寫有「後現代」（postmodern）的意趣。寫到這個階段，我突然覺得自己可以「周星馳」一些，於是我加進了詩中的孫文邀我加入他的同盟會（推翻滿清？），與我邀請孫文加入天狼星詩社（從事詩創作）的「情節」。

由於兩人目標不同，彼此均無法接受對方的邀請，拱揖而退，而日後的結果是：孫中山策劃多次武裝革命，溫任平策劃了幾十本詩集的印行。這一方面是搞笑，說得倒也是實情。

只要搭一個印度咖啡店的道具棚，我就可以和另外一個人，那個扮演孫文的人，演出這幕楔子戲。

楊牧喜在詩裡寫風雪山神廟，從水滸到紅樓，從清初寫到民國，虛構的、歷史的、地理的跨度可以很大。剛才我提到的只是幾個例子。至於語言文字如何表達、表現、表演，接下來的三場演講應該闡述得更清楚。

2018年5月26日

70　幻想能量的集體井噴
——序《天狼星科幻詩選》

時間是你們地球人
對直線的迷戀……
Beginning， Middle and End

——陳浩源

(一)

天狼星詩社重現的過程，是以詩特輯的形式，在國內的四家華文日報：南洋商報、星洲日報、中國報、光華日報先後刊載社員的作品。在台灣，詩社也在《野薑花》、《乾坤》等詩刊發表詩作。這些都發生在二零一四年六月詩人節後的事。去年六月世界足球杯引起社員的注意，眾多社員把能量投進足球賽的抒寫。其實大家包括我自己在內都不會踢足球，靠想像，還有對足球運動的一些認識，不無搞笑的寫了一系列足球詩。這是寫詩與遊戲在網絡上的一次快樂的結合。

八月十日陳浩源寫了一首〈迷宮一走不出來〉，lybarinth與routine在我心室與腦腔裡迴響，八月二十七日戴大偉終於發出第一炮〈出發〉。戴大偉借一件太空衣為緣起：「把最敏銳最脆弱的觸鬚／伸進飛離太陽的衣櫃裡，撈尋／那曾披在你身上，我的太空衣

／沉睡在顛簸的記憶艙裡／強迫性忘了洗／忘了，擺脫地心吸力／真空了自己／大意的被空虛粒子電擊／／下一站，我會把回憶和回音／留給超音速去毀屍滅跡／／To All the crews of this unknown destiny／Kindly be ready for the journey of after-love… …」

戴大偉採取中英混雜雜的hybrid 策略書寫科幻詩（SF Poetry），食髓知味，在八月二十九一三十一日，三天寫了〈記憶體憶體〉、〈抵達達〉、〈相遇〉、〈迷途〉、〈Pandorium 深空失憶〉。大偉的這些詩掀起了詩社同儕把想像觸鬚伸向太空、科幻、科技神話領域的熱潮。他同時刺激了陳浩源體內最大條的那根神經，八月二十八到八月三十一日，他一口氣寫了四首太空詩，從〈外星人的回覆〉到〈L.I.S. Lost in Space〉，每日一詩；我在八月三十一三十一日寫成〈酉末：我在太空梭裡〉、〈子夜斷章〉與〈午時：身份質疑SOS〉，兩天三首詩。我把多位社友的名字寫進詩裡，我要利用網絡之便造成彼此的迅速互動，在動輒以光年計算的太空裡，我在詩題、詩末註明完成詩作的日期與準確時間，是以有涯逐無涯嗎？非也，我是讓micro與macro形成強烈的對比；我要為時間留下刻度，至少是一些些銘刻的痕跡。吳慶福也追了上來，在八月三十一日完成〈超越光年〉與〈聽說太空有愛戀〉，一天兩首詩。八月三十一日那天，詩社老臣李宗舜終於擺脫慣用的形式寫出了科幻的〈鞋子〉：

比超音速更快的氣旋
朝下急墜，千千萬萬裡
在大氣層尋找父親的遺體
帶著他未完成的夢
為他鋪蓋壽衣，誦經

我始終不捨，始終得離去

宗舜以民間傳統習俗的葬禮與太空科幻綰結；林秋月則以月亮神話揉合了科幻寫成了〈太空傳說〉。有追蹤臉書組別「天狼星方陣」的讀者，一定可以感受到詩社從二零一四年八月杪到翌年正月，詩社成員以酬答、調侃、應和……那種互動創作的熱烈與瘋狂。

（二）

天狼星詩社的科幻抒寫，可以追溯到一九八三年唸中六的程可欣的〈銀河車站〉：「有一列車要開行／星星湊成軌道／而你，是搭客／而我，是司機，駛向久久遠遠」沒有太空的專門術語，卻釋放了一個少女的無限遐思。那時還沒有網絡，〈銀河車站〉雖譜寫成校園民歌式的輕吟淺唱，卻沒能在詩社掀起科幻寫作熱。程可欣在三十一年前的科幻初探只是孤立的個案、某種另類書寫。二零一四年八月杪的科幻抒寫，由於題材本身允許高度的「任意性」（arbitrariness），大馬的人文環境似乎也鼓勵這種虛擬書寫，至於是否虛中有實，則見人見智。

二零一四年九月詩社成員參與太空、科幻詩創作的人數倍增。九月一日，一天之內就有五首科幻詩在天狼星的專用網絡不約而同出現：大偉的〈第七天〉、〈第六天半〉；浩源的〈哪怕有第三隻眼，也看不到我〉；秋月的〈飛翔〉與風客的〈E.T.的啟示〉。風客的E.T.一詩，綜攝釋道與科幻：「我乘坐太空梭慈航普渡號／來到E.T.故鄉／那年祂初訪地球／攜回最珍貴禮物：赤子之心／言語不用多，有心便靠近……／／巧遇一童顏鶴髮老者，名：李耳／踏著雲步，趨前告誡：／人類速戒貪婪，否則萬劫不復／斐濟馬爾他威尼斯不出百年被水淹沒／臨走拋下一句：上善若水，厚德載物／……／回返地球，恍如隔世／今後遵循教誨，謙卑如蟻／低頭做人」，相當出色。戴大偉的〈重回太初〉，音色恬美，其中旨趣引人遐想：

如果每一滴雨水都發亮
會否如星空般燦爛
彗星雨流過
突然想為你撐傘
以為多年來會習慣
一個人駕太空船
習慣宇宙的遼闊
習慣急凍機的寒……
眾多瑣事，必須重新擔當
一如，愛情
一如死亡

把釋道或中西方神話、民間傳說與武俠傳奇（嫦娥奔月、夸父追日，亞當夏娃、普羅米修斯、許仙與與法海、令狐沖與任盈盈……）羼入太空科幻詩：銀河與奈何橋，是創作的挑戰，也是創作冒險。至於科幻詩把柏拉圖、德里達（Jacque Derrida）祭出來，初生之犢的陳浩源顯然不怕虎。吳慶福的〈網羅江湖〉卻專注於一事，企圖把IT的術語、有關網絡公司、用具名稱一網包羅：「光纖網絡遠超光的速度／剎那冷光如劍／時空穿梭到李白窗前／透過視窗搜狐／窗外一輪明月光／一頭雅虎凜凜／盤踞於山谷歌頌勝利／

滾滾長江一貫新浪推挪著前浪／風聲蕭蕭流言蜚蜚／滑鼠輕功不敵滑指點穴／維基已守不住瓶口／頻頻洩密」。

詩社成員瞭解到科幻與神話綜合的優勢，攻關者眾，熔鑄出來的作品各有特色，這方面的討論，不適合序言的體制，留給讀者／學者自己去鑒別、判斷吧。九月的科幻產量是三十一首，溫任平、陳浩源、戴大偉都寫了六首，吳慶福四首，可謂豐收。周偉祺、鄭月蕾、潛默、林秋月在九月各自寫了兩首詩。甫加入詩社一個月左右的早夭詩人周偉祺初露鋒芒，寫出了〈InterConsciousness Net〉似乎在預告他離世後與詩社的師兄、師姐的溝通方式：在未來的意識聯網上與詩社社員心靈溝通，保持精神上的聯繫。同樣在九月初試啼聲的鄭月蕾，她以散文漫步的姿態，演出一幕戲劇：一個光纖老人，帶著一個可愛的小孩，沿著時光長廊步行，一邊聽長廊裡的工程師分析奈米作業、情緒管理、資源分析、科技發展與人類未來，整個敘述近乎鏡頭的慢動作推移：

我繼續沿著長廊走
彼此忽視了時間和空間轉變
老人和小孩走上時光舞臺
小孩轉身一鞠躬：
「はじめまして。私わ纖維先生のdocomoです。どうぞ　よろしく。」
掌聲四起

噢，原來那個循規蹈矩的小孩是個機械人，這個高潮是月蕾刻意營造的。科幻書寫（SF discousre）從不無搞笑、玩噱頭意味的外太空「西遊記」，遽而進入讓帶著靜靜的殺機的「後人類」

（posthuman）登上舞臺、走上講台。機械小孩言談舉止合度，反映它有良好的教養，正確的說，是人工智慧的高度進化；當機械人比一般人類更聰明乖巧，人類面臨的可能不是福祉而是災難。周偉祺在十二月寫成的〈我的女性特別助理：Poeticia〉，Poeticia是個機械人，而且還是個全息機械人，她能替偉祺每日寫二十多首詩，可她也會妒忌偉祺與女同事的交往……萬一偉祺悖逆她的強烈意志，她會倒戈對偉祺不利嗎？當然會。那時偉祺將難以遁逃於十方天地。後人類可能面對的機械人違令甚至背叛，只是時間的問題，只等科技偶一疏忽發生故障。

進入十月，十月是周偉祺與陳浩源的楚漢天下。偉祺充份利用他對IT的認識，發揮他的科幻想像，發表詩作九首；浩源踵事增華，在網上貼了三首太空詩與一首甚具顛覆性的科幻「白蛇傳」。這個月見證了周偉祺的科幻抒寫的天賦與能耐。十月二日，偉祺若無其事的寫下：「大爆炸並不美麗／完美主義的霍金／好相信浪漫的／萬有理論」，十月十日他終於落筆寫下了科玄的深邃問題：

> 全息的宇宙是一切的可能／我們總是不知所以／不知所措的面對　存在的究竟／sophisticated／搞不清楚／就叫混沌／就說：complicated／上帝的粒子在夢幻的跳躍／極速是唯一的定律／造就了色空不異／自由意識和靈體／是上帝分身／體驗有無　決定粒子的舞姿／排列時空連續的幻像／入戲太深
> 　不如抽身／與上帝並座並坐　啃一包花生

全息宇宙是holographic universe，極速是Infinite speed，以「與上帝並坐　啃一包花生」來沖淡詩的內容，包括色空不異的佛學辯證，驚動了慎密的讀者如我者，我斷定周偉祺是科幻詩的天才，並在詩社內部活動中強力的推薦他、highlight他。偉祺體弱寡言，詩社成員留意到這個奇才的只有三數子。偉祺企圖放鬆自己（我在短訊裡故意批評他的詩「不帶感情」），寫了輕盈可喜之作〈雨為甚麼ing……〉：

雨在為誰代工
她在ing了誰的哭泣
或是
只為了淋一株花
讓某個園丁暗暗歡喜
雨應該是雲捎來的消息
或許妳不是無聲息
只是手機沒有了3G
雨只是
Wifi了這大地

可他很快的就回到平行宇宙這類科玄懸疑，對了，偉祺這方面的析論，還是等到為他的遺著寫序時才進一步討論吧（偉祺慟於二零一五年三月三日清晨七時因心臟衰竭無法呼吸猝逝，享年四十五歲）。十一月科幻詩進入沉潛期，仍由偉祺與浩源共享風騷，共得詩五首。十二月是科幻的月份，除了偉琪以篇幅領先（六首），其他還有四人：浩源、潛默、慶福與我參與（七首），十二月共得詩十三首。吳慶福的〈我從潘朵拉星球回來〉：

「對不起／由於調頻不佳又遇上太陽風暴／無法接收求救的訊號／對不起／我剛從潘朵拉星球回來／航線偏離軌道／軌道偏離人道／回程處處遇上／罕見的風暴／據說九龍已佔據整個香江／廣場

與跑道點燃燎原的星火／……」軌道偏離人道，是借題發揮。太空之旅的虛寫，竟與香港佔中的真實事件扯上微妙的關係。詩齡不足一載的吳慶福，看來懂得用詩對現實作出隱批判。虛中有實，實中有虛，看來也不是太玄、太難的事。張樹林在三月科幻詩截稿前，寫了多啦A夢，以法寶「任意門」穿越時空，回到過去走向未來：「……打開一扇門／我看見滿城的百姓圍堵街頭／如烈火熊熊延燒城市／以伸張正義當柴燒／火勢從這條街燒到那條街／他們喊著：烈火莫熄！／／打開一扇門／我看見一列來自太空的快車／載滿我的親人朋友／他們被強暴的推入車廂／兩手空空，沒有一件行李／他們即將遠行，不知起點不知終點……」同樣是虛中的實，虛實交替的抒發，「烈火莫熄」的實境很自然的嵌入科幻詩的虛擬結構裡。

二零一五年正月，偉琪精神體力日衰，沒有詩作，反而是李宗舜一口氣提供了四首詩。正月還有浩源、潛默與我本人參與。宗舜的〈星空蓮座〉寫得有趣：

遙遠的蓮座散開
星空下
夜景如天梯
呼喚著飛行物體
機艙內一個戴著頭盔的
外來客，向我乞討一杯水
我微笑，送他一壺白咖啡

詩末諧趣，把目睹飛碟的恐懼與太空探險的詭異消弭於無形。外星人也許（只是也許）可與人類和諧相處。我猜想宗舜無意為可能戕傷腎氣的白咖啡嵌入廣告之意。潛默一貫的拘謹，甚少把一首詩分成多個詩節（stanzas），他在二零一五年正月寫的〈聯網自動車〉、〈源代碼〉與他早前的作品一樣，他與偉祺都是做過research，把握了相關知識：平行宇宙、極速、MPX（火星植物試驗）、源代碼（source code）、AR技術……才寫成的詩。潛默志在千里，重謀篇而不謀句。且看他的〈星際探險〉末節，即可知梗概：

而奧德賽加速啟動
星際探戈
開發紅色訊號移民計劃
MPX導向
二億年前的微生物樂園
只為尋找，一顆
種子的萌芽

從去年的八月杪孜孜不倦於科幻，而且為自己殺出一條血路來的陳浩源（想想看中台新馬有多少人在寫新詩，從上個世紀60年代到今天，現代詩屢經奇變，新崛起的詩人如果仍在耍程咬金的三十六套板斧如何有機會冒出頭來？）。從去年的八月杪到二零一五年正月，足足半年，他都在太空科幻、科學科技領域大展拳腳。他在正月八日寫了一首頗為「倨傲」的詩：〈不想再跟64位元的講話〉：

「不想再跟你說話了，你只有64位元／在256的世界，你算哪根蔥？／從暗戀校花的年紀到現在／高中以後的記憶，就停在那兒……／額～對／還有街邊遊戲機，快打旋風的昇龍拳／HURRICANE!／／

> 不想再對你傾訴了，你只有64位元／別再假裝喜歡陪我吃豬血糕／在運算3D，卡卡的年代／我剩下的插槽，請用高級一點的型號／我知道，在散熱風扇後面／還有熬夜打Game的宅男／不想再跟你談戀愛了，你這個64位元／「浩戀」以為自己很讚／其實，我打到第八關的時候已經完蛋！／抱歉，我只是記憶體的第三段／對生活的假裝，我最在行／ASDF的鍵盤／和打字機是不是同一個／命盤？」

詩的內容看似倨傲，實際上卻是在自我批判，自我調侃。類似這種開玩笑、戲謔（謔而不虐）、誇張、荒誕的後現代筆觸在這部科幻詩選裡以不同方式浮現，各擅勝場。

（三）

二月份科幻創作相對沉寂，可能由於農曆新年到來大家都忙的原故，整個月只有五首科幻：露凡的〈想家的太空貓〉、潛默的〈迷魂陣〉與〈Big Hero 6〉，吳慶福的〈太空詩人〉與陳鐘銘在二月二十八日寫成的〈星際交通事件〉，這是一首別開生面的科幻詩：「原想趕一個星系會議／我以光的速度／一路和時間競逐／以無涯逐無涯／／一片人造衛星的殘骸／讓我偏離正軌，高速撞向地球／我的太空梭在高溫下／燃燒成鋒芒畢露的長虹／／穿越團團白白的雲霧／寶馬迎面而來／鋼輪轉成一圈銀亮／亮成邊界的站牌／來不及回首／它已然絕塵而去／來不及回眸／我繼續風馳電掣」，最後兩節，寫得不那麼科幻，卻相當風趣：

> 我的顛簸戛然而止

艙門打開，來不及看清楚
腳一滑，滾進團團白白裡
沒有飛墜只有踏實的仰臥
只有暖洋洋的太陽
只有懶洋洋的大羊

我來不及回頭
一頭栽入2015

鐘銘生肖屬羊，二零一五又是乙未羊年，「懶洋洋的大羊」乃有「歧義」（pluralsignation）。科幻詩選的截稿時期是二零一五年三月六日（洪錦坤因故申請延後交稿五天），鐘銘在午夜前截稿的三首詩，就缺乏〈星際交通事件〉的從容悠閒。三月六日的〈星際峯會〉的構思甚佳，起始的一段「所有星系代表都出發了／首屆星際峯會即將開始／關於科技創新與創意的探討／關於星球能源的偵測與開發／關於星際爭霸與能源掠奪的隱性關係……」有一種大氣，可惜趕稿迫切，無法細細斟酌、發展經營成為傑作。

三月雖然只有一周的工作天，社友火力全開，竟然趕出四十二首詩，比熱鬧的去年九月還多出十篇作品，難得的是，急就章仍不乏佳作。洪錦坤寫霧霾：「PM2.5的曝光率，不再是地球的機密／是空氣中的懸浮顆粒／是地球人類高度恐懼的vocabulary／傳聞長期吸入這百種化學物質，氣管或肺將遭到衝擊／不明原因或死因的診斷書，創造GDP上升的經濟／互聯網網路高科技，隱藏著致命的殺傷力／人類明的各種空氣淨化器／可能無濟於事」，這是生態詩，牽涉到生態科技也反映了人們的焦慮。

對謝川成而言，太空探索的領悟是「太空不空」：「掃帚星橫空劃過的燦爛一閃／生命的真諦／瞬間頓悟，原來／太空不空」。陳明順的全息狂想，不似周偉祺的奧秘，他焦急的是「回轉時間一千次，瀏覽空間一萬回／始終找不著女友的情緒動向」，personal and romantic。陳明順的〈茶想〉，乍讀還以為出自現職茶商的洪錦坤之手筆，九十巴仙的茶，十巴仙的科幻。雷似癡卻乾脆把學佛修行，視為太空旅行。寫序至此不禁莞爾。

數十年來露凡都寫散文，去年六月初以半個月時間熬出《詩作精選》八首，還沒真個熱身，這趟又得改變她對花草樹木的偏嗜轉向太空科技，挑戰之大，如長白山飛渡喜馬拉雅山。她的科幻帶點童稚意趣：「不想原地踏步／我要乘坐飛碟越飛越高／直到一波又一波鼎沸的人聲消失／只聽見自己的心跳／在最高的地方回頭下望，釐清／山為什麼那麼綠／海為什麼那麼碧／天為什麼那麼藍／人心卻有各種蹊蹺色彩／深淺難測」，結語仍是童話般的：「我想乘坐飛碟兜兜風／天天戴上透明頭罩／等待瑩碧金亮的飛碟／停泊家門」，充滿好奇與稚氣。露凡的詩使我聯想到汪耀楣筆下「零下150度的月亮」，與她的〈追星〉末節三行的輕盈可喜：

> 二零六二年之前
> 她的名字，肯定不是哈雷
> 長尾巴上沾滿了白色飛絮

那種對於飛碟、幽浮的「嚮往」與企盼，風客寫得好：「你是我童年的未圓／夢裡，向我，徐徐，飛來／似家鄉向晚／陸續登場的螢火蟲／引領失路的遊子」。藍啟元以近乎驅魔的場景與祭典（ritualualistic）寫出〈見証幽浮〉：

鑼鼓喧天
夾雜雄渾吆喝聲
大紅花轎搖晃著逐　漸　遠　去
最後只看見一個黑點
停在星際

相對於汪耀楣、風客、露凡，藍啟元的幽浮詩似乎多了不少咀嚼的餘地。

（四）

科幻、科技、太空、手機、黑洞、蟲洞、3D列印、機械人、源代碼、全息論、AR技術、MPX……詩人擷用它們，是為了古人所謂「借物起興」，多些喻依（vehicles）作為憑藉，以便天馬行空發揮想像，「上窮碧落下黃泉」，可惜詩社同儕沒一個試寫「地下人」。

在詩的抒寫策略上，無論任何詩選，最忌抓狂的詩、躁狂的詩、張口見喉的詩、傷他悶透的詩。詩貴含蓄，戴望舒很早便指出「詩囁嚅其言，欲言又止」（大意如此），惟其吞吞吐吐，欲辯已忘言，懸疑與持續的懸念才會讓詩變得神秘，耐人尋味。林秋月於三月一日寫：〈2015・阿凡達〉，頗能恣縱想像：

不再嚮往兒時玩具
默默乘上3D至4D飛碟
飛翔，馳騁，尋覓
夢寐2015年藍色潘朵拉

冰凍的海雲凝結流星
哪怕有毒的大氣令人化成永遠的黑夜
我渴望與阿凡達繼續抗戰無數外星人
解救地球即將毀滅
未來，2015以後
阿凡達在我的口袋內孵蛋

老實說，在反復推敲十九位作者（我不便評論自己）的科技、科幻的各類宇宙書寫，來到序文之末，我反而鍾意（粵語）不那麼嚴肅的科幻，令我忍悛不住、令我掩嘴竊笑的詩思或詩行：「阿凡達在我的口袋內孵蛋」，很合我的文學胃口。我在文學的領域，一路走來，趨新騖異，讀到程可欣在輟筆三十二年後、截稿前夜寫成的〈伺服器的苦戀〉：

那天網絡特別緩慢
不明來歷的短信
攻陷全城，它說
我愛你，我愛你，我愛你，我愛你
技術人員努力追查
發現一架伺服器
深深愛上了
寫程式那個女生

伺服器（server）拒絕被制服，變成了有感情、懂得情愛的機械（人），相當令人震撼的安排——應該說假想。鄭月蕾於三月六日寫成〈her——他的生活〉：

近乎一幅寧靜的畫面
他和她，兩個人的對話
動作近乎靜態
她和他，靜音模式
有時靠心靈，還有
高清語音
相通。相看
只靠一幅畫面
12吋Retina熒幕
解像度清晰穩定
最好

her是二零一三年的一部著名電影，贏得包括奧斯卡獎在內的九十三個大獎，廣為學界文化界討論。一名宅男Theodore與他買回來的電腦系統互相愛上。那個具有迷人嗓音的電腦系統名叫Samantha，能代主人迅速處理電訊，大小事務整理得有條不紊。Samantha的智慧極高，學習能力強，她從Theodore的來往電郵瞭解到她侍候的主人的性情。他信任她，她替他解決日常生活的大小難題。終於，他們彼此愛上了。人與電腦系統建立起友誼，而且也建立了情愛。可欣的server（她可以替它取個名字）與Samantha面對的同是：人與機械戀愛的激情與風險。

可欣的server兇悍勇決，「攻陷全城」，直言不諱「我愛你」。從詩學的角度來看，月蕾的靜態繪像，兩者的頻率（frequency）快慢有別。面對她們的詩，猛然衝上腦門的是：葉維廉引用瘂弦的詩寫的論文〈激流怎樣為倒影造像？〉。兩人都用上「弔詭美學」

（paraaesthetics），寫人與機械的曖昧關係。可欣的詩強烈反映機械／系統的吞噬性，月蕾抒寫的是她與他的科學秩序與默契，人與機器都面對著電視畫面。她們寫的都是科技詩，可節奏不同，它們形成的內心「敲擊」（percussion）也各異。

可欣、月蕾處理的是機械人與「後人類」（posthuman）的問題。機械人——可以是一個不起眼的機器，一個有磁性嗓音的電腦程式——這些都是新題材，提供的想像場域廣袤無垠，與宇宙太空等寬。前面提到偉祺的Poeticia與史碧克（Spike Jones）導演的her十分相似，都是高智慧能自我成長的機械人（電腦程式），後人類開罪不起的半人類。吳慶福的〈聽說太空有愛戀〉，詩裡那個「虎視眈眈」而又能把女主角發出去的信號「攔截」、「吞噬」的，肯定是智慧型機械人（humanoid robot）。洪錦坤的螞蟻股民雄兵，其數量之巨，類似swarm robotics；可以控制血液狀態與溫度，更像是醫學用的奈米機械人（nanorobotics）。陳浩源的「L.I.S. lost in Space」一詩，那個可以替「你」作靜脈注射的是「仿真機械人」，不是一般的機械人，而是模擬的simulacra。上述題材會過火嗎？會太過天馬行空嗎？當然不會。詩人的科幻想像與今日的科技時代、與即將到來的機械人時代正緊密相扣，詩人是憂心忡忡的社會預言家。

後人類的處境會如何？後人類如何生存？面對體內（從皮膚底下、耳朵後側、腦袋的不同區域設置了具備特別功能的晶片）的半人半機械，後人類如何對應？後人類的政經文教抑至道德倫理都必然受到半人類的巨大衝擊。這課題在上個世紀六十一七十年代，台灣方面只有越南經商返台的詩人吳望堯略有觸及，八十年代迄今出色的科幻詩人依序應該是陳克華、林燿德與林群盛。《草根詩刊》第45期（復刊第四期）曾組稿推出「科幻詩專題一走向未來的景深」，展示八位詩人的八首科幻詩，表現有欠標青。爾後新世代印行的《八度空間》、《地平線》也有刊登科幻詩，可惜科幻的含金量薄弱。大陸爭論的焦點似乎在口語詩與學院詩。兩岸迄今未出版過科幻詩選是一個事實。

（五）

結束本文之前，我應該交代一下這部詩選的體制：由於偉祺猝逝，我們都希望能留下他寫得最好的二十首太空、科幻、科技、智慧手詩。我於是決定把收入這部選集的個人上限定在二十首。陳浩源總共寫了二十五首，他汰除五首自選了二十首。在這部科幻詩選，周陳二人佔的篇幅最多，戴大偉十三首，溫任平十二首，潛默、吳慶福各八首。

科幻詩選的下限是三首，換言之，社友交上來的作品不能少過三首。一九七四年我編《大馬詩選》，賴瑞和的部分只收入兩首詩。三首是一個折衷的數目。詩選的作品，也有些是套用一些科學詞語寫成的太空科幻詩，份量較輕，缺乏對巨變將至、秩序崩壞的未來世界的思考與危機意識，身為這部詩選總編輯的我，不無遺憾。

我們讀過張系國、張曉風、衛斯裡的科幻小說，坊間也有科幻小說選，大陸台灣新馬汶也有詩人創作過科幻（楊澤、林燿德、陳克華），可就是沒有人編纂出版過科幻詩選。科幻創作最能測量作者的幻想能量，詩人被迫在極限處境用各種平時不用的意象、符號寫作，把不可能變成可能，力量直透讀者的神經末梢。詭奇怪異並非天狼星同儕的寫作標的，把我們的觸角伸出大千世界才是我們的企圖。是為序。

2015年03月26日

71　你要記得你愛過
——序戴大偉詩集《生命睡著的地方》

詩人戴大偉（David Tai）於八月十一日週四晚上九點四十五分蒙主寵召，離開了人間。他加入天狼星詩社一年半，由於他為人謙和友善，詩風飄逸，我們都習慣稱他為「天使詩人」。他受英文教育，檳城理大出身的藥劑師。他中英詩都寫得很有味道，我是在網絡上與他聯系上的，他大約寫了一百五十首漢語詩。最近電傳給我八輯八十五首他喜歡的作品，連書的封面與內頁插圖都上了網公諸於世，出書的意願強烈。

他患癌症第四期末期，癌毒攻擊他的的肺部、腎臟、血液、淋巴腺，他動過多次手術，割掉一個腎，去掉另一個腎內裡的腎石與膽的大小石頭。他做過電療、化療，頭髮掉光，從肺癌變成血癌，又變成淋巴癌，得去臺北動手術。回來精神稍好，他還在WhatsApp上面興奮的告訴我，他得一個基金之助邀得義大利頂尖的癌症名醫為他做「冷凍手術」（cryso-sergery），在零下九百八十度殺死癌細胞。

端午節詩社在金馬崙大聚，他的氣色看來還好。七月九日他突然來訊說準備出版詩集，並電傳了八輯八十五首精選作品並邀我寫序，五天後他因擔心我寫序費時，突然改變主意說或許序文暫擱下，讓詩集出了再說。我聽了有不祥的預感。我搖電話給他，他語帶驚訝的告訴我，癌細胞竟然佔據他的盆骨，得再做化療。

他的詩很早就看出許多不祥的徵兆，他的病與傷痛在一年前（二零一四年八月八日）寫的〈遺書〉三節流露無遺：

「你的名字，在遺書第一頁／第三行，第十四個字／我心臟左室／卡在猶豫的心瓣上／大動脈的出口／留給四行眼淚，共同的缺口」這「沒有房子和現款／沒有枷鎖和遺憾／就一幅仰天的快樂鳥／像你潛意識偏愛別過頭，／如深夜。門前。林裡的貓頭鷹／對我眨也不眨的雙眸……／刺鳥的溫柔……」

「請別記得我的壞／也別記得我的好／就記得這幅昨天，美美的／一個廝守的穴口／在我走後，請你轉回頭……」

戴大偉罹患癌症三年，但他為人樂觀，還在泰國領養孩子讓他們能繼續唸書，他還協助泰南的小販脫貧。他確實愛過，不斷付出，也曾因愛而受傷，對他「活著是一種美麗的死亡」。他在〈你要記得你愛過〉是這樣寫的：

「你用藥丸把深夜的密室打開／偷窺地庫底下，海洋累積起來的光／假裝的笑靨應門走出／在耳根嚼檳榔／腳跟向天花板要了碗謊言／沒有了美人魚的淚／活著是一種美麗的死亡」

「你用原諒把身體洗得像光環／在桌上留下唱歌的泡沫／容易愛的人容易愛上喝酒的貓／沒有了腥味／魚會乾淨得像芥末的嗆」

「你把退化的翅膀打開
一些殘餘的愛鐺鐺散落一地」

我有意在國內推廣「後現代詩」，用技巧與寫作策略掉回來改變詩的題材與表現方式。二零一四年杪與他談起我的「宏圖大計」，他當天就以她的母親為題材（他事親甚孝，傍晚趕回家與老媽吃飯），寫了一直令我瞠目結舌的詩〈母親的特技〉：

她已學會一種絕技
散發每一縷花香
卻隱藏花謝的聲音
等到夜也累了，關上所有眼睛
她才把紅腫的眼珠
挖出來

戴大偉個天生的抒情詩人，可能由於他的樂觀豁達，他落筆很放，他為情傷，但下筆敦厚。女友為他的絕症離去，他寫了：「倒退，時速一百公里／割愛的速度vs.放下的風度／前方還有好長一段路／發現口袋有張折皺，卻完整的地圖／你忘了還我故居的鑰匙……」

悲情內斂，讀來平常，細嚼苦澀。天狼星詩社的社友露凡，她是中學的退休副校長，最喜歡大偉的詩。他的新抒情格調，百讀不厭：「是你帶來了雨，還是／雨傘帶來了你？／思念的河，自天上／把你澆成一朵荷／微微開在我門前／你撐著一把濕漉的從前／牽著詩人的藕斷絲連／忘了後跟的爛泥，拖著一地喊痛的記憶」。

他的〈那一天，你來看我和我（們）的新房子〉，最末兩節抒情優雅，不慍不火，慢讀細品才能代入那種心靈苦境：

雨未停你就要離開
我滿嘴的叮嚀　你歉意滿腮
我們註定是對方的行李
（島與島之間的對望
一滴小淚光
分隔成我們的太平洋）
「帶著吧，還有雨！」
暗想自己永遠是傘下另一個身影……

雨停了，飛機飛過我屋頂
喝下你餘下的flat white
明天起我會刻意老得雲淡風輕

大偉受的是英文教育，他的英文造詣，我隨手引錄他在一個多月前寫的四行短詩Sweet Tooth可見：「As childhood decays/Drilling starts/The dentist extracts his last one/And numb him with her breasts」，聯想獨特，內蘊深義。

最末一行把「雲淡風輕」這句成語變成形容片語，變得那麼自然、妥貼，令我拍案叫絕。我馬上寫了篇評論，請南洋文藝的張永修刊載。永修兄是個識貨的人，他迅速前去檳城與大偉會面，並為他做了一個有照片的精美詩特輯。

大偉還寫了一首連社員都忽略、但卻十分耐讀的詩〈Good Bye My Captain〉：

親愛的越南先生，早安
聽說今天你賴床
猜是昨晚山洞的集會
詩刺穿你的大肺
我年少的心臟
Peter Pan繞著海盜船
學一隻打鼾的大笨象
敲宿舍樓，對月的窗
一群孩子緊跟著O隊長，我的隊長
聞著你笑的香
從此崇信了翅膀，飛翔
種了鬱金香，一山又一山
說要帶到白色的病房
給床下的病人，床上的夢想
要喚醒沉睡了千年的彩虹
在你眼線下彎成的月牙船
一朵　兩朵　千朵肥皂泡泡
怒放成會笑的花瓣
每片都承載陽光……

Dr. Malcolm，你在天堂住幾號房？

詩有童趣，有卡通感，連小飛俠彼德潘都出現了。詩到結尾，讀者才驚詫的發現Dr. Malcom早已逝世。大偉四十五歲離世之前，留下一些字跡給我，全是密碼，我還無法解讀。他清醒的時候，在詩裡倒交代得清楚：〈你走後的下午〉：「路過巷口商店購了把傘

／天黑暗的午後／驟雨在我的胸膛／你已不在／買來徒然／只想撐一個週末下午／撐起勇敢，像荷葉般／想為它找些雨滴／為影子找回自己」

大偉是檳城人，他的詩集會出版，這事一下子急不來。律師剛告訴我這涉及死者的版權，死者親屬的授權，一切得按程式進行。

2015年・年杪

72 創傷經驗：從流放到流亡
——序羅華炎《高行健小說裡的流亡聲音》

羅華炎是語法專家，已編著出版《現代漢語語法》，他目前與潛默等人正在忙著把《紅樓夢》翻譯成國文（馬來文）。這是一項十分龐大的翻譯工程。《紅樓夢》如果中譯巫成功，整個馬來社群（馬來西亞的兩千萬馬來人與鄰國人口二億五千萬的印尼人）將受惠無窮。跨語際翻譯呈現另一種現代性，受惠的是廣義的語言文化，這是我的看法。美國柏克萊加州大學比較文學系劉禾教授有更具體的說明：主方語言（host language）被譯成客方語言（guest language）的歷史，其實就是新詞語、新概念、新思想以致於新文化生產的歷史。當年劉若愚教授只談「語言之間」（interlingual），我們領會後之學者確乎可以超越前賢。當然，這些都是題外話。

就在這時間岔口，羅華炎要我為他的博士論文《高行健小說裡的流亡聲音》寫序。三月迄今，我正面對心靈與身體的煎熬，心情複雜，手上的書不多，參考的資料有限。這種逆境有點像一九七二年我被調去彭亨州直涼埠華僑中學當副校長，那年我手上緊緊抓住的只有十餘冊由香港文藝書屋印行的《純文學》月刊（港臺兩地發售），但那也是我前半生現代主義覺醒，創作萌長茁壯得最快速與充滿騷動能量的一年。

二零零二年的諾貝爾經濟獎得主丹尼・卡內曼（Daniel Kahneman）是位心理學家，他提出面對／處理自我的三個程式：一是活在當下的自己（experiencing self），二是記憶自己，三是敘述自己。而高行健是通過「記憶自己」（remembering self），進而「敘述自己」（narrating self），用他自己的經歷反映同時代中國知識份子、作家、藝術家與整個國家在文革時期驚心動魄的災難。他的《靈山》與《一個人的聖經》雖然不是嚴格意義的「見證文學」，卻是迂迴側擊的「抗議文學」。

回想在七十年代中期，我眼看著當時天狼星詩社的中堅份子溫瑞安、方娥真、李宗舜、周清嘯、廖雁平……醞釀著準備赴台深造，「流放」的態勢已成，「自我放逐」甚至成為詩社內部日愈澎湃的暗流，連較年輕的張樹林、殷建波也佈署著要走。其實我也想赴台，就此事我曾與柔佛新山的老友賴瑞和（他目前在新竹清華大學教唐史），不止一次在書信往返中透露過心跡。寫到這兒，敏感的讀者可能已發覺「流放」「自我放逐」，與羅華炎提的「流亡」語義有別，它們指的是不同層次痛楚的創傷經驗。「流亡」其實是「逃難」，它把流放、放逐的意思都統攝在裡頭。

就在那時，我寫成了三十四行的〈流放是一種傷〉，流露了我對「流放」欲拒還迎的情緒。我最終選擇留在馬來西亞有兩個原因：一、我已成家，二、我放不下這裡的天狼星。一九七五年杪瑞安、娥真、宗舜、建波一干人走了之後，樹林選擇留下來與我並肩作戰。個人心情的苦悶，除了樹林，先後住在我家書房的徐若雲（安哥爵）、洪錦坤、陳川興、謝川成等四位詩社成員無不知曉。一九七八年，我選擇在馬來西亞國慶日（八月卅一日日）在台出版印行詩集《流放是一傷》，書裡的詩用上了不少飄泊意象，以及與飄泊流放有關的明暗喻。謝川成先後寫成了兩篇論文：〈論溫任平詩中的屈原情意結〉，與〈現代屈原的悲劇：溫任平詩中的航行意象與流放意識〉。可以那麼說，流放意識肇始於「認同危機」（identity crisis），這危機源自文化認同的轉移，六十到八十年代的我，覺得那時台灣所代表的中國文化可以滿足我的文化鄉愁，這種鄉愁的心理創傷還沒升溫成「民族一國家」的認同糾結。至於溫瑞安、方娥真赴台之後，擁抱台灣的文化實體，「回歸」到主流去，那是他們的認同抉擇。

我無意比附諾貝爾文學獎得主高行健，高行健與我的共同點是，我們都曾長時期在自己的國土流放。他的處境遠比我危殆，他不僅面對心靈的流放同時遭逢肉體的流亡，不僅是精神的放逐，也是地理上真實的遷徙。這些年來，馬來西亞歷屆政府可謂相對開明、民主，能接受一些抗議與逆耳之聲。詩用的是暗示、象徵手法，政府也就一隻眼開一隻眼閉。既使如此，〈流放是一種傷〉雖然得到華文國中新教材重訂委員會的推薦，呈上教育部仍給駁回。

這首詩不見用於朝，卻見用於野。獨立中學華文課本以它為教材。拉曼大學中文系的學生曾以詩劇方式表演過這首詩。已故音樂家陳徽崇老師，於一九八零年把它譜寫成曲。在半島之南的柔佛柔佛新山，百囀合唱團與寬柔中學合唱團，曾在不同場合，以眾聲喧譁的藝術歌曲方式，演唱過這首詩，並錄製成卡帶以便傳播。

在八十年代初到八十年代中葉，高行健可沒我那麼「幸運」。瑞安一組人於一九七六年另立神州社所造成的挫傷，到了一九八零年天狼星可說已完全恢復元氣。一九八零年我與藍啟元、謝川成聯手編輯《憤怒的回顧——馬華現代文學廿一週年回顧專號》，除刊載現代主義論述外，還訪問了國內十位作家／學者。一九八二年，我以大馬文化協會語言文學組主任的身份，邀請台灣現代派詩人余光中來馬演講，場面轟動，間接為國內現代主義文學打氣。

反觀高行健，他於一九八二年出版《現代小說技巧初探》，竟飽受批判，新聞檢查機關認定他與西方文學同流合污。於此同時，高行健身體不適，被醫生誤判為患上肺癌。於是，他決定在當局逮捕他送去勞改之前（高行健的母親在反右傾運動送去勞改致死），離開北京自我放逐到四川的大熊貓保護區的原始森林，如是乎高行健流浪了半年。我們今日回看《現代小說的技巧初探》，高行健的那部書不涉政治，並無社會批判，他被當時的文化頭子賀敬之盯上，真的有點冤，這也反映鄧小平在一九七九年重掌政權之後，中國高層左右兩派傾軋，文藝政策時鬆時緊，一九八二到一九八五年是肅殺的文藝緊縮時期。

一九八二～八三年，我與樹林商討以「借殼上市」的方式把國內天狼星的班底貫注到大馬華人文化協會裡去。在總會我是語言文學組主任，在吡叻州分會，我是分會主席，張樹林是秘書長。一九八三年，文協吡叻州分會在邦咯島成功舉辦第一屆文學工作營；一九八四年，我們在怡保怡東大酒店主辦「第一屆全國現代文學會議」，邀請詩人、散文家、小說家各二十位參與對話。一九八四年由我擔任主編、馬崙編輯的《馬華當代文學選（小說）》出版，翌年（一九八五）由我擔任主編、張樹林編輯的《馬華當代文學選（散文）》相繼面世。一九八五年六月文協吡州分會在安順安碩佳酒店會議主辦文學研討會，邀得方娥真、傅承得、謝川成發表有關現代主義的專題演講。同年六月的詩人節，天狼星詩社出版了由潛默、張錦良、陳石川負責翻譯的中英巫三語詩集《多變的繆斯／The Muse：His many faces》。現代主義在馬華文壇風風火火，如烈燄燎原。一九八六年八月我個人出版了演講錄《文學・教育・文化》，這年開始，馬華文壇開始掀起第一波實驗意圖強烈的後現代主義風潮。

同時期的高行健的際遇窘迫。一九八三年大陸掀起所謂「反精神污染運動」，抨擊的對象正是高行健與他的戲劇《車站》，《車站》被批模仿貝克特（Samuel Beckett）的《等待果陀》。高的話劇《絕對信號》，引起現實主義與現代主義的論爭，在政治正確的大前提下，《絕對信號》被斥為現代主義的敗筆。一九八六年，高行健的《彼岸》禁演，形勢更是惡劣。從八十年代初便開始流亡生涯的高行健於一九八三年在山西插隊，耗了五年半時間，其間偷偷寫作，把稿本深埋地底，形勢逼人（妻子向當局告發），他終於把所有文稿，大約三十公斤重的各類文稿含淚付之一炬。這些年他在中國大陸大概走了一萬五千公里的路，穿越八個省，那是多孤獨、漫長的流亡之旅啊。

馬來西亞華裔作家面對的壓力，與中國迥然大異。大陸作家的作品，既使如何離經叛道，仍是大陸的智慧財，而馬華文學在馬來西亞只能算是「邊緣文學」。華人的人口僅佔我國總人口的四分之一，官方語言是馬來語文，只有用馬來文創作才有資格問鼎國家文學獎。所謂馬華文壇的實際情況只有星洲日報每週一期「文藝春秋」，加上南洋商報每週兩小版的「南洋文藝」。兩年一度的花蹤文學獎，近年來愈辦公式化，愈辦愈無精打采，這現象一方面是華社對這類文學獎普遍不關注，另一方面歷屆詩、散文、小說的主獎與優異獎得主，大多見好就收，或擱筆不寫，或「有空才寫」。馬華文學成了可有可無的文藝／人文活動。我們很難打破馬華文學的邊緣性，我們也沒有資源挑戰馬來文學這塊中心。

相較之下，中國大陸十分在意作家與知識份子的表現，留意作家對人民的影響。周揚、胡風掌控中共中央宣傳部期間對異議份子、對可疑份子的監督、打壓近乎殘暴，這就愈法顯出作家、文學家、評論家在共產中國的重要性，當局對這些「臭老九」是真的忌憚，因此不惜鼓動群眾批鬥，指示文化打手進行圍剿。

鄧拓、吳晗、熊十力、老舍、傅雷、田漢、楊朔、聞捷、陳夢家、趙樹理、儲安平、李廣田、馬連良……至少一百五十個文化精英在文革期間被迫害致死。錢鍾書楊絳被剃陰陽頭，遭人羞辱。沈從文與艾青在文革期間洗廁所，遭遇不算最壞，惟前者寫的《中國服裝史》，三十多萬字，被紅衛兵扣住，丟了，文革風潮平息後，沈先生重新蒐尋資料再寫，這是多麼可怕的人力犧牲與時間虛耗。高行健、老木、北島、楊煉、貝嶺、顧城、多多、張郎郎、蘇曉康、劉再復、趙毅衡、哈金、虹影、張棗、阿城等一大群的詩人作家藝術家知識份子在八十年代，尤其是六四事件發生之後，不得不流放他鄉，是不作無謂的犧牲。

羅華炎在他的博論裡提到「流亡」、「逃離」、「逃避」、「流放」、「放逐」、「逃難」，在第四章才提「漫遊」而且還是「精神漫遊」。高行健的精神漫遊可以說是他逃亡避難意想不到的收穫或心理補償。他沿著長江走，在流亡一萬五千里的過程裡歷經名山古蹟，他接觸到以吳楚文化為背景的羌族、苗族、彝族、侗族、土家族的神話、器物、節日、儀式、歌謠、舞蹈與生活方式。高行健的形體漫遊與精神超越同步。古老原始的長江沿岸的各種事物與地方素材成了《靈山》的內涵，無形中加強了《靈山》的文化縱深度，凸顯其「神聖性」（sacredness）與「中國性」（Chineseness），為崇拜沈從文湘西書寫的馬悅然教授所喜。

文學的邊緣性源自華文教育整體的弱化，這方面的細節我就不贅述了。「邊緣」（marginality）雖然沒有甚麼資源與條件挑戰中心，但卻不等於施碧娃（Gayatri C Spivak）所言：「從屬者不准發言」（the subalterns cannot speak），秉持這種挑戰意識的作家大可在精神上放逐自己，在作品裡建構烏托邦與神話。從一九七零～一九九零年我大抵依循這條寫作路線，經常把自己想像成當年徜徉於汨羅江畔的屈原，並以靈均的堅貞執著為精神信念。這些年來，我寫了多闋端午詩。我個人倡議「再漢化」（resinolization），走「策略性本質主義」（strategic essentialism）文化民族主義，深化自己文學知識，把興趣擴大到對中華文化的各學科去。你多認識一個漢字，你的漢族特徵便多加了一分；你去研究敦煌文化，故且不論你的研析之深淺，你的漢族特徵可能又多加了五分。

我大概在一九七七年，瑞安回歸「文學中國」的台灣不久，便開始緊跟王孝廉教授於中國的神話與傳說的論述。我也留意李永平在他的小說裡，以古僻漢字代替一般漢語的美學企圖。二零一六年六月四日在天狼星詩社的全年會員大會上，我致詞要求社員嘗試「把漢語陌生化，在當前的漢語裡注入新元素，改變其章法，讓它成為一種嶄新的語文。試驗漢語的可塑性，把漢語魅力發揮出來」（大意）。呼籲歸呼籲，不是每位天狼星詩社成員會跟著我那麼做，但只要有三幾位詩社同仁聽進去了，集腋成裘，效應仍然可觀。

我並沒有像高行健那樣，有機緣在神州大陸的八個省跑透透，瞭解《山海經》其實是古代的地理書。高行健與滇黔苗貍及粵西原住民的認識與交往，無形中擴大了小說家的視野，是vision與insight的那種視野，而不僅僅是一大堆怪石奇山峻嶺的堆砌。高的經歷是我有生之年做不到的。他走過的土地，他面對的詭異奇幻的大自然與長江流域一帶的人情風俗，他的肉體與精神所受的煎熬，在靈山的追尋中得到禪的提升，與心靈的「洗滌」（catharsis）。高行健的情緒怨毒，在《靈山》最後數章愈見紓解。劉再復特別喜歡《靈山》的禪意，顯然是個識貨的人。

我在六月十八日接獲羅華炎的邀序函，讀畢論文，才開始找《水經注》與《山海經》來看。人生總不免有錯失，好書太多，時間有限，機會成本的問題出現。可以瞭解《靈山》的某些片斷的禪意與禪境，也可以體會高行健的道家傾向。羅華炎的筆觸難掩他對高行健的戾氣漸消內心之喜。這方面的句子，羅華炎在博論末節引例甚多，那是作者在他的博論裡最能流露其個人感性與審美觀的片斷。我喜歡沈從文那種從容，豐子愷那種禪境，茲抄錄以下兩段，與讀者一起共賞。我的序寫到這裡，也交代得差不多，應該打住了：

> 我信步走去，細雨迷濛。我好久沒有在這種霧雨中漫步，經過路邊上的臥龍鄉衛生院，也清寂無人的樣子，林子裡非常寂靜。只有溪水總不遠不近在什麼地方嘩嘩流淌。我好久沒有得到過這種自在，不必再想什麼，讓思緒漫遊開去。公路上沒有一個人影，沒有一部車輛，滿目蒼翠，正是春天。
>
> 他獨自留在河這邊，烏伊鎮的河那邊，如今的問題是烏伊鎮究竟在河哪邊？他實在拿不定主意，只記起了一首數千年來的古謠諺：「有也回，無也回，莫在江邊冷風吹。」

2016年6月23日

73　潛默電影詩的符號偏嗜：解碼

Myths, like rites, are interminable.

——Claude Lévi-Strauss

（一）

四十年前，我寫了篇近兩萬字的論文〈電影技巧在中國現代詩的運用〉，先發表在台灣的《幼獅文藝》，又分兩期在國內的《蕉風》月刊連載。這篇論文的運氣特好，它被收錄進台灣出版的文學大系的〈理論部分〉，成為台灣多間大學中文系的現代詩教材的一環。

我是個電影迷，近年來電影少看了，連續劇有一集沒一集在看，可就缺乏年輕時期，像讀文學作品那樣的去讀一部電影的那種心態：「單純」、「專注」。情節劇，所謂melodrama，編劇和導演在製造情節，部署高潮，讓觀眾追下去，以情節為餌的連續劇不可能有甚麼哲學的深度；它提供娛樂。

潛默（原名：陳富興）近年來為三百多部中外電影經典之作，寫成詩作三百餘首，選出其中一百二十首出版成冊，多番修飾，在語文方面，我連一隻蟲也捉不到。證明這位馬大中文系碩士，漢語的造詣確實不俗。這是岔出題外的閒話。我要在此一提，電影詩是兩岸三地加新馬印泰汶還不曾出現的異數。我們從來不缺影評人與詩評人，卻從來沒有人把「電影」當作一個創作焦點來寫詩。看了《教父》、《旺角卡門》等影片，順勢寫成的零星詩作大多是「借物起興」以抒感慨，不是潛默聚焦式的、大規模的、計劃性的專題寫作。僅僅是這份文學決心與韌性，已足令人驚歎。

前面我提到撰寫於一九七二年的論文，舉了二十多個詩例，說明電影技巧在中國現代詩的運用狀況，但是潛默的一百二十首詩作並非參照我提供的電影技巧，建構他的電影詩。他也沒有依循羅青哲教授（詩人羅青）的《錄影詩學》去經營他的詩。如果潛默追隨羅青與我學到的將是技巧手法、鏡頭運用等等，他的詩將是「用電影技巧與拍攝手法寫成的詩」，而非內容徹底的「電影詩」。潛默寫他自己的「電影詩」，終於為電影詩找到——應該說確認了——詩的「次文類」（sub-genre）的地位。

（二）

電影詩作為文學的一種次文類，大抵可以成立。要褒貶這一百二十首詩就不那麼容易了，by right，我必須（仔細）觀賞過這一百二十部電影（不好意思，我只看了三十六部），始能對潛默的努力，他化電影為詩的實驗性創作下判斷，單憑作者的劇情分析不足，因為劇情是故事內容，電影是聲光化電的藝術。影片的色彩、氛圍、情調的營造，還有故事開展的節奏、律動，人物的舉止表情（包括不易捕捉的內心演技），都需要詩作者還有序文作者去體驗、親炙。

電影有影像，而且還是會說話、會移動的影像（images），電影詩是紙上作業，沒有影像只有內心或腦裡的意象（imagery）。詩不能與集聲光色藝於一爐的電影比「真」（authentic），照片裡的西湖，用文字描繪，即使詩人的語文修養精湛，亦難及照片總效果的三分之一，而文字要捕捉動態中的電影畫面更是難上加難。以三十多行詩記述或敘述影片的故事，近乎以有涯逐無涯。

或許魯迅為我們解答了這問題。魯迅嘗謂：「劇場小天地，天地大劇場」。天地是人類生活的「最大化」，其中之跌宕起伏乃是人生經歷的戲劇化。詩人既然可以抒寫生活，汰選生活片斷，當然亦可把這些片段戲劇化成詩。問題是：在技術上可行嗎？在實踐上，電影詩會不會成了原來影片的劣質拷貝？

電影從生活擷取某些細節，經過篩選、重組、加工成為影片，詩又從影片中擷取某些細部加強之，highlight之，成為詩的模題（leimotifs）。寫序者以自己對電影、對詩的認識寫導論或議論，每一環節都一定會漏掉一些東西，這就像臺灣的綜藝節目《我猜我猜我猜猜》，訊息傳遞到讀者那兒已經是第四棒。由於每一棒都有遺漏，要還原本意，非常不易。加上一百二十部影片當中，我未觀賞過的達八十四部之眾。我自己在摸象，也要讀者跟著我摸「虛擬的象」（simulated simulacrum），那是十分不公平的。

解決的辦法有幾種：其一、把潛默詩選的每篇作品都當作自身俱足的「小世界」來欣賞、評鑑，與影片本體完全割切；其二、把詩當作是個「小世界」來賞析，但不一定要與影片完全割切，有關的電影仍舊是個參照系；其三、揣摩詩人寫詩的意圖（連作者也不曉得），把他潛意識裡的意念發掘出來，把詩人的「心事」公開；其四、前面三種詮釋方式都可同時用或交替用，視作品的表現來決定切入的角度。其五、從詩人常用（愛用）的關鍵詞（keywords）還原作者的縈心之念。最後，單篇詩作如果出現「異變」（deviation），我們大可用deviated point of view去馴服它。

（三）

我將四輯一百二十首詩，作了一個粗略的推算，大概有廿二首作品無需通過詩末劇情的概述，也可進入詩中的世界。其中大約有四十首（限於篇幅，就不一一臚列了），讀者可仰仗劇情的指引，步入出詩的堂奧。專業讀者（應該說經常詮釋詩作的讀者）面對其他近六十首詩，仍須就詩中符號、意象、語言、情節之鋪陳進行解碼，才能把握其旨趣。一般詩讀者，將面對因人而異的障礙。

那二十二首「自身俱足」的作品是：輯一的《終極追殺令》、《北非諜影》、《西線無戰事》、《後窗》、《羅生門》、《火線追緝令》、《楚門的世界》；輯二的《性福特訓班》、《飲食男女》、《消失的子彈》、《過客》、《少年Pi的奇幻漂流》；輯三的《海上求生記》、《濃情四重奏》、《一路有你》、《駱駝女孩的沙漠之旅》、《等一個人咖啡》；輯四的《失控》、《麥迪遜之橋》、《怒火特攻隊》、《為奴十二年》、《福爾摩斯先生》。這當然不是「最後的判決」，完全是筆者個人的觀點，不同的詩評家列出來的詩作與我差別可能很大。詩評家的個別喜好，他們對於有關影片的瞭解（他們有看過相關的電影嗎？），都會影響他們的抉擇。筆者無可能抄錄上述廿二首「自身俱足、無待外求」的詩，僅能以兩首詩為例，其中之一是《羅生門》：

我，離開黑，用白色
用光線，調整山林的色澤
我把太陽移動，透過
葉縫的暗語，斜斜入侵

空氣裡有我浮遊的氣息
空間裡有我飄動的斑駁
他們身上，紛紛沾上
我在山林裡的設計
太陽是一台攝影機
濃密的樹蔭是背景
鏡頭裡匿藏光
也匿藏著暗影
他們選擇躲在暗影下
擡頭望光
他們同時望到一頭暈眩
各自的心裡撒下迷茫
大雨傾盆，煙霧迷漫
平安京的正南門
樵夫、行腳僧、雜工
各自說著光與暗的故事

而我，把鏡頭一轉
只對焦明亮

註：《羅生門》，一九五零年的黑白片，是日本導演黑澤明成名之作，影評家對它讚譽有加。故事述及一起凶殺案的發生，當事人與目擊者為了各自的目的各說各話，赤裸裸暴露了人性的弱點。

羅生門各說各話的迷團，是讀者熟悉的，文化論述也常用的

「上演一齣羅生門」這樣的話語。這首詩出色之處在於透過樹木山林的陽光移動，光線的斑駁與遊移，光與暗的參差，凶案的發生如光暈的迷茫難辨。光與暗是林中的氛圍，也是三名疑凶的的心理霧霾，潛默的詩完全不提疑凶為自己辨白的說詞，他只用山林的光暗掩映返照人心的善惡。

黑白、光暗的對照一直是潛默擅用的慣技，在潛默的一百二十首詩中他用了許多次。他對冷、熱的強烈對峙，投入許多的考慮。詩人對某些字詞（通常是反義詞）的耽溺，在我翻閱對照的過程中得到了證實，使我頗為震動（吃驚）：「生」用了十三次，「死」用了二十九次；「黑」用了二十六次，「白」相應少了，只用了九次；「冷」字用了二十四次，「光」用了五十五次。「光亮」是同義合成詞，「亮」也用了兩次，換言之，由於作者創作心理的某些偏嗜，「光」（加上同義的「亮」），詩人在一百二十首中用了五十七次的「光」，等於每隔一首詩，「光」這個字／詞就會灼照一下。某些字的不斷出現，這現象引起了我的注意。我花了一整天和一個清晨的工夫，繪表統計。詩選有四輯，比如「冷」在第一輯（三十七首）用了二十一次，「光」在第一輯用了三十次，但是「黑」與「白」卻在詩的第四輯用得最為頻仍。

然則這些發現，統計學的字詞使用率的發現，有助於我們對潛默電影詩的瞭解嗎？當然有幫助。神第一日造天地和光（創1：1-5）；「你們是世上的光。城造在山上是不能隱藏的。人點燈，不放在斗底下，是放在燈臺上，就照亮一家的人。你們的光也當這樣照在人前，叫他們看見你們的好行為，便將榮耀歸給你們在天上的父。」（馬太福5:14-16）光太重要了，它的重要不僅可以驅走黑暗，它也可以讓人與萬物沐浴其間，是「生」的必要條件。

我是佛教徒，要剖析瞭解基督徒潛默的作品，我必須暫時放下佛教徒的思維模式，放下貪嗔癡慢疑，放下宗教偏執與成見，進行文本剖析解碼。的確，「光」這意象與外延義對詩人太重要了。「光」出現，人們往「光」的方向走，是最基本的自我保護（取暖，汲取能量）與自我救贖之道。這一疊潛默詩作，「光」出現了57次，絕非尋常，它強烈顯示作者的心理歸趨。誠如顏元叔提的「定向疊景」（directional perspective），「一條直路，兩側是棕櫚樹」，沒有deviation的問題。光是聚焦的，一直不斷出現、灼照凸顯主題。

（四）

一年前潛默在電話裡我談起一齣相當奇怪的西片《失控》。整部電影拍攝一個男人，夜間於路上駕車，他在車裡通過電話談公司的事、家事、與朋友聯絡。當然他也在電話裡與他有過一夜情的女人談話，她有了他的骨肉，正在醫院分娩。男人的車是向醫院的方向馳去，他打算探望他的女人。仿似個人秀的一部片子，卻不乏內在張力。《失控》全詩如後：「這是一條直通的路嗎／車在燈影下，我在燈影外／路漫漫，前後光影流過／電話一如我，一如我的脈動／前頭不管有多少公哩要走的路／留在家裡那一個肮髒的身影／妻堅持說要滌除盡淨／一垢不留／而那項大型建築的施工／餘留的後續程式／分秒必爭／電話鈴聲是一個／通天的提示嗎／各色的光影／掠過，我的心思／掠過，我的心速／全失控在／芝加哥酒醉／那一夜／沉沉裡的微亮／迷濛閃爍／像霧又像花／那分娩中的女人／面目竟然陌生得／像這一條通往／倫敦的路／醫院，還／在盡頭嗎／／而所有的光影／遊離／車子追逐／紅光／白光／迅速往後／退去」

首先我們發現以光影的錯落變化，反映人物的內心狀態與外在狀況，是作者的強項。一年前潛默在電話裡還告訴我，影片中公路上來去的車輛的燈光正常，一直到即將抵達醫院的前一刻，從前面來的車，燈光轉為紅色，紅濛似沙塵暴。只一瞬間，紅光又迅速變化成一片耀目的白光。是車子失控？看到血光，人在離開世界那瞬間見到白光？我們可以這樣揣測，揣摩得對不對並不那麼重要。重要的是作為一個寫序人，我發覺光的亮度：黑（暗）、白、紅，還有與紅有關的「火」、「熱」，都是潛默的私家符號，是的，以顏色為符號從來不是畫家的專利。要解碼潛默的作品，得從符號的生成，符號出現的語境，尋找來龍去脈。

《大國民》詩中的火與雪原型，構成潛默其他電影詩的主調。火的燃燒、熱能與它的破壞性；雪的寒冷、肅殺與它的毀傷性，是潛默詩的主要感覺意象（sensory imageries）。一路走來，踟躕而行，潛默終於來到詩的高寒地帶：對「生」與「死」的考量與反思。在人間世發生的愛恨情仇，打擊與報復，暴力與恐怖，災難與屈辱，迷失與追尋……不同的情節在不同的故事裡出現，而潛默努力不懈追求的是救贖之道。一百二十首詩出現廿六次的「死」，九次的「生」，可見「死／死亡」遠比「生」沉重許多。

潛默在其他詩中提到門、門戶，出路，哭與笑，是尋找救援（救贖）的經歷。人有局限，歷史上沒有任何人可已經歷人類的所有經驗，潛默觀賞了三百多部東西電影（這兒只選了一百二十部），西方包括歐美諸國，東方包括兩岸三地甚至馬來西亞的影片，蘇聯、巴西、澳洲的片子也是潛默觀賞的對象。大多數影片拿過各種電影大獎各類包括奧斯卡金像獎，不少影片還是根據世界文學名著改編的。

上一段我提人與人之間的愛恨情仇，也在政經文教的各行各業出現，在上中下層社會每個角落進行，沒完沒了。家庭鬥爭、企業齟齬、同行傾軋，金錢權力的慾望，讓多少人禁不住誘惑去犯罪，犯罪後為了撫平心理的不安：到處捐獻搞慈善，把自己裝扮成聖誕老人那樣，讓自己不會（躲過）受罰。只有瞭解電影的文學性，電影的詩性，再加上他的基督徒背景，潛默始能以真實生活為背景，採取其要件，用碎片還原本相把電影昇華為詩，既現實又超越（realistic and transcendental simultaneously）。

而《羅生門》正如其他的詩作，裡頭的黑、白、光、暗……都是符號，都有其喻意。這些符號加起來成了詩的象徵系統，生死之言說，抉擇與放棄，復仇與寬恕，慾望與良知，罪惡與懲罰……才能在詩的話語中交織更疊。面對其他近六十首較難解的詩，如果循著詩的符號、意象、敘事應可按圖索驥。用心的讀者甚至聽得見瘖啞的他者（muted others）的聲音。

（五）

潛默的企圖很大，但他也可能是無心插柳柳成蔭的結果。詩選作品出現五十七次象徵救贖的「光」字，是偶然也是必然。你可以說他只是為觀賞過的電影寫註腳，可這些眉批式的註腳日久寖寖然孕育了力度，那三百多首詩（這兒是經過汰選的一百二十首）企圖指涉的是，就我的看法，是人類活動與社會現象（reflexive of human activities and social phenomena）「大體上的總和」（totality in general）。而且他還（自覺或不自覺的）想為罪與罰尋找救贖（redemption），「一絲光亮／一點希望」（《星際效應》）。反映人類總體既然是不可能的任務，《聖經》也沒能記載全人類的大小事件，眾多電影人物與情節當可構成Norman Bryson所謂大致的

「可見性」（visuality），讓有心人能窺一斑而見全豹。

潛默的態度近乎決絕，他的詩句：「敢死，才算浴火重生」。詩選第二輯的《職業記者》，裡頭的新聞從業員是以二次死亡使自己活著。《玩命法則》、《那夜凌晨，我坐上了旺角開往大埔的紅Van》的結局都是死亡或正在死去。壞人惡棍該死，那是懲罰。但是善良的金剛也在猛烈的砲火圍攻下頹然踣倒死去，那是可怕的結局。潛默在二零一二年二月的早期作品《刺激1995》，不免感傷：

遠遠，他聽到高牆內
悠悠揚揚飄來
莫札特的《費加洛的婚禮》
間中遊走
一絲絲口琴聲
他，昂起頭
一群鳥，在暴雨的洗刷中
掠過長空

這也是詩人在這部詩選裡第一次用到「救贖」（redemption）這個所有基督徒都關注的詞彙與概念（詩的題目）。「救贖」這個詞後來多次出現在其他詩作之末。李維史陀（Levi-Strauss）嘗謂：「人不是在神話裡，而是神話在人裡頭思考。」（I therefore claim to show, not how men think in myths, but how myths operate in men's mind……）這是詩人潛意識裡進行著的事，用詩探究、尋求人的自我救贖的種種可能與方式（這正是神話建構）。

同年三月潛默寫《火線追緝令》，把天主教信仰的七種入地獄的罪列下：暴食、貪婪、懶惰、驕傲、淫欲、嫉妒、憤怒供讀者參照。潛默的詩緊扣著「七」，一點也不放鬆：「七是迷宮，七是地獄／七是冷血，七是傳道／七是圓滿，七是殘局／七是刮掉指紋的手指／七是放晴的主日／七是／查案員警／最後／憤怒的一顆／子彈」。《聖經》的「七」代表「完美」，可是查案員警用的是「憤怒」的子彈，「憤怒」是火線追緝令之一，這是神聖VS.褻瀆。《科學怪犬》是科技與良知良能的結果，這結果是救贖嗎？像《亞果出任務》影片裡的亞果：

> 在離境的飛機上，一起把原封不動的劇本
> 交給飛翔的天空去閱覽

姿態瀟灑，從容不迫，但那不是救贖。《第七傳人》的「你以第七個七／完成駐守與通關／溫床上只剩下愛／鋪平一條路」應該是和諧的精神救贖。《別相信任何人》的：「我還是睡去的好／真正睡去／期待很多天後醒來／還原一個／真正的自己」，不像是救贖，反而更像求助於選擇性遺忘與自我激勵。《親愛的》：「如果有一百零一個故事／每個故事都是天方夜譚／我們都願意、願意聽／從床頭到床尾／直至淚水在聲音裡乾涸」是回憶也是在懷舊。《我想念我自己》：「妳還是看不到妳視野裡的點點／卻在最高之處／感覺到，那一絲絲／愛念的存在」，用對自己的愛來為自己救贖，單純可惜不免單薄。

這些救贖之道，我想都比不上《鐵達尼號》的Jack，犧牲性命，讓自己愛的Rose能活下去。Jack的犧牲帶來永生。《賓漢》主角面對種種傷害，最終卻放棄復仇，在最後放下多年來的折磨與痛苦，寬恕了敵人，這樣的救贖維持了它的「純粹」與「本真」。

潛默詩選的作品，往往以橫空而出的突兀方式作結。它們不一

定是箴言，反而是揮灑自如的佳句：「三十一年或更持久的廝磨／只要盟約的燈未熄／適時充電／天涯，頓成咫尺」（《性福特訓班》）；「時間一輪迴，人生一轉向／誰不是，輸，多過於贏／階梯上的風雲」（《大亨小傳》）；「脫殼後的金蟬／有友誼的手忽而突破楚河漢界／也有友誼的手永遠被關押將死」（《鋼鐵墳墓》）；「原來人生的聚散離合／是天底下最難奏響／長篇直透尾聲的樂章」（《濃情四重奏》）；「我的期待／是你指揮不了的現在」（《最後騎士》）。

筆者私淑潛默的某些詩行，覺得它們有特殊啟示（revelation），不一定是罪與罰，懺悔與救贖……那些杜斯妥也夫斯基（Dostoyevsky）的大哉問，而是關乎生命本質的三言兩語，有時比長篇大論更能引人深思，像《海上求生記》的：「而一切盡失／只剩下魚，以及他／他僅有的呼吸」，像《總鋪師》的最末三行：「一眨眼／人、鬼、神／全疏通了」（當然讀者要有三位一體的基本概念），像《自由之心》的：「原來，回顧／就從那兒／一板塊　一板塊／拾掇」。還有，《雨果歷險記》的引人聯想翩翩：

一列火車進站
1895年之後所有火車
向無邊延伸的軌道馳去

還有《奧瑪的抉擇》一詩，擬人化加超現實主義的六行：

那一堵牆，從有形
到無形，桎梏鎖心
唯獨一顆，沉思後

破繭而出的子彈
勇於洞穿
牆上一個洞

我也對年輕時自己買戲票鑽戲院看的《午夜牛郎》甚感興趣。潛默在詩裡以兩個「冷」夾著中間一個「熱」字，人物的生活仿似三文治那樣的狹仄煎迫。流浪漢里索，貧病交迫，加上跛腿，一直在城市受辱受苦，此生赴海灘一遊的願望不可能實現。另一流浪漢巴克卻籌到一筆錢，決定與里索前往海天一色的南方，過些好日子。他們坐上了長途巴士，一路上巴克興奮的講了不少話，直到他聽不見里索的回應，才驚覺好友因長期折騰，在座位上歪著身子死去。「天涯原來是在／邁亞米──／未竟之渡」，是令人傷心的佳句。

進入序文尾聲，在歷經閱讀的「煉獄」後，也許讀者與我一樣，亟待詩給予我們「心靈的洗滌」（spiritual catharsis）。我建議：要嘛去讀潛默的半童話半神話的《捉妖記》紓解一下，要嘛去感受一番《失控獵殺：第44個孩子》的：「你閱讀孩子們的心事／竟把我的，也讀成／更好的明天」，《過境》：「我和你，收集過多流出的淚水／洗一洗吧全蒙上塵埃的臉」，童心與智慧都有心靈洗滌的效用……放下iPad，搓揉著我在iPhone 5S因劃寫過頻而痠痛的食指，天啊，我感覺到好自在。我自由了。明天我可以撰寫另一篇文章《譯介的現代性》了。

2016年7月4日

74　王勇閃詩：從詩藝雜耍到詩藝昇華

最近在網絡上經常讀到一到六行的短詩。以「閃詩」自稱，而作品量又可觀者，菲華詩人王勇是走在前面的幾個。初識王勇於新加坡大學的研討會上，那是二零零三年二月。最近碰面，是在二零一四年十一月由中國國務院主辦、廣州暨南大學承辦的首屆世界華文文學大會上，我注意他寫作日勤，是個很努力的年輕人。

他在菲律賓國內倡導六百字的閃小說，與六行內不超過五十個字的閃詩。今年五月一日他以出書十二種，有五部是閃詩的成績，獲得菲律賓作家聯盟頒發中文詩大獎。他四十七歲獲獎，是這項大獎歷屆以來最年輕的獲獎者。

「閃詩」的淵源在哪裡？中國五七言絕句的好詩，不勝枚舉。日本俳句，最著名的是松尾芭蕉的名句：「古池塘／青蛙跳入水中／撲通一聲響」。而立花北枝的：「流螢斷續光／一明一滅一尺間／寂寞何以堪。」告訴讀者，一瞬即滅的光明比恆常的黑暗更寂寞。

推演下去，則唐代的五七律詩（四十或五十六個字），五七言絕句（二十或廿八個字）甚至魏曹操的〈步出夏門行・龜雖壽〉的「老驥伏櫪，志在千里；烈士暮年，壯心不已」（整首詩只有六十四個字）也可以說是情緒勃發，興之所至的閃詩了。

好，不談那麼遠，否則會扯到「關關雎鳩，在河之洲。窈窕淑女，君子好逑」的詩經那兒去，我這篇序得改寫成為博士論文。過去的小詩、短詩，不曾有「閃詩」這稱謂，閃詩這名稱源自城市的「飛閃族」（flashmob）的衍異與衍變。一群不認識的人，通過手機或互聯網聯繫，約定在某個地點、某特定時間，一起做些令人意想不到事，比如說唱歌、演奏、跳舞。不破壞公物，不擾亂治安，不變相促銷，近乎一種行為藝術的即興展示。

飛閃族首次出現在西元兩千年的紐約。Bill Wasik是召集人，他在紐約時代廣場號召了四百餘人，在玩具反鬥城，向一條機械恐龍致敬。五分鐘後迅速解散。繼之而起在世界各地出現的飛閃族，來如風去如電，大多在十分鐘內搞掂。

二零一三年在臺北101美食街的「驚喜合唱」，現場氣氛熱烈，在網絡上引起廣大的迴響。全程十分鐘的影片兩週內點擊率突破一百萬人次。連同大陸的YouTube欣賞者超過五百萬人次。

王勇的閃詩，其語言文字與一九二三年冰心出版的《春水》《繁星》、宗白華的《流雲小詩》，風格大異。閃詩大概於二零零四年被命名。大陸學者張學武認為「閃詩，結尾出乎意料，亮點閃爍於詩末」。就我看，「閃」的意義應該不僅是那種剎那的閃爍；亮點經常出現於詩末，那倒是實情。

以物擬人，小兒科，以人擬物，見工夫。人的自我與超我輝映，易寫；人的自我與原我對峙，難寫。真相揭露。水落石出。超現實的情境。出乎意料之外的結果。一瞬的領會。靈光乍現的頓悟。文字的機智表現，都使閃詩增輝，讓人覺得意猶未足，想再三回味。

王勇的一些閃詩，符合了上述的美學要求。就談談他的超現實手法吧，他的〈驚魂〉：「鞋子睡醒後／滿屋子／滿街道／滿城市／滿世界／尋找主人」；他的〈拼詩〉：「月光探手進來／在牆壁上題詩／／晨起，我撿起／掉落地上的許多文字／卻拼不成一首詩」。有點洛夫的意趣，人格化，超現實。

〈復活〉：「月光醃制的／鹹魚，翻了翻身／／遊入夜空」，仍不免洛夫。〈玩捉迷藏〉，對時間、人生的問題處理得很好：「躲在最隱蔽的地方／讓誰也找不到／找到時／已經白髮蒼蒼」，王勇漸漸發出自己的聲音。

王勇瞭解閃詩的「閃」的瞬時性與「臨即感」（sense of immediacy）。他巧妙的利用這屬性，並且把這種屬性多元化、多樣化，變奏出不同的形式，這是王勇厲害的地方。且看他的〈打工〉一詩：

「聖誕老人／在大熱天裡／脫下厚重的綿襖／露出身上的／排骨」

出乎意料的強烈反諷，讀者感受到被打臉的痛，對於等待聽快樂聖誕歌的讀者，情緒上往往來不及反應。前面我提到王勇的某些技巧近乎洛夫，超現實主義是「反常合道」（見北宋惠洪著《冷齋夜話》），洛夫、瘂弦、商禽、蘇紹連、羅青……可以用超現實手法，吾輩實不必拘泥，讓前輩或同儕專美於前。

王勇的這部閃詩選有二百一十二首，筆者不可能每首都分析討論。我覺得王勇擅佈局懸疑、吊詭，然後在內容的轉折處突然羼入一些悚人的生活或人生景象。這方面要舉的詩例多的是：

以懸疑、驚悚取勝的包括〈敲門〉：

「聽到聲音去開門／門外，沒人／只有風踢落葉玩／／關門，我在門外／風在屋內，敲門」

〈勳章〉：

「不忍摘下／一直掛著才好／／我擔心摘下來後／傷口，會血流不止」

〈指甲〉：

「掐入皮肉中的／記憶，把歲月掐出／
鮮紅滾燙的日落

黃昏裡，一個老人／趴在地上收集淚珠」

〈皮影戲：2〉：

「在幽暗的牆角／某些故事　某些傳說／某些人物　某些動作／都在燈火的逼視下／復活」

〈泥鰍〉：

「穿行在歷史與現實的／泥潭，一不小心／就滑出體制的邊界／／被一刀，斷首」

《泥鰍》除了末行令人震驚之外，整首詩還有一個重要的指向性（directivity），詩人開始從技藝的滿足，探入人為體制、歷史現實的雷區。〈書夾〉：

輕撫發黃的歷朝歷代
唯恐弄傷寂寞的文字

探指歷史，有人
吟著離騷掀桌而起

像〈槍疤〉：「爺爺的肩背上／縱橫交錯著十萬／五千里長征路／／那些掩蓋的槍孔／揭開來還會冒煙」屬於這類有「內容」的詩：歷史、地理、長征……可咀嚼之處多且濃郁，超乎一般的閃詩／短詩的水準。〈鐵軌〉寫得深刻而又形象化：

拉鍊是一道海峽
從內戰扯到兩岸

此岸的這條腿想要
追上彼岸的那條腿

這種傾向性使王勇從一個純粹文字雜耍的藝人（juggler），蛻變成為一個在把握了文字技藝後，對作品內容有高要求的詩人哲學家。王勇完全明白「麻雀雖小，五臟俱全」，閃詩可以像其他的文類那樣，題旨指向多面。

像〈春〉：「沾些黎明的／露珠，揮毫／寫出一個／清香的／／乾坤」，詩筆從黎明的一粒晨露揮向天地乾坤，有一種大氣；〈變身〉：「有一天／你我都褪盡衣冠／／滿大街　遍世界／會蹦出十二生肖」，十二生肖包括所有的人。穿著衣冠的人一旦回到生肖的屬性，不啻是禽獸原形畢露，有一種隱批判，如果前一首詩是「放大」（magnified），則「變身」是回到人的本尊。

雖然我頗偏愛〈狼毫〉：「喝了幾年的墨水／狠勁已收斂不少／／一旦碰上不平事／筆頭依然倔起鋒芒」，那種有自況意味的作品，但從美學角度，我會推薦他的〈蝙蝠〉，處理人生抉擇的猶豫。這種詩的摩娑與玩味，與面對文字快刀斬，語言內爆的感受（implosion）很不一樣。我把〈蝙蝠〉一詩抄錄於文末，讀者可自己斟酌體會。序文寫到這兒，也真應該留給讀者去閱讀、去想像了，不再喋喋：

飛向光　就成鳥
棲在暗　便是獸

開燈，還是關燈
你決定

2017年9月2日

75　紅樓導覽：奇花異卉撲面來

不少讀者面對《紅樓夢》這部經典中的經典，都有如履薄冰之感，對於經典的其他譯本，這種感覺可能更加強烈。踏入紅樓，面對九百七十五個人物的陸續出現，怎麼記那麼多的人物名稱？怎麼記他們之間的輩份關係？霎時間不免徬徨錯愕。大家或可用以下的辦法，克服文學巨著經常引發的「人群恐懼症」（demophobia）。

想像你在開學日，走進一間學生人口近三萬的大學，人潮洶湧，眾聲喧譁。不要緊，定下心神，先找你的院系，你的科系同學，再找與你同班的同學。親疏有別，長幼有序，《紅樓夢》有正角，人物有副次，出場有先後，不要給曹著的眾多人物嚇到。事實上，中國著名的古典小說像《水滸傳》、《三國演義》、《西遊記》、《金瓶梅》、《儒林外史》人物都很多。有了基本的認知，就不致對中國的章回小說有心理抗拒。

這部經典給讀者的另一驚嚇或驚豔是，它花團錦簇般的文字：從人物的衣服頭飾、樓閣亭榭、室內陳設、奇花異卉、膳食菜餚到一道藥方，所用的詞彙皆典雅精湛，讀者可能被美妙的文字迷惑，或過於浸沉於這些詞匯的意義研讀，卡在哪邊，無法讀下去。且看下面一段文字，鳳姐出場的衣飾與氣派：

「……一語未了，只聽後院中有人笑聲，說：我來遲了，不曾迎接遠客！黛玉納罕道：這些人個個皆斂聲屏氣，恭肅嚴整如此，這來者系誰，這樣放誕無禮？心下想時，只見一群媳婦丫鬟圍擁著一個人從後房門進來。這個人打扮與眾姑娘不同，彩繡輝煌，恍若神妃仙子：頭上戴著金絲八寶攢珠髻，綰著朝陽五鳳掛珠釵，項上戴著赤金盤螭瓔珞圈，裙邊系著豆綠宮條，雙衡比目玫瑰佩，身上穿著縷金百蝶穿花大紅洋緞窄褙襖，外罩五彩刻絲石青銀鼠褂，下著翡翠撒花洋縐裙。一雙丹鳳三角眼，兩彎柳葉吊梢眉，身量苗條，體格風騷，粉面含春威不露，丹唇未起笑先開。黛玉連忙起身接見。」

除非你也像作家沈從文那樣，對中國服飾特別有興趣，否則你大可以瀏覽過這些細節、跨開腳步，跟隨《紅樓夢》的情節往大觀園的深處走去。

我頗能同意蔣勳的看法，《紅樓夢》是個「青春王國」，賈寶玉初識林黛玉，兩人才十三歲，薛寶釵年紀稍長，也不過十五歲。那些大小丫鬟年紀相仿，少年男女笑笑鬧鬧，很自然也很正常，認為寶玉在女兒堆中打滾於禮教不合，那就不免道德主義。脫掉有色眼鏡去看紅樓，才能看到紅樓的堂廡。

讀者還應該留意曹雪芹的敘事方式，或敘事策略。余英時教授在一九八一年提出的：紅樓夢的兩個世界：指出曹著既現實又虛構的兩種敘事。近年來中國有一批學者，較傾向於強調《紅樓夢》的三種敘事手法，即神話敷陳、真事虛寫，假事實寫。而這三種手法在第一回即「傾巢而出」，由一僧一道的對話率先引出了女媧補天，獨漏一顆頑石的天庭事故。這顆石頭得天地之靈氣，由僧道帶去人間走一匝，由空空道人錄下經歷，石頭記的軼事就此展開，整個神話敘事的結構一開始即設定。第二章回姑蘇城走來一鄉紳甄士隱（真事隱），賈雨村（假語存）隨之上場，真事隱晦，賈事張揚，印證了「假做真時真亦假，無為有處有還無」的生命悖論。一隱一顯兩種敘事手段，加上後面的木石神話金玉良緣，構成了曹著複調式的宏大敘事（grand narrative）。

一隱一顯是多個層面的。讀者應該留意與賈（假）府並存的金陵甄（真）府，它在第二回以賈府鏡象出現。作者描繪了甄家的氣派，聖駕南巡，賈府與甄府分別接待多次，江南甄家之鋪張揚厲，尤甚於顯赫的榮寧二府。第五十六回金陵甄家入京，前來拜會賈府，長得一模一樣、性格又復驚人相似的甄賈寶玉兩人終於在夢中碰面。賈府四位慧心慧眼的姑娘，居然分不出哪個是自家的「甄」，哪個別家的「賈」。紅樓書寫的虛實相應，互為表裡，是它的一大特色。後來被抄家的甄家，可能是曹雪芹自己的老家，賈家僅是個幌子，風月寶鑑的鏡子的另一面。曹雪芹家住金陵，地點亦與甄家同。「假做真時真亦假」，以致真假難分，假可亂真，正是作者藝術的絕活。

廖咸浩教授今年剛出了一本巨著《紅樓夢的補天之恨》（2017.7），補充了余英時教授的紅樓夢兩個世界觀。廖咸浩在書裡指出《紅樓夢》提出三種敘事模式，反映了三個世界觀，從太虛、大荒、大觀進入人間的諸般情事。太虛是真假的辯證，虛實的對話；大荒是莽莽洪荒的浮沉體現，初無邏輯可循；大觀又回到真假虛實的太虛，只有「愛」使感情人生具體化並且有了意義。今日的《紅樓夢》讀者，似乎應該從二重世界的對峙跳脫出去，從事更形而上的美學估衡與思慮。

《紅樓夢》前八十回，據說只有七十九回。曹雪芹貧困潦倒，一病不起，寫到第七十回終於力竭，他放心不下未完成的紅樓，囑咐脂硯齋、畸笏叟等友人把七十九回調整到八十回的整數。除了專家，一般讀者其實看不出駁接痕跡。

舒柏特（Franz Schubert）的《未完成交響曲》（Unfinished

Symphony）留給聽眾永恆不朽的音樂作品，雖然他那篇作品只有兩個樂章（movements），交響曲的奇妙、怪異、令人驚訝，如Nikolaus Harnoncour說的，像一粒從「月球掉過來的石頭」（stone from the moon）。尚未完成的《紅樓夢》，應該說，只完成了八十回的《紅樓夢》，其實已囊括了整部小說的要義；它可是來自太虛的石頭。書裡的主次人物的遭遇，在警幻仙子出現的第五回，寶玉夢遊太虛幻境，通過風月寶鑑鏡前鏡後的映象，多闋詩詞、判詞與畫冊的預告，早已「洩漏」天機。像黛玉的死、寶釵的結局、秦可卿的自縊、賢德妃元春的喪命、榮寧二府的眾鳥投林沒落傾頹，妙玉的淪落風塵……均有預兆甚至預告。第五回為曹著定了調也定了音。不少學者指出第五回其實是《紅樓夢》最後一回。

金陵正冊十二釵的下場，只有秦可卿一人死於《紅樓夢》前八十回曹雪芹筆下，留下大量的想像空間讓讀者猜測金陵十二釵正冊、副冊上其他女子的命運。高鶚與程偉文的後四十回，並不如何依循警幻仙姑的預言，續寫故事。要把握曹雪芹的意旨，仍得回到前八十回的文本去尋找線索。留意作者的三種敘事策略的讀者，應該會揣測《紅樓夢》埋伏著另一個「隱文本（hidden text）」。

而這種隱微書寫，擁有我們大家所熟知的微言大義，聲東擊西，旁敲側擊，指桑罵槐……各種技巧，還包括漢字的諧音帶出的暗示效果，草蛇灰線的安排，這就讓《紅樓夢》讀起來像懸疑小說、驚悚小說，甚至像大家熱衷討論的拉丁美洲魔幻現實主義小說：馬奎斯（Gabriel Márquez）的《百年孤寂》（One Hundred Years of Solitude）。《百年孤寂》的故事是以邦迪亞家族（Buendía family）七代人的命運為架構。其間人物的浮沉，事件的迭起，真實與想像的融混，其複雜錯綜堪比《紅樓夢》，西方學界甚至將《百年孤寂》與《紅樓夢》相提並論。而《百年孤寂》的隱喻、象徵、曲折離奇與《紅樓夢》的木石神話、太虛幻境、警幻仙子的預言，夢幻與現實互為表裡，充滿非理性力量的騷動，這兩部大書實在可以參照著閱讀。

尤有甚者，在賈府，賈母是當然的家族最後也是最有力的維護者，賈母是個有權威又有睿智的老婦；在《百年孤寂》的邦迪亞家族，易家蘭（Úrsula Iguarán）看著子孫、曾孫、親屬與族群的興衰，她扮演的角色頗似賈母，在適當的時候出來居中斡旋，解決糾紛，化解危機僵局。賈母與易家蘭都是有正義感，有憂患意識的智慧老人。易家蘭一死，虛構之城馬康多（Macondo）被一場狂烈的大風徹底摧毀，整座城在沙漠中消失。賈母病歿，榮寧二府在烈火烹油、炙手可熱的情況突然獲罪被抄家，樹倒猢猻散，彷似一個城鎮的遽而消亡。兩本名著的聯想綰接，必然能弘闊讀者的文學視野。

筆者認為《紅樓夢》也是部出色的密碼小說，密碼小說可以是偵探小說、推理小說，乍聽覺得名稱俗氣，與通俗小說沆瀣一氣，其實不然。艾柯（Umberto Eco）的《玫瑰的名字》（The Name of the Rose），以及丹・布朗的《達文西密碼》（The Da Vinci Code），這兩部名著其詭異複雜，暗樁伏筆遍佈，可以說是典型的密碼小說，但暢銷書也可以是經典之作。《紅樓夢》被譯成三十多種語文，《玫瑰的名字》已被迻譯成三十五國語文；晚近的《達文西密碼》，自二零零三年出版迄今，有二十多種不同語譯本，銷量逾八千萬冊；前面提及的《百年孤寂》，出版於一九六七年，已被譯成三十七種文字。

《玫瑰的名字》的故事主軸是歐洲中世紀修道院發生的一連串謀殺案，聖方濟格教士負責調查這些奇案。寺院的烏煙瘴氣，種種黑暗內幕逐漸曝光。《達文西密碼》也是循著一宗謀殺案展開故事。羅浮宮的館長被殺害，屍體的擺置恰似奧納多・達芬奇（

Leonardo Da Vinci ）的名畫維特魯威人（Uomo vitruviano）的姿態，死者留下不少奇特的訊息，包括用血在自己的肚子上畫了五芒星的符號。索隱、探奇、偵察，從蛛絲馬跡去尋找真相，讀者應可從其他途徑，找出《紅樓夢》表面文字後面的「未盡之言」。

《紅樓夢》內容豐沃，從樓閣亭臺的硬體，到舉止言談、起居飲食、禮數儀容的軟體，包羅萬象，可以說是一部中國文化的百科全書。而意符學大師艾柯的《玫瑰的名字》，融會偵探、哲學、犯罪學、神話歷史等因素。該小說幾乎把近百年來西方學術界的時髦術語，包括「意識形態」、「話語權力」、「形而上學」、「結構與解構」、「隱喻與象徵」、「誤讀與適讀」、「能指與所指」（signifiers and signified）、「反諷與諧擬」、「理性與非理性」、「文本與互為文本」（textuality and inter-textuality）……冶於一爐。讀紅樓如能跨國界、跨科系、跨語言，必然會有更深刻的體會。

《紅樓夢》最明顯的偵探小說的元素，在於榮寧二府的主要人物，都似乎有各自的臥底。大家族妯娌眾多，明爭暗鬥難免，像王夫人在寶玉身邊安插襲人，保護照顧兒子的安全，那是大觀園裡「公開的秘密」。至於襲人為了保護主子（夫婿？），防他被趙姨娘、賈環再度傷害（賈環曾用燭火燙傷寶玉，向賈政進讒讓寶玉挨打），她買通／收編了趙姨娘身邊的丫頭小鵲替她收風，一有動靜，襲人寶玉即籌思應對之策。

王夫人臥底遍及賈府每個角落，令人好笑的是自己的獨子寶玉，也會在她身傍栽了人。事情本不該洩漏，奈何臥底不夠沉著，很快就暴露了身份，那臥底是服侍了王夫人十多年的金釧兒。第三十回寫某個夏天的中午，寶玉來到親娘的上房：

只見幾個丫頭子手裡拿著針線，卻打盹兒呢。王夫人在裡間涼榻上睡著，金釧兒坐在旁邊捶腿，也乜斜著眼亂恍。

寶玉輕步走過去，驚醒了金釧兒。金釧兒告訴寶玉一個重要的情報：「你往東小院子裡拿環哥兒同彩雲去。」寶玉還來不及有任何行動，「……只見王夫人翻身起來，照金釧兒臉上就打了個嘴巴子，指著罵道：下作小娼婦，好好的爺們，都叫你教壞了。寶玉見王夫人起來，早一溜煙去了。」

金釧投井自盡。她向寶玉告密是她的「職責」，但她在精明的、正在裝睡的主子眼皮底下告密，就未免過於粗心大意。

讀《紅樓夢》可真不能粗心大意。但我們是否應該做考証，像胡適及其他研究紅學（redology）的學者那樣，探究曹著是否是他的家族興衰史？賈寶玉（或其他人物）是否就是作者的化身？一九一五年蔡元培著《石頭記索隱》指出曹著實為反清復明的寓言巨構。明朝是朱家天下，「樓」的「紅」與明朝「朱」，彼此之間的關係呼之欲出，書中的人物情節參照晚明清初的事件亦若合符節。上個世紀五十年代，潘重規也是往這條脈胳去索隱查究，二零一七年廖咸浩的新著多方印證曹著實為一則國族寓言（national Allegory），曹雪芹的「滿紙荒唐言一把辛酸淚」，裡頭充溢的遺民之永恨，興亡之寄託，與蔡元培的創見隔代遙相呼應。

讀《紅樓夢》，尤其是初次結觸它的譯著的讀者，筆者建議他們把索隱、考證、探奇、勘察的心思放下，用心研讀文本；專就曹著的人物形象，技巧運用，敘事觀點，情節鋪陳的匠心獨運、美學突破方面下工夫。《紅樓夢》的讀者必須先是一個細心的讀者，然後才可能成為日後紅學研究者甚至紅學專家。按部就班，不可躐等。

2017年9月11日

76　潛默：脫軌的飛渡

潛默的電影詩集印行了之後，便忙著他的《紅樓夢》的馬來文翻譯，可沒想到另一部現代詩集正等著他去下筆著墨，不，應該說另一雙語詩集等著他在電腦上點擊。

我在好幾個場合提到，現代詩一直在「感」，一直趕著去釋放許多時候是因文造情的各種感覺，可是卻沒有留意這些感覺的後面有些甚麼知識、知性抑且哲理性的東西。我也在好幾個場合提到，詩的空間性，舞臺感。我甚至說：詩可以是一齣短劇，讓演員在臺上對話、演出。

潛默的詩是在感性與知性之間尋找平衡的表現。他的電影詩的探索歷程，有助於他更瞭解故事的重要性。不一定是小說意義的故事性，而是某些情節的鋪陳有助詩的發軔、開展。唯感很容易帶來審美疲勞，惟有故事情節能帶著讀者繼續尋幽探勝。

二零一八年三月廿五日，潛默寫〈城堡〉，他從那天開始即走入密集寫作的寫詩程式。城堡的敘述者（narrator）是會說話的鏡頭，是上帝的眼睛，它（祂）寫出小孩如何用沙築疊城堡的過程：鏡頭，track in，天地漸漸變小，而眼前的城堡漸漸變大。城堡的構築多像烏托邦的建立，而這正是六十五歲的潛默的「利比多」（libido）原動力。

「我從低處看你／一舉一動像玩泥沙／你築的城堡／看

到沙粒的面貌／上面亮閃閃像一把把刀／你的頸項准備掛上刀痕／而我的轟雷，起初沉悶／人人都悶在心裡／誰指揮了我／我又指揮了誰／天地越縮越小，我／漸漸，不止／

　　看清你／也看到整個沙堡的真貌／影像一片片切入／指揮我未來的手指／必遙控那一大片土地」

來到人生的最後（也是最重要）的階段，即使是相信永生的潛默，也面對時間的壓力，對過去的緬懷，對當下如何自處的哲學困難，是的，

六十出頭了吧
怎能就此低頭走過

〈與青春同行〉

那個男人，隱藏的
是什麼
我的一張床
這麼多年了，他丟棄它

〈男人〉

我身上散發的魅力
六十出頭之後無法抗拒

〈老少對話〉

倏然轉身，舞已成風
撲在熟悉的記憶深處

張開的花瓣同時展示標誌
我的舞，化成一個永恆
AIoha，親切無比

〈Aloha〉

潛默在他的七十首詩，多次提到「六十歲之後又如何……」明顯擺姿態。正如余光中的〈死亡，你不要驕傲〉以及〈與永恆拔河〉，這裡頭都充滿了時間的焦慮，他們兩人選擇擺一個雄強的、不在乎的姿態去面對歲月的摧折。

「城堡」的意象在詩人筆下不斷衍異，它可以是虛無飄渺的「遠古」、神奇的「魔鏡」、神秘的「黑森林」或「魔幻世界」，絢麗的彩虹，封閉的孤獨國，一個結結實實的「鐵箱」，甚至是一座「回頭，總望不見自己的首尾」的長城。

潛默在七十首詩裡的那個人物，很多時候都在等訊息、期待訊號。他像個囚犯，等著突襲、突圍而出，然後他即可從「想飛，變成真正的在飛翔，進入真正脫軌的飛行」。為了追求，人物扮演一步一腳印、充滿幻想力量的蝸牛，不顧一切衝出恢恢天網的逃犯與海盜。作者寫得甚為隱匿，我之所以有能力把這一疊完成於三十天內的七十首詩用聯想綰接起來，是因為我亦曾六十有幾，我亦曾有過想突圍的想望。

我有一個很可愛的美國詩人朋友Mark Strand，他是一九九零年的美國桂冠詩人，曾榮獲普立茲獎，二零一四年逝世。此人永遠不服老，永不言老。Mark多才多藝，在六十七歲那年還在他主演的電影Chelsea Walls飾演報館倚重的資深記者。他在一首詩裡，居然意想天開，讓一個死去的老人從死亡甦醒，並參加舞會在遊戲酬酢：

從繁華派對離開，很清楚
儘管已經年逾八十，我依然擁有
一副美好的軀殼……

明乎此，出現在潛默詩裡六十出頭的男人，肌肉結實，能跳舞，踩自行車，能揮拳出擊，魅力四射，令人解頤開懷，就有了說服力，因為「吾道不孤」。

詩人寫〈白髮〉，我還以為是嗟老之作，讀下去才知道完全不是那麼一回事：

> 「如果你問／世間情為何物／告訴你／它是一頭你遺忘的／早熟的白髮，在風中飄散／像那隨風的敗絮／含苞昨日的希望／掛在青青的葉子上／升為晴空萬哩的繁星／化成純淨的雨露／盼望今夕就是七夕／讓我揮動密密長長的白髮／叫喜鵲吱吱吱地，把它／裁剪成新一座／橫跨天河的橋／橋上，我們把昨日擁抱明月把所有的白擁抱／再以天國的顏色／擁抱我們」

在詩人筆下，白髮竟然可以「掛在青青的葉子上，升為晴空萬裡的繁星……」詩的結尾連喜鵲也登場，明月擁抱所有的白，以天國的顏色擁抱我們，多麼美妙、多麼意想不到。那種樂觀豁達，教人覺得白髮是美，白髮是浪漫，白髮甚至是圓滿。潛默的雙語詩集趕著出版。把我這篇序當作是讀後感吧，限於時間與篇幅，其他不及析論的部分不少，應該由高明者從容探討。

2018年4月26日

語言文學類　PG2124　文學視界97

現代詩祕笈：
趨近語言臨界

作　　者／溫任平
責任編輯／徐佑驊
圖文排版／周好靜
封面設計／蔡瑋筠

發 行 人／宋政坤
法律顧問／毛國樑　律師
出版發行／秀威資訊科技股份有限公司
114台北市內湖區瑞光路76巷65號1樓
電話：+886-2-2796-3638　傳真：+886-2-2796-1377
http://www.showwe.com.tw
劃撥帳號／19563868　戶名：秀威資訊科技股份有限公司
讀者服務信箱：service@showwe.com.tw
展售門市／國家書店（松江門市）
104台北市中山區松江路209號1樓
電話：+886-2-2518-0207　傳真：+886-2-2518-0778
網路訂購／秀威網路書店：https://store.showwe.tw
國家網路書店：https://www.govbooks.com.tw

2018年12月　BOD一版
定價：420元
版權所有　翻印必究
本書如有缺頁、破損或裝訂錯誤，請寄回更換

Copyright©2018 by Showwe Information Co., Ltd.
Printed in Taiwan
All Rights Reserved

國家圖書館出版品預行編目

現代詩祕笈：趨近語言臨界 / 溫任平著. -- 一版. -- 臺北市：秀威資訊科技, 2018.12
面； 公分. -- (語言文學類；PG2124)(文學視界；97)
BOD版
ISBN 978-986-326-648-8(平裝)

1.海外華文文學 2.新詩 3.詩評

850.951　　107021634

讀者回函卡

感謝您購買本書，為提升服務品質，請填妥以下資料，將讀者回函卡直接寄回或傳真本公司，收到您的寶貴意見後，我們會收藏記錄及檢討，謝謝！

如您需要了解本公司最新出版書目、購書優惠或企劃活動，歡迎您上網查詢或下載相關資料：http:// www.showwe.com.tw

您購買的書名：________________________________

出生日期：________年________月________日

學歷：□高中（含）以下　□大專　□研究所（含）以上

職業：□製造業　□金融業　□資訊業　□軍警　□傳播業　□自由業
　　　□服務業　□公務員　□教職　□學生　□家管　□其它____

購書地點：□網路書店　□實體書店　□書展　□郵購　□贈閱　□其他

您從何得知本書的消息？

□網路書店　□實體書店　□網路搜尋　□電子報　□書訊　□雜誌
□傳播媒體　□親友推薦　□網站推薦　□部落格　□其他________

您對本書的評價：（請填代號　1.非常滿意　2.滿意　3.尚可　4.再改進）

封面設計____　版面編排____　內容____　文／譯筆____　價格____

讀完書後您覺得：

□很有收穫　□有收穫　□收穫不多　□沒收穫

對我們的建議：________________________________

____

____

____

請貼
郵票

11466
台北市內湖區瑞光路 76 巷 65 號 1 樓
秀威資訊科技股份有限公司 收
BOD 數位出版事業部

....

（請沿線對折寄回，謝謝！）

姓　名：＿＿＿＿＿＿＿＿　年齡：＿＿＿＿　性別：□女　□男

郵遞區號：□□□□□

地　址：＿＿＿＿＿＿＿＿＿＿＿＿＿＿＿＿＿＿＿＿

聯絡電話：(日)＿＿＿＿＿＿＿＿＿＿(夜)＿＿＿＿＿＿＿＿＿＿

E-mail：＿＿＿＿＿＿＿＿＿＿＿＿＿＿＿＿＿＿＿＿